펜트하우스 NO. 3

펜트하우스 NO. 3

U-paper

공포의 숨바꼭질　　　　　　　　　　　　7

스트립쇼　　　　　　　　　　　　　　54

하나 더하기 하나는 셋　　　　　　　　81

눈물겨운 도발　　　　　　　　　　　100

스무고개　　　　　　　　　　　　　119

거친 야수　　　　　　　　　　　　　144

굶어 죽은 늑대　　　　　　　　　　　162

이벤트는 어려워　　　　　　　　　　182

참는 게 더 어려워!　　　　　　　　　207

새 생명의 빛　　　　　　　　　　　220

에필로그 - 잠에서 깨어난 늑대　　　　243

공포의 숨바꼭질

윤희와 자신의 소중한 아기가 생기길 바라며 준혁은 이틀에 한 번씩만 윤희를 안았다. 다음 생리 예정일로부터 2주 전인 가장 중요한 날과 그 앞뒤로 하루건너 한 번씩 말이다. 6일에 걸쳐 그렇게 세 번 관계를 갖게 되면 월경주기가 규칙적인 경우 어느 정도는 배란일을 커버할 수 있다. 준혁의 정자는 윤희의 몸 안에서 대략 3일을 살 것이고 윤희의 난자는 하루 정도를 살수 있기 때문이다. 준혁은 나름 열심히 공도 들이고 정액이 묽어지는 것을 막기 위해 도도 닦아가며, 이번 임신을 성공시키기 위해 노력했다.

그리고 며칠의 시간이 흘러갔다. 배란일이라고 예상한 날로부터 8일째 되는 금요일에 주산기 전임의인 김유리가 윤희에게 연락을 했다. 내일 있을 여름휴가를 위해 이르지만 임신 호르몬 수치를 봐보는 건 어떻겠냐는 것이었다. 사실 무척이나 궁금했던 윤희였기 때문에, 유리의 조언을 흔쾌히 받아들였다. 윤희는 바로 대한병원으로 가서 유리를 만났고, 혈액검사를 했다. 결과가 나오려면 몇 시간 정도는 기다려야 했기 때문에, 윤희는 피검사만 해놓고 펜트하우스로 돌아왔다.

점심시간이 조금 지났을 무렵 윤희의 핸드폰 벨이 울렸다. 발신인이 유리라는 사실을 알고 윤희가 무척이나 긴장된 표정으로 전화를 받았다.

"나야, 윤희야."

"네……."

어떻게 나왔냐고 대답을 재촉해야 할 윤희였지만, 왠지 쉽게 입이 떨어지지 않았다. 가만히 있는 윤희에게 유리가 친절하게 이야기를 해주었다.

"편안하게 들어, 윤희야. 내가 오늘 blood HCG혈중 사람 융모성 성선자극호르몬, 혼히 임신호르몬 수치를 봐보자고 한 거는 모처럼 내일 놀러 가는데 임신 신경 쓰느라 네가 제대로 놀지도 못 할 것 같아서였어."

휴가를 가게 된다면 술도 마시고 신나게 놀 수도 있어야 하는데 만일 윤희가 임신이 맞는다면 임신 3주가 되는 것이고, 이때의 알코올 섭취는 기형 형성과는 관계가 없으나 유산에는 영향을 끼칠 수 있다. 그렇기 때문에 유리는 확실히 하기 위해 피검사를 진행한 것이었다. 유리가 그다지 어둡지 않은 음성으로 말을 이었다.

"정상적인 여성이 한 번의 월경주기에 임신이 될 확률은 25퍼센트 정도야, 알고 있지?"

"네……."

"이번에는 여행도 있고 며칠 후면 윤희 네 생일도 있으니까 준혁이랑 좀 즐겁게 지내라는 뜻인가봐."

윤희가 떨리는 목소리로 물었다.

"음성이군요?"

"응, 일단은. 하지만 배란이 늦게 될 수도 있으니까 다음 생리 예정일까지는 두고 봐야. 그래도 내일 리조트에서는 정말 신나게 놀 수 있겠네. 그치?"

"네."

기운 없는 윤희의 목소리에 유리가 물었다.

"왜 그래? 많이 속상한 거야?"

"아니에요. 그냥 준혁샘이 실망할까봐서……."

그러자 전화기 너머의 유리가 웃으며 대꾸했다.

"윤희야, 너희 이제 겨우 결혼한 지 2개월 되었어. 배란일 맞춰본 것도 처음이고. 그런데 기운 없어 한다면 말이 안 되잖아. 피임 없이 얼마나 아기가 안 생겨야 불임인지는 알고 있지?"

"네, 1년이요."

"그래, 그러니까 지금은 즐겁게 둘만의 시간을 즐겨. 나를 봐봐. 지유 하나 낳고 나니까 지성샘과 단둘이 시간 보낸다는 게 여간 어려운 게 아니라고."

유리의 위로에 윤희도 얼굴을 피며 말했다.

"네, 그럴게요. 걱정해주셔서 감사해요. 그럼 내일 봬요."

윤희가 유리와 통화를 마친 후 준혁에게 메시지를 보냈다.

사랑하는 나의 하늘, 준혁오빠에게

오빠, 나는 아직 온전히 나 혼자서 오빠를 사랑합니다. 휴가 가서 신나게 놀고 생일이라도 지나고 나서 조금 더 마음의 준비가 된 후에 나와 아기가 함께 당신을 사랑할게요. 쪼끔만 더 기다려줘요.

윤희가 준혁을 하늘이라 칭한 이유는 남편인 그가 하늘처럼 높다는 의미에서가 아니었다. 진짜 넓고 끝이 없는 하늘 같은 마음으로 자신을 사랑해주는 남편이라는 뜻이었다.

GK그룹 본사 건물 총수실의 커다란 책상에 준혁이 앉아있고, 그 옆으로 그의 든든한 그림자 윤비서가 서있었다. 준혁은 그리 반갑지 않은 정치계 인사들과 만나 오찬을 함께하고 들어온 상태였다. 그러나 준혁의 표정이 굳어져 있는 것이 마음에 안 드는 사람들과의 점심식사 때문만은 아니었다. 윤비서가 건네주는 서류에 열심히 사인을 해대던 준혁의 핸드폰에 윤희가 보낸 메시지가 들어왔다. 잠시 가만히 있는 준혁을 보고 윤비서가 물었다.

"무슨 일이신지요?"

"방금 전 유리한테서 전화 받았잖아? 그것 때문에 윤희가 보낸 문자야."

대략 짐작을 하는 윤비서가 잠시 자리를 비켜주었다. 책상 위에 앉아있던 준혁이 창가로 와서 섰다.

'통화를 하면 내 목소리 금방 들통 나려나?'

아무래도 내심 기대를 했던 그로서는 약간이라고 해도 실망을 한 게 사실이었다. 좀 천천히 아기가 생기고 윤희와 더욱 열렬한 사랑을 나누는 것이 결코 싫지 않은 준혁이었으나, 그렇게 생각하면서도 한편으로는 바라고 있었나보다. 고민을 하던 준혁은 역시 그냥 메시지를 보내는 편이 낫겠다고 생각했다.

나만의 사랑스러운 낙하산, 윤희에게
나는 아직 윤희가 온전히 혼자인 게 더 좋아. 아기가 생기면 한동안 술도 못 마실 테니 이번 여행에서는 양주 먹는 거 허락해줄게. 좋지? 그러니까 내일 새벽에 출발할 수 있게 짐 챙기고 있어. 사랑해.

준혁이 윤희를 낙하산이라고 칭하는 이유는 그녀가 자신의 생명줄이라는 뜻에서다. 하늘에서 몸을 날리는 것처럼 극한 상황에서 자신의 생명을 지켜내줄 낙하산 말이다. 윤희 없이는 살 수가 없다는 그의 마음의 표현이었다.

다음날 새벽 준혁과 윤희는 함께 여행을 떠났다. 목적지는 GK그룹 관광사업의 일환으로 자연경관이 무척 뛰어난, 사람의 손이 닿지 않았던 무인도에 조성된 리조트였다. 리조트라고는 하지만 거대한 도시라고 봐도 부족함이 없을 만큼 엄청난 규모와 시설을 자랑하는 대한리조트의 헤븐리 월드 같은 곳이 아니라, 최대한 자연 훼손을 막아 무인도의 정취를 만끽할 수 있도록 띄엄띄엄 자리 잡은 아름다운 펜션 열 곳이 전부인 그런 곳이었다. 완공된 지 얼마 안 되었기 때문에 아직 민간에게는 보이지 않은 휴양지였던 것이다.

유리가 준혁에게, 준혁이 윤희에게, 윤희가 경민에게, 또 유리의 남편인 이지성이 친구 천혈성에게, 그리고 유리와 준혁이 모두 상민에게 연락해 총 다섯 커플이 이 여행길에 올랐다. 그들은 공항에서 만나 전용기를 타고 움직였으며, 항구에서는 GK그룹이 보유하고 있는 초호화 럭셔리 크루즈선을 이용해 육지에서 좀 떨어져있는 무인도에 도착했다. 그리고 그들의 안전을 위하여 윤비서와 그의 수하 두 명이 함께 동행해주었다.

무인도를 여행할 때 최대 단점인 편의시설 부족이라는 난제를 최고급 펜션으로 완전히 해결한 그곳에서 바다와 섬의 경치를 바라보며 즐거운 시간을 보냈던 그들이 밤이 되자 한곳으로 모였다. 열 개의 펜션 중 중앙에 위치하는, 유리와 지성이 묵고 있는 가장 커다란 펜션으로 말이다. 이미 함께 바비큐 파티로 저녁식사를 마친 그들은 함께 모여앉아 술을 마시기 시작했다. 유리가 준비해온, 평범한 사람들은 감히 접해보기 어려운 고가의 양주를 마시며 그들은 이런저런 대화를 나누었고 시간이 흐를수록 점점 분위기가 무르익었다. 아무래도 천혈성의 아내인 이려진과 상민의 약혼자인 한아영만 빼고 나머지 여덟 명이 의사이니 병원과 관련된 이야기가 주를 이루었다.

양주잔을 손에 들고 준혁의 눈치를 살피던 윤희가 조용히 물었다.

"나, 마셔도 된다고 했죠?"

그녀가 묻자 준혁이 웃으며 대꾸했다.

"되긴 하는데, 아마 그거 한 잔 마시면 우리는 이 모임에서 빠져 숙소로 돌아가야 할 거야."

준혁의 말이 틀리지 않다는 걸 윤희도 알고는 있었지만, 그래도 병이 독특하고 예뻐서 괜한 호기심이 생기는 그 술을 윤희는 마셔보기로 했다. 벌써 다른 이들은 여러 잔을 마신 그 위스키를 윤희가 입에 가져다 댔다.

'웩.'

하지만 지독히 독하고 맛없다고 느끼는 윤희였다. 준혁이 마시지 못하게 해 생겨버렸던 양주에 대한 환상이 일순간에 와르르 무너졌다. 그녀의 찌푸려진 얼굴을 보며 준혁이 쿡쿡하고 웃었다.

'녀석, 마시지도 못 할 거면서.'

준혁은 그렇게 생각하기는 했어도 입으로 말을 뱉지는 않았다. 옛날에도 자신의 말에 자극받아 쓸데없이 원샷을 하는 바람에 윤희가 힘들었었다는 걸 아주 잘 기억하고 있는 준혁이었기 때문이다.

그때 유리가 천혈성을 보며 물었다.

"혈성씨는 지유아빠랑 한국의대를 같이 다녔으니까 둘이 친한 건 알았지만 우리 준혁이랑은 도대체 어떻게 알아요? 결혼식 때도 단둘이 얘기하는 모습 보고 궁금했는데."

"아, 학회에서 여러 번 만나서요. 같은 외과다보니."

그렇게 말하며 그가 준혁을 보고 씩 웃었다. 준혁이 그런 천혈성을 보며 어이가 없다는 표정을 지었다.

'하, 정말 지독히 차갑고 무서운 자였는데 웃는 얼굴 보면 꽤나 착하고 순해 보이니. 나참, 거짓말도 수준급이네. 얼굴색 하나 안 변하고.'

그때 경민이 모두를 돌아보며 입을 열었다.

"이제 이야기도 많이 나누었고 서로 안면도 익히고 했으니 우리도 게임하면 어떨까요?"

친구 경민의 제안에 윤희가 좋아라 대답했다.

"히야, 재밌겠다."

그동안 별말 없이 예쁘게 앉아있던 아영도 웃으며 말했다.

"꼭 수학여행 같아."

수학여행, 다른 이들은 고등학교를 졸업한지 3천 년은 된 듯했으나 혼자 고교생 마인드인 어린 아영이다운 말이었다. 그 소리에 모두들 미소를 지으며 옛일을 추억하는 듯했다.

"그런데 무슨 게임을 할까요?"

경민이 묻자 아영이 역시나 수학여행의 단골 게임인 아이엠그라운드, 바니바니게임, 진실게임, 007빵, 마피아게임, 369게임, 왕게임 등을 제안했다. 그러나 여자들이나 친절한 상민이라면 몰라도 천혈성이나 김준혁, 이지성 등이 그런 게임을 해줄 것 같지 않았다. 그들의 표정을 대충 훑어본 유리가 입꼬리를 살짝 올리며 말을 꺼냈다.

"여기 모인 남자분들과 함께 게임하려면 몸으로 하는 게 나을 것 같아요. 실내 숨바꼭질 어때요?"

유리의 질문에 준혁이 가장 먼저 대답했다.

"싫어."

단호한 그의 한마디에 유리가 준혁을 쳐다보았다. 그런 게임은 너무 유치해서 하고 싶지가 않다는 것이 아니었다. 술래가 윤희가 된다면 눈 감고 여기저기를 돌다 다치기라도 하게 될까봐 싫었던 것이다. 준혁의 마음을 금세 알아차린 상민이 웃으며 다른 제안을 했다.

"그럼 이 중앙 펜션은 매우 넓으니까 진짜 숨바꼭질을 하면 어떨까요? 눈은 가리지 말고 다른 사람들이 숨으면 술래가 찾는 거. 그럼 다칠 일은 없잖아요?"

그 말에는 준혁도 수긍했다.

"뭐 좋을 대로."

지금껏 거의 말을 하지 않던 청순해 보이는 천혈성의 아내 려진도 미소를 지었다.

"어린아이가 된 것 같겠어요. 좋아요."

그때 현진이 피식 웃으며 말했다.

"같은 공간에서 여럿이 눈을 가리고 한 명을 찾는 좀비게임이나 술래가 눈을 가리고 여럿을 찾는 실내 숨바꼭질이 훨씬 스릴이 있을 것 같기는 하지만 다들 안전을 걱정하는 것 같으니 그것도 좋겠어요."

그렇게 그들은 동심으로 돌아가 다 같이 가위바위보를 했다. 제일 먼저 술래가 된 사람은 유상민이었다.

"좋아, 내가 찾으러 다녀야 하는 건가? 어떻게 하면 되지요?"

상민을 보며 유리가 현관 쪽을 가리켰다.

"저기 입구 쪽에서 벽에 머리를 대고 속으로 천천히 100을 세."

유리의 말에 아영이 펄쩍 뛰며 말했다.

"안 돼요. 200은 세야 해요. 그래야 제대로 숨죠."

"아니, 최소한 300은 되어야 마음 편히 숨지."

윤희의 말에 모두가 웃었다. 그렇게 그녀들이 원하는 대로 상민은 아주 충분히 시간을 주기로 했다. 어차피 그들은 끽해야 이 건물 내에 있을 것이기 때문에 그들을 찾는 게 어려울 거라는 생각은 전혀 하지 않았다.

상민이 벽에 얼굴을 묻고 아주 천천히 숫자를 세고 있는 동안 준혁은 윤희의 손을 잡고 2층으로 뛰어 올라갔다. 모두들 제각기 흩어져 숨을 곳을 찾고 있는데 유독 준혁만이 윤희의 손을 잡고 함께 움직인 것이었다. 그리고 윤희는 말없이 준혁이 하는 대로 따랐다. 자정이 다 되어가는 시간의 무인도 펜션 안, 그곳에서 윤희가 혼자 숨을 수 있을 곳은 없다고 준혁은 생각했다. 너무나 겁쟁이인 그녀의 마음을 알고도 남는 준혁이 윤희를 데리고 2층 한쪽에 있는 룸 안으로 들어갔다. 그리고는 문 옆에서 벽에 기대고 편안히 앉았다. 준혁의 옆에 따라 앉으며 윤희가 걱정스럽게 물었다.

"여기 있음 금방 들킬 텐데요?"

그러자 준혁이 윤희의 머리를 부드럽게 쓰다듬어주며 말했다.

"이 펜션이 좀 넓기는 해도 실외가 아니니 한계가 있지. 어느 방에 숨든 상민이 녀석이 먼저 움직이는 곳이면 다 잡히고 말거야. 그 녀석이 다른 곳을 먼저 찾으러 가면 그때 우리는 얼른 거실로 뛰어내려 가면 돼."

생각해보면 그의 말이 맞았다. 옷장 속에 숨든 테이블 밑에 숨든 일단 그 장소로 가까이 다가온 상민의 눈에 들키지 않을 수는 없는 노릇일 테니 말이다.

준혁과 윤희가 이층의 한쪽 방에 숨어있는 그 시간, 주방의 싱크대 뒤 작은 공간으로 몸을 숨긴 유리가 숨을 죽이고 있었다. 현진은 2층에 따로 마련된 거실 뒤 소파로 가서 숨었고, 천혈성과 려진은 마스터베드룸의 욕실과 드레스룸에 각각 숨었다. 경민은 1층의 욕실로 들어가버렸고, 지성은 1층 응접실로 들어가 별로 숨을 생각도 없이 의자에 앉아있었다.

그리고 아영은 복도 끝에 위치한 책이 가득 진열되어있는 고풍스러운 서재로 발을 들여놓았다. 좀 어둠침침하고 뭔지 모를 긴장감이 감돈다고 느끼면서도, 너무 밝으면 쉽게 들킬 수 있다는 생각에 아영은 불을 켜지 않은 채 숨을 곳을 찾았다. 의자를 옆으로 빼내고는 서재에 놓인 커다란 책상 아래에 몸을 숨기는 아영이었다. 문으로 들어와도 책상의 아래가 막혀있으니 금세 들키지 않을 만한 좋은 곳임은 확실했다. 그렇게 웅크리고 있는 아영의 귀에 무슨 소린가가 들렸다.

'뭐지?'

아영은 이내 그 소리가 비가 오는 소리라는 걸 알 수 있었다. 굉장히 굵게 내리는 그 빗소리에 왠지 등골이 오싹해지는 아영이었다. 아영이 고개를 조금 들자 책상 뒤로 있는 커다란 창이 보였다. 어두워서 잘 보이지는 않지만, 나무가 심하게 움직이는 것 같았다. 그 모습을 보며 아영이 생각했다.

'비만 오는 게 아니라 바람도 엄청 부나봐. 뭐야? 태풍이라도 오려나?'

조금 걱정스러운 눈으로, 창밖에서 세차게 흔들리는 나무일 것으로 추정되는 움직임을 보던 아영의 귓가에 엄청나게 쏟아 붓는 빗소리와 바람소리 말고 무언가 다른 소리가 들렸다.

'어?'

문이 열리고 닫히는 소리라는 걸 알아챈 아영이 호흡을 멈췄다. 숨도 쉬지 않고 꼼짝 않고 있으면서 아영이 생각했다.

'쳇, 왜 나를 제일 먼저 찾은 거야? 나 술래 되는 거 싫은데.'

아영은 일단 움직이지 않고 그대로 있었다. 방이 어두우니 조용히 있으면 상민이 혹시 이 아래를 보지 않고 그냥 나갈 수도 있다고 생각했기 때문이었다. 그렇게 있은 지 어느 정도의 시간이 흘렀다.

'뭐야? 문만 열어보고 갔구나?'

발소리가 전혀 들리지 않자 아영은 그제야 안도의 한숨을 내쉬었다. 그런데 그때였다. 아영이 자신의 등 뒤로 빼놓은 의자가 조금 밀리는 것이 아닌가!

'학!'

아영의 눈동자는 순간 커다래졌고 심장이 쿵 내려앉음을 느꼈다. 아무도 없는 방 안에 혼자 있다고 생각하던 아영은 끽해야 자신을 찾으러 온 사람이 사랑스러운 약혼자 상민이라는 상황에서도 그런 이성적인 판단을 하는 대신 놀라기부터 했다. 책상 아래에 숨어 책상의 안쪽 면을 바라보고 있던 아영이 몸을 틀어 뒤돌아보려고 하는 찰나 누군가 아영의 어깨에 손을 얹었다. 그 소름끼치는 느낌에 자연스레 벌려지는 아영의 입에서 비명이 튀어나오기 직전 커다란 손이 그녀의 입을 틀어막았다. 아영의 등 뒤에서 책상 아래로 팔을 뻗어 그녀의 입을 막음과 동시에 고개를 고정시켜 미동도 할 수 없게 만드는 것이었다.

현관 앞 벽에 팔을 대고 이마를 붙이고 있던 상민이 속으로 300은 넘게 세었다고 생각되자 눈을 뜨고 고개를 돌렸다. 밖에서 들리는 빗소리 외에는 아무것도 들리지 않을 만큼 펜션 안은 조용했다. 그때 상민이 천천히 움직이기 시작했다.

"자, 이제부터 찾으러 가볼까?"

그렇게 혼잣말을 하며 거실 중앙에 위치한 계단을 오르기 시작하는 상민이었다. 사실 이 게임을 시작할 때 층계를 뛰어올라가는 발소리를 들었기 때문에, 상민은 위층부터 찾아 내려오기로 했다. 2층으로 올라온 상민은 작은 거실 쪽이 아닌 반대쪽에 있는 방으로 들어갔다. 천천히 문을 열고 들어서는 상민은 문 옆에 누군가가 숨어있다는 것을 쉽게 알 수 있었다. 상민이 들어오는 걸 보고 일어선 준혁이 투덜거리며 물었다.

"뭐야? 너 누구누구 찾고 나서 온 거야?"

"아니, 너랑 윤희를 처음으로 찾은 건데?"

"인마! 다른 사람들도 많은데 왜 하필 우릴 찾아온 거야?"

"글쎄, 발 가는 데로 왔을 뿐인데 네가 이곳에 있었을 뿐이라고."

웃으며 말하는 상민에게 준혁의 옆에 서있던 윤희가 물었다.

"사람들이 다 숨어버리고 혼자 남아서 무섭지 않았어요?"

겁 많은 그녀다운 질문에 상민이 미소를 지었다.

"훗, 생각을 안 해봤네. 그렇군, 혼자서 사람들 찾으러 다니면 무서워야 하는 건가?"

윤희의 말에 진지한 척 농담하는 상민이었다.

"됐어, 우린 내려갈래. 윤희야, 가자."

처음으로 들켜버린 준혁과 윤희는 방을 나와 아래층으로 내려갔고 상민은 2층의 다른 곳을 찾기 시작했다.

그렇게 상민이 준혁과 윤희가 숨은 방에 들어가 둘과 이야기를 나누던 사이 주방의 작은 공간에 웅크리고 앉아 숨을 죽이고 있던 유리의 가까이로 어두운 그림자가 드리워졌다. 아까 유리는 일부러 켜져 있던 주방의 조명을 끄고 숨었기 때문에, 무언가가 다가오고 있다는 사실을 아무리 예리한 유리라도 알아차리지 못했다. 발자국 소리조차 듣지 못했는데, 갑작스럽게 옆으로 다가와 자신에게 손을 뻗는 바람에 순간 유리의 두 눈은 휘둥그레졌고 파랗게 질린 얼굴이 되었다. 날카로운 비명이 내질러지기 직전 단번에 그녀의 입이 틀어 막혀버리고 말았다.

이미 걸려버린 준혁과 윤희가 넓디넓은 거실의 소파에 앉아있는데 응접실에 나와 느긋하게 걸어오는 유리의 남편 지성이 보였다. 상민이 숫자를 세던 곳으로 가서 벽을 손으로 짚고는 그가 말했다.

"이렇게 하면 된 건가?"

그가 한 소리를 듣고 윤희가 소파에서 일어서며 대답했다.

"네, 그렇게 하면 통과하신 거예요."

이지성이 윤희와 준혁의 앞으로 와서 앉으며 물었다.

"뭐야? 처남이 나보다 먼저 왔네?"

그 말에 준혁이 영 못마땅하다는 듯이 말했다.

"우리는 상민이 녀석한테 들켰어요."

"하하, 그래? 그런데 다들 어디 숨어서 이렇게 조용하지?"

그때 2층의 거실 소파 뒤에서 현진을 찾아 함께 내려오는 상민과 현진의 모습이 보였다.

"어? 현짐샘도 잡혔네?"

그 모습에 준혁이 씩 웃었다. 윤희와 자기만 들킨 게 아니라는 걸 알고 왠지 기분이 좋아지는 준혁이었다. 소파로 와서 앉으며 현진도 볼멘소리를 했다.

"뭐야? 상민이 녀석, 이런 경우 보통 1층부터 찾지 않나?"

준혁이 현진을 보며 한마디 했다.

"너나 내가 만만했던 모양이지."

1층으로 내려온 상민이 욕실에서 경민을 찾아 나오는 사이 마스터베드룸에서 려진과 함께 유유히 걸어 나온 천혈성이 그들의 곁으로 다가왔다. 먼저 현관의 벽에 손을 댄 둘을 보고 경민이와 함께 나오던 상민이 웃으며 말했다.

"천혈성샘, 여유로워 보이시면서도 움직임은 빠르시군요."

"그런가요? 그런데 상민씨는 얼굴이 무척이나 밝아 보이시던데, 약혼하셨다더니 역시 그 때문이겠군요."

상민이 휘 둘러보고는 입을 열었다.

"흐음, 그럼 아영이랑 유리만 안 보이는 건가?"

상민의 말에 준혁이 웃으며 대꾸했다.

"유리는 어렸을 때도 이런 놀이 하면 정말 잘 숨었었지. 아주 기막히게 말이야."

"그래? 그럼 한번 제대로 찾아볼까?"

상민이 다시 아영과 유리를 찾기 위해 움직였고 나머지 사람들은 푹신하고 고급스러운 거실 소파에 앉아 이야기를 했다. 현진이 먼저 입을 열었다.

"생각보다 재미없어요. 역시 눈을 가리고 하는 편이 스릴 있지 않았을까 싶네요."

그의 말에 아내인 경민이 웃으며 말했다.

"에이, 현진샘이나 나나 들켰으니까 그렇지 안 들킨 사람들은 재미날 걸요? 안 그래요, 선생님들?"

그렇게 물으며 이지성과 천혈성을 쳐다보는 경민이 무안할 정도로 무표정을 보이는 그들이었다. 그 모습을 보고 현진이 경민에게 말했다.

"봐봐. 지성샘이나 혈성샘, 아, 그리고 준혁이도 어이없고 재미없어 죽겠다, 빨리 자유의 시간을 달라 뭐 그렇게 보이잖아?"

경민이 허탈한 표정을 지으며 대답했다.

"정말 그러네요. 그렇게 재미없나? 윤희야, 넌 어때?"

"나? 난 술래만 아니면 돼. 혼자 찾으러 다니는 건 무서워서."

"훗, 그럼 혼자 숨어있는 건 안 무섭냐? 조용히 숨어있는데 살금살금 다가

온 어두운 그림자가 스윽……."

경민이 그렇게 말하며 옆에 앉아있는 윤희의 목뒤로 손을 뻗치자 윤희가 인상을 쓰며 준혁의 품 안으로 파고들었다.

"하지 마, 무서워."

그렇게 소리치는 윤희를 준혁이 안아주며 토닥거렸다.

'무슨 짓이야? 윤희 겁 많은 거 몰라? 장난치지 말라고!'

버럭 지를 뻔한 소리를 안으로 삭히며 준혁이 심호흡을 했다. 친구들 간의 장난에 예민하게 구는 건 좋지 않다는 판단을 못 할 만큼 준혁이 막무가내는 아니었기 때문이다.

그렇게 얼마간의 시간이 흐른 후 이곳저곳을 찾아 헤매던 상민이 살짝 긴장된 표정으로 다른 이들이 모여 있는 곳으로 돌아왔다.

"이상해, 있을 만한 곳을 다 찾아봤는데 둘 다 안 보여."

상민의 말에 준혁이 피식 웃으며 별로 대수롭지 않다는 듯이 말했다.

"말했잖아? 유리 진짜 잘 숨는다고."

"그럼 아영이는?"

"글쎄, 둘이 함께 숨었나?"

상민이 준혁을 보며 다시 걱정스럽게 물었다.

"왠지 예감이 안 좋아."

초조해 하는 상민의 눈빛을 쳐다보며 준혁이 조금 전보다 진지한 음성으로 말했다.

"네 녀석이 그렇게 안절부절못한다는 게 진짜 이상하니까 일단은 찾아봐야겠다."

"저희도 같이 찾아요."

경민의 말에 지성도 한마디 했다.

"유리가 워낙 장난꾸러기라."

함께 모여 있던 그들은 서로 뿔뿔이 흩어져 그녀들을 찾기 시작했다. 겁 많은 윤희만 준혁의 손을 잡고 움직였고 나머지는 각자 혼자서 그들을 찾으러 다녔다. 경민이 복도의 맨끝에 위치한 문을 열고 안으로 들어섰다.

"와우, 이게 다 뭐야? 책이 정말 많네."

경민은 뭔가 비밀스럽고 독특한, 마법서 같은 분위기의 책들이 가득 차 있는 고풍스러운 책장을 보며 갑자기 멍해졌다.

"히야, 이게 다 인테리어 효과를 위한 거라고?"

그렇게 혼잣말을 하며 책을 꺼내려고 손을 뻗는 순간 경민의 등 뒤에서 검은 그림자가 스쳤다.

위층을 찾으러 올라갔던 상민과 준혁, 윤희가 결국 위에는 아무도 숨지 않았다는 결론을 내고 아래로 내려오는데, 천혈성은 마스터베드룸 옆에 있는 또 다른 작은 침실에서, 그리고 이지성은 욕실에서 각각 찾는 걸 실패하고 거실로 나왔다. 그들이 거실로 나오는 순간, 려진이 주방에 있는 수납장의 문을 열어보며 말했다.

"설마 유리씨는 이런 곳에 숨은 건가?"

그러나 유리는 그 안에 숨어있지 않았다. 려진은 커다란 식탁 너머로 있는 화려한 진열장 앞에 섰다.

"대단하네……."

그녀가 고급스러운 양주병들에 시선을 빼앗기고 있는데, 진열장의 유리에 무언가의 모습이 비쳐졌다. 려진의 눈동자가 커짐과 동시에 그녀의 등 뒤에서 뻗쳐 나온 손이 그녀의 입을 조용히 막았다.

준혁이 거실의 소파로 돌아와 앉으며 불만스러운 목소리로 말했다.

"보나마나 또 유리의 장난이군."

상민이 털썩 주저앉으며 투덜거리는 준혁을 보고 입을 열었다.

"설마, 또?"

"너도 유리의 짓일 가능성이 가장 높다고 생각하는 거잖아?"

그때 현진이 마스터베드룸에서 뛰어나오며 말했다.

"아무래도 이 방과 안쪽 욕실에도 없는 것 같아."

지금껏 그리 걱정하는 표정이 아니었던 유리의 남편 지성의 얼굴이 어두워졌다.

"유리가 장난을 좋아하긴 하지만……, 그래도 지금은 너무 늦었고."

그렇다. 이미 자정이 훨씬 지나 1시가 되어가고 있었다. 상민이 시계를 보며 미간을 찌푸렸다.

"유리와 아영이 연합하여 작정하고 장난을 친다면 못할 것도 없는 그녀들이겠지. 하지만 밖에 저렇게 비가 많이 오고 있는데다가, 얼마 전에 아영이는 비를 맞고 입원까지 했었기 때문에 설불리 같은 짓을 반복하지는 않을 거야. 그렇다면 반드시 이 펜션 안에 있다는 말인데, 이렇게 찾아도 안 보이니……."

불안한 눈빛인 게 역력한 상민의 눈을 쳐다보던 윤희가 고개를 돌리다가 뭔가를 알아차린 듯 놀라서 소리쳤다.

"어? 잠깐만……. 경민이는? 그 려진씨라는 분은요?"

윤희의 발언에 주위를 둘러보던 모두의 낯빛이 하얗게 질렸다. 준혁이 기막히다는 듯이 말했다.

"뭐야, 이거? 여자들끼리 똘똘 뭉쳐 우리한테 골탕이라도 먹이자는 건가?"

준혁의 말에 현진이 고개를 갸우뚱했다.

"경민이는 말이지. 무슨 일을 계획하고 있으면 얼굴에 다 드러나. 그런데 난 오늘은 그런 거 전혀 못 느꼈거든? 윤희야, 혹시 경민이한테 무슨 소리 들은 거 있어?"

"네? 아니요, 없어요."

언제나 딱딱해 보이고 표정변화가 거의 없는 천혈성이 날카로운 눈빛을 보이며 말했다.

"려진은 나를 상대로 결코 장난 같은 걸 못 치지. 적어도 려진까지 사라졌다면 그건 자의가 아닐 것이 확실해."

상민이 고민스러운 얼굴을 하다가 입을 열었다.

"확실히 뭔가 문제가 생긴 게 분명해. 이대로라면 다음 타깃은……."

상민의 말에 남자들이 모두 윤희를 바라보았다.

"아악!"

지레 겁먹고 소리를 지르는 윤희를 준혁이 뒤에서 부드럽게 감싸 안았다. 그리고는 조용히 속삭였다.

"걱정 마, 내가 있잖아."

새파랗게 질려가던 윤희의 얼굴에 다시 핏기가 돌았다.

'그래, 나는 준혁샘만 붙들고 있으면…….'

윤희는 그렇게 생각하며 안도의 한숨을 내쉬었으나, 이내 사라진 그녀들이 걱정되어 얼굴을 찡그렸다. 그때 열심히 핸드폰을 붙들고 있던 상민이 걱정 가득한 얼굴을 했다.

"아영이, 전화를 안 받아."

그러자 유리의 남편인 이지성도 같은 소리를 했다.

"유리도 마찬가지야."

"려진이도."

"경민이도 안 받아요."

준혁이 품 안에 안고 있던 윤희를 소파에 앉혀주고는 하는 수 없다는 듯이 입을 열었다.

"설마 여기까지 와서 그의 도움을 받아야 할 줄은 몰랐는데……. 역시 윤비서한테 연락해봐야겠다."

준혁의 말에 천혈성이 준혁을 똑바로 쳐다보았다.

"만일 이번 일을 꾸민 자가 윤비서, 그자라면?"

순간 정적이 흘렀다. 준혁은 물론이거니와 상민의 표정도 무섭게 식어버렸다. 준혁의 생각에 지금까지의 윤비서라면 그는 절대로 죽었다 깨어나도 이딴 짓을 할 인물이 아니었다. 하지만 그가 윤희의 사주로 자신을 납치하기도 했다는 걸 기억하는 준혁은 한편으로는 천혈성의 소리가 틀리지 않을지도 모른다는 생각을 했다. 그러니 이번에는 자신의 누나인 김유리의 사주로 행해진 유리와 윤비서의 합작품일 수도 있겠다고 생각하는 준혁이었다.

'그렇다면 다행이지.'

"그래도 나는 천혈성씨 당신보단 윤비서를 더 믿으니까 먼저 전화를 해보도록 하죠."

다른 이들의 눈이 있는지라 준혁은 병원에서의 레벨이나 나이로 봐도 자신보다 위에 있는 천혈성에게 경어를 사용했다. 그리고 준혁은 앉지도 못하고 선 채로 윤비서에게 전화를 했다.

방금 전의 일이었다. 서있는 준혁의 옆에 앉아있던 윤희가 조용히 움직여 천천히 거실 소파로부터 멀어졌다. 준혁이 천혈성과 대화하고 있는 사이 윤희는 그의 시야에서 벗어났다. 그리고는 지성, 현진, 상민까지도 천혈성과 준혁의 대화에 몰두하고 있는 틈을 타 재빨리 거실을 지나 복도 쪽으로 몸을 움직였다.

여러 번의 신호가 간 뒤 윤비서가 준혁이 건 전화를 받았다.

"네, 도련님."

평소와 조금도 다를 바 없는 그의 음성에 준혁은 역시 윤비서는 아닐 거라고 생각하며 물었다.

"이곳 상황을 감시하고 있는 건가?"

"네, 만일의 일에 대비해서 말입니다."

"그럼 유리와 아영이, 그리고 조금 전에 경민이랑 려진까지 이 펜션에서 나가 어디로 갔는지 알고 있어?"

준혁의 말에 윤비서의 반응이 잠시 끊겼다가 다시 들렸다.

"도련님, 무슨 말씀이신지요? 그곳에 설치된 모든 CCTV를 감시한 결과 펜션 밖으로 나간 사람은 한 명도 없었습니다."

"하, 뭐야? 그럼 이곳에 숨어있다고? 도대체 어디 숨었기에 이렇게 안 보인단 말이야?"

준혁이 기막혀 하며 윤비서에게 말했다.

"알았어."

그렇게 전화를 끊은 준혁이 상민일 쳐다보았다.

"상민아, 너 예리하지? 윤비서 말이 이곳에서 밖으로 나간 사람은 단 한 명도 없다는데, 그럼 도대체 어디에 숨었다는 걸까? 너 모르겠냐?"

준혁이 애꿎은 상민에게 따지듯이 묻자 천혈성이 준혁을 보며 얘기했다.

"범인이 사실대로 말할 거라고 설마 기대를 한단 말입니까?"

그의 말에 준혁이 확 열 받아 소리쳤다.

"그럼 윤비서가 이런 말도 안 되는 장난을 치고 있다는 겁니까?"

사실 그렇게 물으면서도 준혁도 윤비서를 조금씩 의심하기 시작했다. 반신반의하는 그를 보며 심각하게 고민하던 상민이 의견을 냈다.

"내 생각에도 천혈성 선생님이 하신 말씀에 일리가 있다고 봐. 이렇게 감쪽같이, 발소리나 비명소리 하나 없이 그녀들이 사라졌다는 건……."

그렇게 말하던 상민의 눈동자가 커다래지더니 놀라서 입을 다물지 못했다.

"하악!"

그런 상민을 쳐다보며 준혁이 물었다.

"왜 그래?"

"유, 윤희."

상민의 그답지 않은 떨리는 음성에 준혁이 얼른 윤희를 돌아보았다. 소파

앞에 서있는 자신의 옆에 얌전히 앉아있던 윤희의 모습이 온데간데없었다.

준혁이 윤희가 없어진 것을 알고 놀라기 직전 윤희는 아영과 경민이 사라졌던 문제의 그 서재로 향하고 있었다. 뒤꿈치까지 들고 천천히 걷고 있는 윤희는 그야말로 사시나무 떨듯이 떨고 있었다. 그녀가 무언가에 조종되어 최면이라도 걸려서 움직이는 것이었다면 이리 무서워지는 않았을 것이다. 윤희는 심장이 쿵쿵 떨어지고, 온몸에 소름이 돋고, 머리카락은 물론 솜털까지 쭈뼛쭈뼛 서는 느낌을 받았다. 너무 큰 공포에 휩싸여 반쯤 혼이 나간 듯 걷고 있는 윤희는 이미 공황상태로 치닫고 있었다. 그렇게 복도 끝으로 간 윤희가 서재의 문을 빼꼼 열어보았다. 윤희가 준혁의 곁을 떠나 이런 곳으로 혼자 움직인 이유는 방금 전 그녀의 핸드폰으로 들어왔던 메시지 때문이었다.

그녀들을 모두 살리고 싶다면 아무도 모르게 지금 당장 복도 끝에 위치한 문으로 들어와라.

그 문자를 받는 순간, 윤희는 너무 놀라고 무서워 소리를 지를 뻔했다. 그러나 그럴 수도 없을 만큼 대단히 커다란 두려움이 윤희를 짓눌렀다. 자신의 경거망동에 친구 경민이나 어린 아영, 그리고 유리언니, 려진이라는 사람까지 정말 위험에 처할 수도 있다는 생각이 들었기 때문이다. 윤희의 머릿속에는 딱 하나의 단어가 떠올랐다. 사이코패스. 무인도라고는 했지만 너무 예쁘고 훌륭하게 지어진 이 리조트를 보고 어떤 자, 혹은 그런 무리들이 이곳으로 들어왔을 거라고 생각하는 윤희였다. 그러니 자신의 일행이 이곳으로 오기 훨씬 전부터 이 무인도 아닌 무인도는 그 어쩌면 그들의 소굴이 되어버렸을 것이라고 말이다. 그러니 윤희는 아무런 양심의 가책도 없이 언제든지 총이나 칼을 휘두를 수 있는 미치광이들에게 그녀들을 헤칠만

한 빌미를 제공하고 싶지 않았다. 그것이 아무런 대책이 없어도, 그런 자들을 이길 자신이 없어도 윤희가 어쩔 수 없이 그 메시지의 명령에 따른 이유였다.

"으아아악! 이 녀석 어디 갔어?"

준혁이 거의 폭탄을 집어삼킨 듯이 이리저리로 뛰며 괴성을 질러댔다.

"윤희야, 차윤희! 어디 있어?"

자신의 친누나인 유리가 사라져도, 절친 상민의 약혼녀가 모습을 감춰도 여유가 있던 준혁은 그다지 흐트러지지 않았었다. 그러나 윤희까지 없어진 상황에서는 그에게서 이성적인 모습을 기대할 수 없었다. 거의 미쳐 날뛰듯이 펜션 안을 뛰어다니는 준혁과 함께 나머지 사람들도 다시 한 번 잃어버린 그들의 짝을 찾으러 분주히 움직였다.

수십 분 후 준혁이 거의 실성한 것 같은 모습으로 거실 바닥에 주저앉으며 윤비서에게 전화를 걸었다. 신호가 가자 바로 전화를 받는 윤비서에게 준혁이 소리쳤다.

"당장! 지금 당장 윤희 찾아내."

준혁이 지르는 소리에 윤비서의 대답이 들리는가 싶더니 바로 전화가 끊어졌다. 그리고는 5분도 채 되지 않아 현관문이 열리고 비에 젖은 윤비서가 나타났다. 그대로 바닥에 주저앉은 채 진정을 해보려고 안간힘을 쓰고 있는 준혁을 보고 윤비서가 그의 앞으로 다가와 앉으며 말했다.

"일단 일어서시지요, 도련님. 제대로 자초지종을 말씀해주십시오."

아무 말 없이 일어선 준혁이 거실 소파로 가서 앉았고 다른 이들도 함께 자리를 했다. 상민이 윤비서를 보고 침착하게 일어난 일에 대해 설명을 했다. 사라진 사람들의 순서도 빠짐없이 말해주자 윤비서가 의아하다는 듯이 입을 열었다.

"확실히 모든 게 이상하군요. 원해서 숨어버린 것인지, 아니면 진짜 누군가에게 당한 것인지 정황상 쉽지 않은 문제입니다. 마지막 윤희 아가씨가 스스로 사라진 것은 더욱더 말입니다."

윤비서의 말에 완전히 얼어붙은 것 같은 얼굴로 대꾸하는 준혁이었다.

"윤희는 겁이 너무 많아서 이 시간에 이런 낯선 곳, 절대 혼자서 못 움직여."

상민이 준혁의 소리에 동의했다.

"네, 윤비서님. 그건 확실합니다."

"그렇다면 윤희 아가씨는 누군가 함께 움직여줄 수 있는 사람이 있어서 갈 수 있었다는 겁니까?"

윤비서의 질문에 준혁이 입술을 깨물며 차갑게 대꾸했다.

"도대체 모르겠어. 그 녀석이 어째서, 아니 어떻게 내 곁에서 사라질 수 있었는지."

'윤희에게서 눈을 떼지 말았어야 했는데, 으.'

준혁이 죽도록 화가 나 미칠 것 같다는 듯이 소리치며 앞의 테이블을 온 힘을 다해 강하게

내려쳤다.

"으아악!"

준혁의 주먹이 유리 테이블을 강타하려는 찰나 윤비서의 손이 준혁의 주먹을 감싸며 저지시켰다. 그 힘에 밀려 윤비서의 손등이 테이블과 충돌을 일으켰고 커다란 소리를 냈다. 강화 유리라 다행히 깨지지는 않았다 하나 엄청난 충격을 받았을 것이 확실함에도 윤비서는 눈빛조차 흔들리지 않았다. 그리고는 아무렇지도 않은 듯 말을 했다.

"다치실 수 있습니다. 도련님, 진정하십시오."

평정심을 잃지 않고 여유로워 보이는 윤비서를 보며 준혁이 물었다.

"뭐야, 윤비서? 이 일에 대해 뭘 얼마나 알고 있기에 표정이 그렇게 멀쩡해?"

준혁이 따지듯이 물었지만, 윤비서의 표정이 변할 정도의 일은 절대 혼치 않다. 윤비서가 준혁에게 무언가를 대답하려고 입을 여는 순간 그들이 가지고 있는 핸드폰으로 동시에 메시지가 전송되었다. 물론 발신자 표시는 제한된 상태로 말이다. 메시지를 확인하던 남자들의 눈빛이 하나같이 몹시도 흔들리기 시작했다.

지금 이 순간부터 입 밖으로 아무 소리도 내지 마라. 그 자리에서 그대로 조금의 미동도 하지 마라. 적어도 그녀들을 다시 볼 생각이 있다면 말이다.

기막힌 협박의 메시지. 그러나 너무나 조용히, 그리고 완벽히 일을 벌인 미지의 인물이 보낸 그 메시지에 누구도 섣불리 움직일 수가 없었다. 그때 준혁이 자리에서 일어섰다. 그러자 그곳에 모인 모두가 일제히 준혁을 쳐다보았다. 감히 말은 하지 못했지만. 메시지의 경고를 무시하고 준혁이 움직이기 시작했다고 다른 이들이 생각하는 찰나 준혁이 입을 열었다.

"이번 일, 아무래도 타깃이 나인 것 같아."

그렇게 말한 준혁이 따라 일어서려는 윤비서를 돌아보며 단호한 음성으로 말했다.

"윤비서, 명심해. 내가 연락할 때까지 그대로 있어. 절대로 말하지도, 움직이지도 마. 상대가 누구인지 알 수 없지만 절대 만만한 인간은 아닌 게 확실하니까. 인질로 잡혀있는 그녀들을 위험에 빠트릴 수도 있으니 모두 조용히 지시에 따라."

준혁의 눈빛은 이미 먹이를 쫓는 독수리의 그것쯤으로 변해있었다. 윤희가 사라진 걸 알고 극도로 흥분한 상태였던 그의 모습은 어느새 찾아볼 수 없었다. 온몸의 세포가 곤두서있다고 느껴질 만큼 모든 신경을 집중시키고 있는 그의 표정이며 눈빛은 살벌할 정도로 날카로웠지만, 그의 태도는 무서울 정도로 차분했다. 진심으로 전투태세 돌입시에나 보이는 그의 모습을 보고 윤비서의 눈썹이 꿈틀거려졌다. 하지만 준혁의 말에 따라 가만히 있을 수밖에 없는 윤비서였다.

모두를 살리고 싶다면 혼자서 움직여라. 너의 골치 아픈 심복이 움직인다면 절대로 맥이 뛰는 그녀를 안지 못할 것이다. 이 리조트의 가장 서쪽 끝에 위치한 펜션으로 와라.

준혁이 받은 메시지의 내용이었다. 준혁은 비장한 얼굴을 하고 중앙 펜션을 나왔다. 정말 억수로 쏟아지는 비를 맞으며 준혁은 서쪽으로 뛰기 시작했다. 가장 동쪽에 위치한 펜션에서부터 다섯 개의 펜션을 이곳에 온 일행들이 사용 중이었으며, 중앙 펜션 뒤로 위치한 통제실에서 윤비서와 그의 부하 둘이 함께 감시 시스템을 확인하고 있었다. 자연 그대로의 정취를 느낄 수 있게 적당한 거리를 두고 지어진 펜션들이었기 때문에 맨 서쪽의 펜션은 꽤나 거리가 있는 곳이었다. 준혁은 계속해서 달리고 있었다.

'나와 윤비서의 관계를 아는 자다. 그리고 윤비서를 골치 아프다고 말했다는 건 그의 능력을 알고 있는 자란 뜻이다. 그럼 누구냔 말이냐? GK그룹과 관련이 있는 것인가? 아무튼 목적이 있다면 그게 회사의 지분이든, 경영권이든, 경쟁사가 원하고 있는 다른 이득이든 간에 나에게서 얻을 것이 있다면 윤회를, 그리고 그녀들을 쉽게 건드리지는 않을 것이다.'

그렇게 생각하며 달리고 있는 준혁의 머릿속에는 이런 짓을 할 만한 인물이 선뜻 떠오르지가 않았다. 솔직히 실질적 경영은 윤비서가 하고 있었기 때문에, 그리고 골치 아픈 일의 처리도 그가 맡아서 했기 때문에 준혁은 어떤 자들과 대립이 있었는지, 원한 관계가 형성되어 있는지 알지 못했다. 그저 회사와 관련되어 있을 거라고 막연한 예측을 하는 그였다.

준혁이 전속력으로 달려 서쪽 끝의 펜션에 다다랐다. 조금의 머뭇거림도 없이 문을 열어젖히고 들어서던 준혁이 말 그대로 얼어붙어버렸다. 몸뿐만 아니라 이성도 함께 말이다. 머릿속이 시리다란 느낌이 들 만큼 차갑게 번져감을 느끼며 숨을 내쉬지도 못하는 준혁이었다.

그 시간 중앙 펜션의 가장 가까이에 위치한 펜션의 거실에서 소파도 아니고 바닥에 웅크리고 앉아있는 그녀들이 보였다. 약속이나 한 듯 하나같이 다리를 모으고 무릎 위에 이마를 대고 있었다. 한동안 미동도 하지 않던 유리가 고개를 들어 한 바퀴를 둘러보았다. 아영과 경민, 그리고 려진의 모습은 보였으나 윤희는 없었다.

'뭐야? 그 이상한 인간이 윤희는 아직 잡지 못하고 있는 건가? 하긴 윤희는 준혁이가 커버하고 있으니 결코 쉽지 않을 거야. 어쩌면 그자의 뜻대로 우리를 모두 모은 후 남자들에게 무언가 협박하려는 계획에 차질이 생길 수도 있겠지. 제발 준혁이가 윤희를 혼자 두지 말아야 할 텐데. 그런데 그자가 진짜 원하는 게 뭘까?'

유리는 그런 생각을 하면서도 한마디의 말도 하지 못했다.

"혀를 놀려라. 그게 친구의 심장을 찌르는 비수가 될 것이다."

그렇게 지껄였던 납치자의 소리를 도저히 무시할 수 없는 그녀들이었다. 상상조차 못할 만큼 빠르고, 놀랄 만큼 조용하고, 소름끼칠 정도로 섬뜩한 그런 자의 말을 거슬렀다가 누군가가 희생양이 될까 두려워 모두 그 자리에 굳어버린 듯 그대로 있었다. 잠시 후 아영이 살짝 고개를 들었다. 살며시 눈을 뜨고 앞쪽을 응시한 그녀는 조용히 고개를 숙이고 있는 려진을 보고 다시 눈을 감으며 머리를 숙였다.

'상민씨는 뭐하고 있는 걸까? 설마 남자들도 당한 건가? 이제 윤희언니까지 잡혀오면 우리는 어떻게 되는 거지?'

그 예쁜 아영의 얼굴이 걱정으로 일그러졌다.

아름다운 리조트가 조성되었다고는 하나 아직 여행객들의 발이 제대로 닿지 않았던 무인도, 어두운 밤하늘을 가르는 천둥, 번개 소리가 그 섬을 뒤흔들고 있었다. 무인도 안의 서쪽 끝 펜션에 들어선 준혁의 얼굴에 번개의 번쩍이는 섬광이 스쳤다. 잠시 멈춰 섰던 준혁이 다시 움직여 서서히 거실로 들어가자, 거실의 한쪽 끝에 있는 자가 입을 열었다.

"멈춰라."

그자의 말에 준혁은 맥없이 따를 수밖에 없었다. 불 꺼진 거실, 어느 침실에선가 흘러나오는 미세한 불빛으로 간신히 실루엣의 확인만이 가능했지만 그자가 한쪽 팔로 목을 조이고 머리에 총구를 들이밀며 붙잡고 있는 여성이 자신의 심장을 꺼내 바쳐도 부족한 윤희라는 사실을 알 수 있었기 때문이다.

"윤희야, 괜찮아? 괜찮은 거야?"

준혁이 다급한 음성으로 물었으나 윤희는 아무 소리도 내지 않았다. 그저 조용히 준혁을 쳐다보고 있을 뿐이었다. 그런 그녀의 몸은 무척이나 떨리고 있었다. 그때 정체 모를 복면의 사내가 다시 한 번 입을 열었다.

"생각보다 무모하진 않군. 어두워도 아내를 알아볼 줄도 알고."

그자의 소리에 준혁의 미간이 찌푸려졌다. 기계음에 가까운 저음……

'뭐야? 음성 변조인가?'

분명히 사람의 소리는 아니었다. 그리고 한국어가 아닌 영어를 쓰고 있었다.

'그러고 보니 아까 그 메시지도 영어였어.'

준혁은 그제야 상대가 어쩌면 외국인일 수도 있겠다는 생각을 했다. 준혁이 마음의 준비를 하고 천천히 입을 떼었다.

"그녀를 풀어줘라. 원하는 건 어떤 것이든 들어줄 테니."

"훗, 자신이 넘치는군. 좋아, 원하는 걸 말하기 전에 누가 날 보냈는지부터 알려주지. 아니, 내 소개부터 해야 하는 건가? 나는 내가 속한 세계에서 이름 꽤나 알려진 살인 청부업자다."

그렇게 말하며 웃음을 흘리는 그를 보고 준혁이 상대를 파악해보았다.

'프로다. 여유로워. 윤희를 제압하고 있는 팔도, 윤희에게 겨눈 총을 쥐고 있는 손도, 윤희와 적당히 키를 맞추기 위해 넓게 벌린 다리조차 조금도 흔들려 보이지 않고 눈곱만큼의 빈틈도 보이지 않는다.'

어쩔 수 없이 꼼짝 못 하고 서있는 준혁을 보며 그가 말을 이었다.

"원래 우리 같은 일을 하는 사람들은 의뢰자의 비밀을 지켜줘야 하는 게 도리지. 그런데 우스운 건 이번에 일을 맡긴 자는 자신에 대해 알려주라고 하더군."

"그자가 누구냐?"

주눅 들거나 겁먹지 않은 준혁을 보며 그자가 씩 하고 웃었으나 복면에 가려져 입모양이 제대로 보이지는 않았다.

"정이사라고 하면 기억하려나?"

그 한마디에 준혁은 묵직한 둔기로 뒤통수를 얻어맞은 것 같은 큰 충격을 받았다. 일을 사주한 자가 그자라면 쉽게 타협이 되지 않을 거란 걸 직감적으로 알 수 있었기 때문이다.

"네가 부리는 심복이 자신의 다리를 총으로 쏴 외국으로 추방했다고 하더군. 알고 있나?"

준혁은 반년 전 자동차테러 사건으로 자신을 죽이려 했던 정이사를 윤비서가 손봐주었다는 걸 알고 있었다. 돌연 그자가 GK그룹에서 사라졌다는 걸 알고도 준혁은 그리 걱정하지 않았었다. 윤비서가 알아서 처리하리라 믿었기 때문이었다. 그런데 저런 자까지 동원해 복수를 꿈꾸고 있었다니…….
그자의 악랄함을 익히 잘 알고 있는 준혁의 등줄기에 서늘한 기운이 흐를 수밖에 없었다. 준혁이 최대한 침착한 음성으로 그를 보며 물었다.

"그래서 그자가 나한테 원하는 게 뭐라고 하던가? 결국 GK그룹의 경영권을 달라는 거냐?"

"그렇다면 줄 수 있겠느냐?"

"물론이다. 그러니 윤희를 돌려줘. 손가락 하나 까딱하지 마."

"풋, 그런데 어쩌지? 그자는 이제 그런 것 따위에는 관심이 없던데?"

여전히 귀에 거슬리는 낮은 톤의 기계음에 저절로 눈살이 찌푸려지는 준혁이 다시 물었다.

"그럼, 도대체 내가 어떻게 하면 윤희를 놓아줄 거냐?"

"그가 원하는 게 너의 목숨이라면 순순히 내놓을 수 있겠는가?"

그의 질문에 준혁이 앞으로 다가서며 말했다. 두 팔을 벌리고 말이다.

"그 총으로 나를 쏴라. 대신 그녀는 놓아줘."

명령조로 말하는 준혁의 소리에 그자가 못마땅하다는 듯이 대꾸했다.

"이런, 나는 너의 명령을 들으러 이곳에 온 게 아니야. 한 발짝만 더 움직이면 이 예쁜 머리통을 박살내주지."

윤희를 향한 그자의 살기가 준혁의 온몸으로 전해졌다. 그 순간 준혁은 진심으로 무서워졌다.

'저자는 장난이 아니다.'

아주 쉽게 윤희를 죽이고도 남을 자란 걸 그의 행동이나 말투에서 알 수 있었다. 준혁이 그답지 않게 기가 질린 표정을 지었다. 그때 윤희를 잡고 있는 그자가 역시나 기분 나쁜 음성으로 말을 했다.

"자, 그럼 이제 알려줄까? 네 아내를 되찾을 수 있는 방법은 날 고용한 그 정이사의 뜻대로 네가 움직여주면 되는 거야."

"말해. 뭐든지 따를 테니."

"호오, 좋은 자세야. 머리가 좋은 건가, 아님 흐름을 읽은 건가? 어차피 날 건드려봤자 남는 건 이 여자의 시체일 뿐이란 걸 알고 있는 듯해서 다행이군. 그 정이사란 자는 너보다 너의 심복에게 원한이 많더군. 자신을 해하고 쫓아낸 그자가 죽는 모습을 보고 싶다고 했어."

그 소리에 준혁의 눈빛이 몹시도 흔들렸다. 정이사가 계획했던 모든 일들을 수포로 돌아가게 했던 건 윤비서였기 때문에 정이사가 자신보다 윤비서를 죽이려 하는 건 어쩌면 당연하다고 생각하는 준혁이었다.

"그런데 내가 아닌 네 손으로 죽이라고 하더군, 철저히 버림당하는 아픔을 안겨주고 나서 깨끗이 처리하는 모습까지 전부 담아달라고 했어. 지금 이곳의 상황은 내가 미리 설치해놓은 카메라에 고스란히 담기고 있지. 자, 어때? 해보겠나?"

"……."

얼굴에 있는 작은 근육들까지 전부 경직이 일어날 만큼 준혁의 표정이 완전히 굳어졌다. 한마디도 하지 못하는 준혁에게 그가 대답을 다그쳤다.

"왜, 못하겠어? 방금 전처럼 그 정도는 아무것도 아니니 무조건 따르겠다고 해야 하는 거 아니야?"

"……."

역시 대답을 못 하는 준혁을 보고 그자가 윤희의 귀에 대고 속삭였다.

"헤이, 말 잘 들었어. 한마디만 했다가는 이 총이 그의 심장을 겨눌 거란 내 말은 장난이 아니거든. 자, 그럼 이제 이렇게 말해봐. '살려주세요' 해보란 말이야. 싫다면 난 저 놈을 제일 먼저 죽일 거야."

그자의 협박에 윤희가 어쩔 수 없이 입을 떼었다.

"살려주세요……."

윤희의 다 죽어가는 목소리에 준혁의 피가 들끓었다. 그러나 그녀를 겨눈 총구의 방향을 바꾸게 할 방법이 없었다.

"들었지? 난 그다지 인내심이 없어서 말이야. 대답해. 이번에도 대답하지 않으면 난 너희 둘 다 내 손으로 죽이고 너의 심복도, 아니 이 섬에 온 모든 놈들을 전부 없애겠어. 난 이런 상황의 살인도 무척이나 즐기거든."

준혁은 어찌해야 좋을지 알 수가 없었다. 적어도 눈앞의 미치광이 살인마가 하는 소리들이 그저 허세 부리기 위함은 아니라는 걸 알 수 있었기 때문이다.

"너의 심복이 아무리 강하다 한들 인질이 있으면 별수 없지. 그게 악인이 승리할 수밖에 없는 이유니까. 자, 마지막 기회야. 그자를 네 손으로 없애겠나?"

어금니를 꽉 깨물고 괴로워하던 준혁이 마지못해 무겁게 가라앉은 음성으로 대답을 했다.

"그래, 그리 할게. 뭐든지 할 테니 한 가지만 약속해. 윤비서를 내 손으로 없애면 윤희는 반드시 살려줘."

"좋아, 네가 그자를 철저히 짓밟아버린다면 이 여자는 살려주지."

"약속 지켜. 그럼 내가 이제 어떻게 하면 되는 거지?"

묻고 있는 준혁의 목소리는 몹시도 떨리고 있었고, 윤희는 그자에게 붙들린 채 꼼짝도 할 수가 없었다. 이제 자신의 이마를 짓누르고 있는 총구의 서늘함도 거의 느껴지지 않는 윤희였다. 단지 너무도 무서울 따름이었다. 아무리 경황이 없다고 해도 대충 일이 어떻게 돌아가는지는 알 수 있었으니까 말이다.

"하지 마, 준혁샘! 그런 짓 하지 마. 누군가를 죽이는 거 말도 안 된다고!"

지금껏 가만히 그의 지시를 잘 따르던 윤희가 있는 힘껏 소리를 질렀다. 준혁을 이제는 오빠라고 부르는 그녀였지만, 극한 상황이 되자 더 오래 그를 불렀던 호칭이 자연스레 튀어나왔다. 윤희의 외침에 목을 잡고 있던 그자의 팔에 힘이 들어갔다.

"흐윽, 켁켁켁."

윤희가 고통스러워 하는 모습을 보고 준혁의 눈빛이 변했고 꽉 쥔 주먹이 부들부들 떨렸다.

"그만둬. 그 녀석 얘기 듣지 않을 거니까. 네가 시키는 대로 다 할 테니까."

준혁이 하는 소리를 듣고 그자가 팔에 힘을 풀며 말했다.

"좋아, 그럼 시작해. 너의 심복을 이리로 불러서 똑바로 말해주라고. 넌 단지 나에게 있어 내가 사용하는 물건에 지나지 않는다고, 여자를 위해서 너 같은 건 얼마든지 없애버릴 수 있다고, 너는 고작 나한테 그 정도 가치일 뿐이라고. 기억해라, 제대로 하지 않으면 이 여자도 끝장이야."

그렇게 말하고는 그자가 거실에 있는 계단으로 윤희를 끌고 올라갔다. 그리고는 2층 난간 뒤에 숨어 여전히 윤희의 머리에 총을 겨눈 채 거실 쪽을 내려다보았다.

준혁이 윤비서에게 연락을 하려 했으나 그의 폰은 비에 젖어 사용할 수가 없었다. 그런 모습을 보고 2층에 몸을 숨긴 그가 소리쳤다.

"소파 테이블 위에 놓인 폰으로 걸어. 그리고 그곳에 있는 총을 사용해라. 허튼 수작은 용납 안 할 테니 명심해. 네 심복의 숨이 끊어진 걸 확인한 후에야 너는 이 여자를 건네받을 수 있을 것이다. 그러니 급소를 피해 시간만 끄는 건 그자를 더 고통스럽게 하는 잔인한 짓이 될 거야. 처음부터 심장을 뚫어."

준혁이 테이블 쪽으로 가서 핸드폰과 총을 주워 들었다.

'제길, 총을 손에 쥐고도 반격조차 할 수 없으니……'

비록 손에 총을 쥐었다 한들 윤희를 방패삼아 앉아있는 그자를, 더군다나 그녀의 머리에서 단 한순간도 총을 치우지 않는 그자를 어찌 공격할 수 있겠는가! 준혁의 행동이 아무리 빨라도 그자가 손가락만 까딱하면 모든 게 끝이니 말이다.

윤비서가 전화를 받자마자 준혁이 지독히 무거운 음성으로 입을 뗐다.

"나야."

"네, 도련님."

"서쪽 끝 펜션으로 아무도 모르게 혼자만 와, 당장."

그렇게 말한 뒤 전화를 끊어버린 준혁이 들고 있는 총을 보며 생각했다.

'윤비서를 없애라고……?'

윤비서가 오고 있는 죽을 것처럼 숨 막히는 시간 동안 준혁은 머리를 굴리고 굴렸으나 도저히 그 어떤 방법도 찾아낼 수가 없었다. 결국 윤비서를 지키고 윤희를 구해내고 저자를 처치할 묘수란 존재하지 않는다는 걸 처절하게 깨닫는 준혁이었다. 준혁이 위층을 보며 마지막으로 소리를 질렀다.

"네가 하란 대로 윤비서를 내 손으로 죽이고 나면 반드시 윤희는 살려줘."

"걱정하지 마, 약속은 지킬 테니. 대신 그가 배신감을 느끼게 똑바로 연기해."

운명의 시곗바늘이 돌아가고 현관의 문이 열렸다. 그리고 비에 흠뻑 젖은 윤비서의 모습이 나타났다.

그녀들이 붙들려 있는 펜션의 거실 안에는 정적이 흐르고 있었다. 한참을 지나도 아무런 소리도 들리지 않고 인기척도 느껴지지 않자 결국 가장 강심장인 유리가 입을 열었다.

"더 이상은 이러고 있지 못하겠어. 우리를 인질로 해서 무슨 일이 일어나기 전에 가봐야겠어."

그렇게 말하며 유리가 일어서자 그녀들이 동시에 고개를 들어 유리를 보았다. 려진이 걱정스레 조용히 물었다.

"하지만 움직이거나 소리를 내면 다른 이들을 죽이겠다고……."

"협박이지. 하지만 협박은 협박으로 끝날 확률이 크다고. 더군다나 움직였다고 살인을 저지를 인간이라면 어떤 식으로든 이곳에서 안전하게 빠져나가기란 불가능할 거야."

유리를 보고 배짱 좋은 어린 아영도 따라 일어섰다.

"나도 유리언니 따라갈래요."

경민도 일어서며 유리와 아영을 보았다.

"같이 가요."

그러자 려진도 마지못해 일어서서 매우 염려하는 얼굴을 보였다.

"제발 우리의 행동이 누군가에게 해가 되지 않기를……."

그때 제일 먼저 일어섰던 유리가 따라 일어선 그녀들을 둘러보며 비장해 보이는 음성으로 단호히 말했다.

"저 현관문을 열고 나가면 뒤도 돌아보지 말고 뛰어. 펜션 입구에서 우측으로 가장 처음 있는 곳이 우리가 있었던 중앙 펜션이야."

유리의 말에 모두가 고개를 끄덕였다. 그리고는 심호흡을 한 그녀들이 문을 열고 뛰쳐나갔다. 쏟아지는 빗속을 달리는 그녀들은 하나같이 같은 생각을 했다.

'제발 모두 무사하길…….'

그렇게 미친 듯이 빗속을 달려 중앙 펜션에 도착한 그녀들은 거칠 대로 거칠어진 호흡을 가다듬을 틈도 없이 현관 안으로 뛰어들어 갔다.

비를 쫄딱 맞고 들어온 그녀들을 바라보고 입을 다물지 못하는 남자들이었다. 처음으로 상민이 일어섰다. 그리고 메시지의 협박을 무시한 채 입을 열었다.

"아영아, 나 어디 좀 가봐야 해. 그러니까 이곳에서 다른 사람들하고 꼼짝 말고 기다려."

비에 젖은 자신을 돌봐줄 생각도 하지 않고 서둘러 나가려는 상민을 보고, 무엇보다 너무도 냉정하게 느껴지는 그의 음성에 뭔가 일이 벌어졌다는 것을 알겠는 아영이었다. 현관으로 나가는 상민을 어느새 일어선 천혈성이 뒤따랐다.

"함께 가주지. 위치는?"

"서쪽 끝 펜션."

상민은 윤비서의 곁에 있었기 때문에 그가 전화를 받을 때 전화기 너머의 준혁의 음성을 들었었다. 상민과 천혈성이 곧장 달려 나가고 나서 남겨진 사람들은 일단 숨을 죽이고 거실에 모여 앉아 있었다. 도대체 무슨 일이 벌어지고 있는지 감을 잡을 수도 없는 그들이었기 때문이다.

비에 젖어 펜션 안으로 들어선 윤비서를 보며 준혁이 소름 끼칠 정도의 차가운 음성으로 입을 열었다.

"잘 들어, 윤비서. 그 자리에서 움직이지 마. 그리고 아무 말도 하지 마."

준혁의 말에 윤비서는 가만히 서있어주었다. 자신의 지시를 따르고 있는 윤비서를 똑바로 응시하며 준혁은 그자가 했던 요구대로 말을 하기 시작했다.

"나를 믿나, 윤비서? 나한테 당신은 한낱 내가 사용하는 물건에 지나지 않아. 나는 단지 필요에 의해 당신을 이용할 뿐이지, 그 이상의 의미는 없다고."

제법 자연스럽게 얘기하며, 한 발자국씩 서서히 다가오는 준혁을 윤비서가 쳐다보았다.

'나를 믿어줘, 제발. 나한테 당신은 둘도 없는 동료였고, 피를 나눈 것보다도 더 소중한 형이었고, 목숨을 빚지고 있는 대신 언제든 기꺼이 당신을 위해 죽어줄 수 있다는 생각을 갖게 만드는 내 생명의 은인이었어.'

준혁의 눈빛을 보며 윤비서는 조금의 미동도 하지 않고 있었다.

"나는 말이지, 내 여자를 위해서라면 당신 같은 건 얼마든지 없애버릴 수 있어. 당신은 고작 나한테 그 정도 가치뿐인 존재니까."

지독히 차갑게 말을 뱉고는 준혁이 윤비서의 코 앞에 서서 그의 심장에 정확히 총구를 들이댔다. 윤비서는 이 상황에서조차도 아무런 저항의 몸짓도 하지 않았고 준혁이 하는 행동을 그저 담담히 받아들였다.

'나는 말이지, 윤희의 목숨을 담보로 그 어떤 모험도 할 수가 없어. 그러니까 윤희 대신 윤비서 당신을 죽이겠다고 결심하는 데는 몇 초도 걸리지

않아. 상대가 그 누구라도 말이야.'

그렇게 생각하며 준혁이 윤비서의 심장을 겨눈 총의 방아쇠를 당겼다. 탕. 귀를 찢을 듯한 총성에 윤희가 비명을 지르며 눈을 감았다.

"꺄악!"

윤비서의 가슴에서 튀는 새빨간 피를 보며 준혁이 생각했다.

'그런데 윤비서, 내가 내 손으로 없애고 나서 절대로 나 혼자만 살아남을 수 없는 상대가 몇 있어. 아버지, 유리, 그리고 당신이야.'

준혁이 자신의 가슴에 총을 겨누고 윤비서에게 했던 대로 같은 위치에 총알을 박았다. 탕. 또 한 번의 총성과 함께 흩어지는 붉은 피를 보며 준혁이 정신을 잃기 직전 속삭이듯 말했다.

"미안해……."

심홍색 피를 흩뿌리며 그렇게 거실바닥으로 쓰러져버리는 윤비서와 준혁이었다. 위층에서 둘의 모습을 지켜보던 그자가 윤희의 목뒤를 내려쳐 기절시켰다. 그리고는 그녀를 옆으로 밀어놓고 정신없이 층계를 뛰어내려 왔다. 함께 쓰러져있는 둘을 보고는 기막혀 하며 입을 열었다.

"무슨 이따위 자식이 다 있어? 진짜 돌아버리겠네."

그렇게 소리치며 복면을 벗어버리는 그다. 옅은 빛 속에서도 유독 반짝이는 은발, 강한 포스가 느껴지고 날카로운 선이 살아있는 얼굴을 있는 대로 찡그리며 윤비서를 끌어안는 힐이었다.

"제길, 망쳐버렸어."

그때 현관의 문이 열리고 두 남자가 뛰어들어 왔다. 윤비서를 안고 피로 젖은 가슴을 누르고 있는 힐과 그 옆에 쓰러져 피를 흘리고 있는 준혁이 보였다. 아무리 차갑고 냉철한 천혈성이라지만 이 광경을 보고는 도저히 당황하지 않을 수 없었다. 상민이 먼저 준혁을 안았다.

"준혁아! 괜찮아? 어? 내말 들려? 으."

미친 듯이 소리를 지르던 상민이 서둘러 경동맥의 맥과 그의 호흡을 확인했다. 셔츠의 앞가슴이 흥건히 젖어있었지만 이상할 정도로 맥박수가 정상적이었다. 바로 달려든 천혈성이 준혁의 셔츠를 뜯어버리고는 상처를 확인했다. 질린 얼굴에서 점점 의아한 표정을 짓는 그였다.

'뭐지?'

창을 통해 밝게 들어오는 햇살이 눈을 감고 있는 윤비서의 얼굴에 비쳐졌다. 눈살을 찌푸리던 그가 천천히 눈을 떴다. 낯선 천장이 보였다. 윤비서가 지난밤에 있었던 일을 떠올렸다. 준혁이 아파 죽겠다는 눈빛으로 자신을 쳐다보며 마음에도 없는 소리인 게 뻔한 말들을 늘어놓고는 자신에게 총을 쏘았던 걸 말이다. 윤비서가 자리에서 일어나 앉으며 총을 맞았던 가슴을 쳐다보았다. 붕대가 감겨져있고 쓰라리다고 느껴지기는 했으나 그리 심한 통증은 결코 아니었다. 윤비서가 이상하다는 얼굴을 했다. 영국에서 2년간 그의 아버지 밑에 있을 때 이미 한 번 총을 맞아봤던 그였다. 급소는 피했었기 때문에 생명에 지장은 없었지만 그 통증은 심히 견디기 어려웠다. 더군다나 준혁이 겨냥한 위치상 총을 맞고 살아남았다는 것이 믿기지 않았다. 순간 윤비서의 머릿속에 어렴풋이 준혁의 모습이 스쳤다. 자신의 가슴에 총을 겨누던 그가 생각나 윤비서가 서둘러 침대에서 나오는데 침실의 문이 열렸다.

"뭐야? 벌써 움직이려고? 암만 멀쩡해도 총상이라고. 좀 더 쉬어야……."

윤비서가 순식간에 그에게 달려들어 멱살을 잡아채고는 서늘함이 묻어나는 음성으로 그가 하는 소리를 끊었다.

"힐, 도대체 무슨 짓을 저지른 거냐? 도련님은? 도련님은 어디 있어?"

"쳇, 진짜 어이없어. 일을 이따위로 망쳐버리다니."

윤비서가 힐을 바닥으로 내동댕이치며 소리쳤다.

"당장 똑바로 말해. 내 인내심이 바닥난 상태니까."

전혀 그답지 않게 흥분한 모습의 윤비서를 보며 힐이 한쪽 입꼬리를 슬쩍 올렸다.

"일단 안심해. 자네가 괜찮다는 건 그 대책 없는 놈도 멀쩡하다는 거니까."

여전히 서슬이 퍼런 윤비서의 눈빛을 보며 힐이 한숨을 내쉬었다.

"이렇게 망칠 줄 알았으면 그냥 다른 방법을 쓰는 건데……."

"무슨 소리야?"

"보스께서 건강이 그리 좋지 못해서. 아무래도 적지 않은 나이시니까. 자네는 어머니의 유품을 대가로 자유의 몸이 되었지만 그 후로도 보스는 자넬 많이 그리워하셨어. 자네를 설득해 데리고 오라고 명령을 내리지는 않으셨지만 눈으로는 늘 말씀하시는 것 같아서 결국 내가 알아서 움직인 거지."

윤비서는 그저 가만히 서서 힐이 하는 이야기를 듣고 있었다.

"사실 자네가 조직으로 돌아오지 않는 가장 큰 이유는 역시 그 김준혁 때문이라고 생각했어. 그래서 그간의 상황을 좀 조사하고 이 일을 계획했지. 처음에는 자네와 함께 이곳에 온 그 여자들을 인질로 삼아 협박을 해볼 생각이었어. 돌아오지 않으면 모조리 없애겠다, 뭐 그렇게. 하지만 그래봤자 자네는 김준혁에 대한 미련을 쉽게 떨쳐버리지 못하고 결국 다시 우리를 버릴 것이라 생각했지."

"……."

"그래서 윤비서 자네가 그 준혁이라는 놈한테 배신감을 느끼고 스스로 그자를 떠나는 편이 가장 좋을 거라고 생각했어."

"그래서 날 물건과 비교하게 하고 여자랑 저울질할 필요도 없는 놈이라는 그런 유치한 소리를 하라고 시킨 거고?"

"여자 따위 때문에 자네를 그리 쉽게 죽일 수 있는 놈 밑에서 계속 있으려는 이유가 뭐야?"

주저앉아 잘도 지껄이고 있는 힐을 윤비서가 내려다보며 말했다.

"쉽게? 힐, 넌 총을 들고 나한테 걸어오며 그가 보인 눈빛을 보지 못했잖아? 솔직히 그렇게 온전히 마음을 담아낸 눈을 보일 수 있는 자가 몇이나 될까? 도련님을 향한 내 충심으로도 보이기 어려운 눈빛이라고."

"쳇, 네 착각이 만들어낸 환상에 지나지 않는단 말이야."

"글쎄, 힐 자네가 일을 망쳤다고 인정하는 건 내가 도련님께 조금의 배신 감도 느끼지 못했을 거란 걸 잘 알고 있기 때문 아닌가?"

윤비서의 반박에 힐은 결국 입을 다물었다.

"날 저 세상으로 혼자 보내지 않겠다는 그의 마음을 직접 보여줬잖아? 도대체 뭐가 더 필요한 거지? 내가 그의 곁에서 그를 돕고 싶은 이유에."

힐이 바닥에서 일어서며 윤비서를 마주보고 섰다.

"죽는 길동무는 나도 해줄 수 있어."

"훗, 됐어. 죽을 일 없으니까."

"이번에도 속수무책으로 당했으면서 잘난 척은."

힐의 빈정거리는 말투에 윤비서가 정색을 하고 대꾸했다.

"자넬 적어도 친구로 생각했으니까 그래서 움직임을 파악하지 못한 거겠지. 힐, 자네가 내는 기운은 나에게 있어서는 적대적이지 않았거든. 그러나 그것도 이번까지야. 자네의 기와 느낌과 모든 것에 대한 기억, 생각, 반응을 철저히 바꿔버릴 테니까."

그렇게 말하며 밖으로 나가려는 윤비서의 어깨에 손을 얹는 힐이었다.

"그게 무슨 소리야? 그럼 난 이제 자네 친구도 아니라는 건가?"

"결국 내게 총을 쏜 건 도련님이 아니라 자네니까. 총을 겨누는 자를 친구라고 할 수 있겠어?"

힐이 윤비서의 앞을 막아서며 심각한 표정을 지었다.

"너한테 나는 아무것도 아니라는 건가?"

"아니, 적이라는 거지."

"나쁜 자식, 냉정한 놈. 정 억울하면 쏘면 될 거 아니야? 적이라고? 그래, 기회 줄게."

그렇게 말하며 힐이 지니고 있던 총을 윤비서의 손에 얹어주었다.

"친구도 아니란 소리 취소 안 할 거면 죽이고 가. 지금 그건 장난감 총 아니야."

"뭐?"

"뭘 놀라는 척해? 그럼 제대로 된 총 맞고도 이렇게 멀쩡할 거라고 생각한 거야?"

준혁과 관련된 이야기를 나누느라 잠시 잊고 있었던 것을 윤비서가 궁금하다는 듯이 물었다.

"이상하기는 해, 지금은 통증도 거의 없으니까. 하지만 맞는 순간 분명히 상처가……."

"상처야 생기지. 시각 효과를 위해서 표재 혈관들을 터트려 멋지게 피가 튀게 만드는 거야. 알고 있잖아. 진짜 총이 위력을 발휘하는 건 체내에서 일어나는 탄두의 덤블링 현상과 운동에너지 전달로 인한 파괴 때문이란 걸 말이야. 그런데 자네가 맞은 그 총알은 인간의 피부와 닿는 순간 급속히 운동에너지가 소실되게 되어있지. 그리고 총알의 뒷부분이 무거워 덤블링 움직임이 아예 나타나지 않게 만들어졌고. 대신 내부의 약제들이 밖으로 나와 노출된 피부와 피하조직의 혈관 안으로 빠르게 흡수돼 효과를 나타내게 한다고."

"무슨 약?"

"피를 많이 흘린 것도, 치명상을 입은 것도 아닌데 그런 것처럼 보이기 위해 의식을 잃게 하는 마취약, 그리고 상처의 출혈을 억제하는 지혈제 종류."

윤비서가 기막히다는 얼굴을 했다.

"대단해. 죽음을 위장한다, 그거군. 그럼 총알은 어디까지 뚫는 거야?"

"관통력을 형편없이 저하시키고 조직 파괴력을 터무니없이 약화시킨 위장용 탄인 셈이니까 피하에 위치하게 되지. 상처를 크게 내지 않고."

"그래서? 내가 죽었다고 하고 시체 가지고 사라지겠다, 뭐 그렇게 날 데리고 유유히 없어지려고 한 거군."

힐이 윤비서를 보고는 씩 웃었다.

"잘 아네. 그런데 너의 그 도련님인지 뭔지가 완전히 일을 망친 거지."

"그럼 도련님은 어디까지 알고 계셔?"

"그자는 나를 정이사가 보낸 살인 청부업자로 알고 있어."

윤비서가 힐을 보며 물었다.

"어째서 그런 자의 이름까지 팔았지?"

"내가 자네 친구인 힐이라는 사실을 알게 되면 그놈이 내 뜻대로 잘도 움직여주겠다. 내가 진짜 나쁜 놈인지 알아야 내 말을 듣지."

"자네 진짜 형편없이 나쁜 놈 맞아. 그러니까 저리 비켜."

"싫어, 아까 그 말 취소해. 차라리 치고 말지, 그따위 소리를."

그 말이 끝나기가 무섭게 윤비서가 힐의 복부에 강편치를 날렸다. 그 일격에 힐이 무릎을 꿇고 고통스러워 했다. 준혁을 골탕 먹인 그의 행동에 화가 나서 힘을 실은 건 사실이었지만, 그래도 너무 심하게 아파하는 힐을 보고 윤비서가 의아하다고 생각하며 힐을 일으켜세웠다.

"뭐야? 왜 그래?"

극심한 통증에 견딜 수 없다는 얼굴로 대답도 못 하는 힐을 보며 그가 입고 있는 셔츠를 들춰보는 윤비서였다.

"세상에!"

상처투성이인 그의 몸을 보고 윤비서의 눈살이 찌푸려졌다. 그 모습을 보고 힐이 간신히 입을 열었다.

"기분 좋은데? 내 상처에 속상해 하는 걸 보니……."

"누구 짓이야?"

"유상민."

그러고 보니 얼굴에도 여러 군데 푸른빛이 돌고 있다는 것을 알 수 있었다.

"자네가 맞을 만한 행동을 했지."

"훗, 힘으로 누른다면 얼마든지 가능한데도 내키지가 않더라고. 그래서 그가 분이 풀릴 때까지 맞아줬지."

"그럼 내 치료는 누가 해준 거야?"

"아무리 얕게 박혔다 해도 총알은 총알이니 그거 제거하고 지혈하고 소독하고 한두 바늘 꿰맸나?

윤비서가 힐에게 다시 한 번 물었다.

"그래서 그걸 누가 해줬는데?"

"천혈성. 이곳까지 쫓아왔더군."

"음, 다행이네."

"뭐가 다행인데? 일행 중에 외과의가 있는 거?"

"아니."

힐이 모르겠다는 표정으로 물었다.

"그럼 뭐가 다행이라고?"

"외과의사가 천혈성인 게."

"나참, 난 천혈성 맘에 들지 않던데. 그게 무슨 소리야?"

"천혈성이 치료했다면 도련님을 먼저 고쳤을 것이 분명하니까."

"하."

오로지 준혁만 생각하고 그의 안위를 걱정하고 있는 못 말리겠는 윤비서를 보며, 설득으로든 협박으로든 그를 준혁의 곁에서 떼어놓기란 불가능하다는 걸 새삼 깨닫는 힐이었다.

여러 펜션 중 한 곳의 마스터베드룸, 방안의 넓은 침대 위에 아직 잠들어 있는 준혁이 누워있었다. 그리고 그 옆을 한 사람이 앉아 밤을 새워 지켜주었다. 얼마 후 준혁이 얼굴을 찡그리는가 싶더니 천천히 눈을 떴다. 잠시 멍한 듯 보이던 준혁이 무언가를 생각해냈는지 벌떡 일어나 앉으려 했다. 그런 준혁의 몸을 부드럽게 저지시키며 다시 침대에 눕히고는 어울리지 않는 미소를 지으며 그가 입을 열었다.

"아직 좀 더 쉬십시오."

"저리 비켜, 나가봐야 해."

옆에서 준혁을 지키던 천혈성이 소리치는 준혁을 보고 그의 마음을 헤아리고 있다는 듯이 말을 했다.

"윤희씨는 아직 깨어나지 못했으나 다친 곳은 없고 윤비서는 아마 그의 친구가 돌봐주고 있을 것입니다."

그 순간 준혁의 눈이 커다래지며 막무가내로 천혈성의 손을 뿌리치고 일어나 앉았다.

"그게 무슨 소리야? 윤희가 왜?"

"어제 일어난 일을 목격하는 건 좋지 않다고 생각한 그자가 뒷목을 가격해 기절시켰던 모양입니다."

"진짜 괜찮은 거야? 지금 어디 있어?"

"다른 방에서 유리가 곁을 지키고 있습니다."

준혁이 침대에서 내려와 서며 말했다.

"가봐야겠어."

자신의 팔에 꽂힌 링거를 잡아 빼는 준혁을 보고 천혈성이 다소 못마땅하다는 듯한 표정을 지었다.

"아직 더 맞으시는 편이……."

"왜? 출혈이 많았어?"

"아닙니다……."

사실 꼭 링거를 맞아야 할 정도의 상황은 아니었다. 더군다나 무척이나 건장한 준혁이었으니 말이다. 반드시 필요한 치료는 아니었기 때문에 윤비서에게는 주사를 놓아주지 않은 그였다. 단지 준혁을 걱정하는 천혈성의 마음의 표현이라고 해야 맞을 것이다. 몸에서 거칠게 주삿바늘을 제거하던 준혁이 가슴에 감긴 붕대를 보고 의아하다는 생각을 했다.

"그러고 보니 내가 살아있네? 어떻게 이런 일이 가능하지?"

윤희만 먼저 생각하느라 그런 중요한 사실조차 의식하지 못한 준혁이었다.

"그럼 윤비서도 괜찮은 거지? 아까 친구가……."

그렇게 말하던 준혁의 눈동자가 흔들렸다.

"……그자구나. 힐이라는 은발의 사내."

"네, 맞습니다."

준혁이 기가 막혀 쓰러질 것 같은 얼굴을 했다.

'뭐야? 힐은 윤비서의 아버지가 이끄는 영국의 비밀 조직에 속한 자였는데……. 6개월 만에 살인 청부업자로 변해 정이사와 손을 잡았다고?'

믿기지 않는다는 표정을 짓는 둔탱이 준혁은 아직도 그가 정이사의 사주를 받았다고 한 말이 거짓인지 알아채지 못했다. 일단 준혁은 윤희에게 먼저 가봐야겠다고 생각했다.

거실로 뛰어나간 준혁이 윤희의 이름을 불렀다.

"윤희야, 어디 있어?"

펜션을 울릴 정도로 큰 그의 소리에 옆의 방문이 열리고 유리가 나왔다.

"쉿, 윤희 아직 잠들어있어."

준혁이 유리가 나온 방으로 달려 들어갔다.

침대에서 평온한 얼굴로 잠들어있는 천사 같은 윤희의 모습에 준혁은 안도의 한숨을 내쉬었다.

"아."

따라 들어온 유리가 준혁의 어깨를 툭 건드리며 말했다.

"윤희 상태는 나쁘지 않아."

"의식은?"

"아까 깨어났다가 다시 잠들었어. 너 괜찮은지부터 묻더라. 네 얼굴 잠깐 보고 와서는 쓰러지듯 누워 자는 걸 보면 많이 긴장했었나봐."

어젯밤 인질로 잡힌 그녀가 받았을 충격을 생각하며 준혁이 주먹을 쥐었다. 부르르 떨리는 그의 주먹과 툭툭 불거지는 팔의 근육들과 혈관만 봐도 그가 힐에게 느끼는 분노의 깊이를 짐작할 수 있었다.

"윤비서는 지금 어디 있어?"

"이 옆의 펜션에."

"알았어."

준혁의 있는 대로 화가 난 음성에 무슨 일이라도 벌어질까 우려된 유리가 그의 앞을 가로막으며 말했다.

"진정해."

"뭐? 지금 그따위 헛소리가 나와?"

"알아, 상민이 통해 얘기 들었어. 이런 일을 꾸민 자가 누군지, 그리고 그가 왜 그랬는지도."

준혁이 미간을 찌푸리며 나지막이 말했다. 아무래도 잠든 윤희를 깨우지 않으려는 그의 배려였다.

"비켜."

"준혁아……."

"정이사 같은 쓰레기의 사주로 이런 짓을 한 그자를 살려두라고? 내 손으로 윤비서를 죽이라고……."

그렇게 말하다 만 준혁이 뭔가 이상하다는 생각을 하는 순간 유리가 대신 말을 했다.

"정말 정이사의 사주를 받았다면, 그래서 그가 널 죽일 생각이 조금이라도 있었다면 넌 지금쯤 나랑 이렇게 말싸움을 하지도 못했겠지."

"그 말은 사주를 받지 않았다는 건가? 그럼 도대체 무엇을 위해 윤비서를 해하려 했던 거야?"

"네가 윤비서님을 좋아하는 것처럼, 그도 무척이나 윤비서님을 좋아하니까. 곁에서 함께 예전처럼 동료로 지내고 싶었던 거겠지. 윤비서님 아버지인 보스의 심중도 헤아려줄 겸."

"……."

"준혁이 네가 윤비서님을 배신하기를, 아니 배신하는 척이라도 하길, 그래서 윤비서님이 너에게 실망하고 네 곁을 떠나 결국 자신의 세계로 돌아와주길 간절히 바라서였던 거야."

준혁이 눈에 힘을 팍 주고, 입을 꾹 다문 채 침실을 나갔다. 유리가 따라 나오며 말을 이었다.

"상민이가 어제 그 힐이라는 사람을 거의 죽일 듯이 팼대. 그런데도 단 한 번도 반격을 하지 않았다더군."

거실로 나온 준혁이 윤비서에게 가기 위해 현관으로 걸어가는데 문이 열리고 윤비서가 들어왔다.

"괜찮으십니까, 도련님."

"미안해."

멀쩡히 자신의 앞에 서있는 윤비서를 보고 감격의 눈물이라도 흘릴 만큼 기쁜 준혁이 그를 보자마자 처음으로 한 소리였다.

"네? 무엇이 미안하십니까?"

"이 일이 힐이 꾸민 일이 아니라 실제 상황이었다면, 윤비서 당신은 내 손에 죽었을 테니까."

준혁의 진심 어린 깊은 눈을 보고 윤비서가 미소를 지으며 대꾸했다.

"이렇게 살아있지 않습니까?"

"만일 같은 일이 반복돼도 내 선택은 마찬가지일 거야. 그러니까 언제 당신의 목에 칼을 겨눌지 알 수 없는, 그만큼 당신을 아끼는 마음이 형편없는 내 곁을 떠나고 싶으면 가도 좋아. 당신의 아버지 밑으로 말이야."

윤비서가 정색을 하고는 준혁을 쳐다보았다.

"그곳으로 돌아갈 생각은 조금도 없습니다."

"하지만 언제든 내 손에 죽을 수도……."

준혁의 말을 중간에 자르며 아주 단호하게 말하는 윤비서였다.

"저는 언제든 도련님을 위해 죽을 수 있는 준비가 되어있습니다."

잠시 동안 준혁은 아무 말 없이 윤비서를 바라보았다. 그리고는 조용히 입을 열었다.

"난 좀 가봐야 할 곳이 있어."

그렇게 말하며 밖으로 나가려는 준혁의 팔을 윤비서가 잡으며 말했다.

"도련님, 힐은 돌아갔습니다."

"뭐?"

"아무래도 도련님 손에 죽게 될까봐 돌려보냈습니다."

"뭐야? 윤비서! 내가 그 자식 죽이고 싶은 만큼 열 받은 거 알고도 **빼돌렸**단 말이야?"

화가 난 음성으로 말하는 준혁의 어깨를 펜션 안으로 들어오던 상민이 살며시 감싸 쥐었다.

"날 봐서라도 용서해줘."

그 소리에 준혁이 상민을 돌아보았다. 어이가 없다는 듯 윤비서와 상민을 번갈아 쳐다보던 준혁이 허탈한 표정으로 말했다.

"대신 이번 한 번뿐이라고 전해, 윤비서. 다음에 또다시 이런 식으로 만나게 되면 나는 살의를 접지 못할 테니까."

강한 어조로 못 박아 얘기하는 그를 보며 윤비서가 미소를 머금고 대답을 했다.

"그러지요, 도련님."

힐은 윤비서의 말대로 조용히 그 섬을 떠났고, 힐이 무력화시켜놓았던 감시시스템을 원래대로 복구시킨 윤비서는 수하들에게 통제실을 맡기고 준혁의 일행에 합류했다. 아무래도 곁에 있어주는 편이 가장 안전할 거라 믿었기 때문이다. 일요일인 그날 저녁 윤희를 위한 생일 파티가 준비되었고, 도저히 평생 잊을 수 없을 정도로 살 떨리는 여름휴가의 기억을 가지게 된 그들은 모처럼 평온이라는 당연함을 감사히 생각하며 행복하게 파티를 즐겼다.

스트립쇼

　결과적으로는 별일이 없이 끝난, 그러나 결코 별것 없었다고 말하기는 어려운 무인도 여행에서 돌아온 다음 날이었다. 아내 차윤희의 생일 이벤트 때문에 벌써 오래전부터 고민 중이던 준혁은 결국 생일 당일 날이 되어서도 결론을 내지 못하고 있었다. 정기 이사회에 참석했던 준혁이 힘없이 총수실로 돌아오는데 뒤를 따라 들어온 윤비서가 걱정스레 물었다.

　"많이 힘드신 일이 있으신지요? 안색이 별로 좋지 않으십니다. 혹시 가슴 상처가⋯⋯."

　소파에 몸을 내던지듯 앉은 준혁이 맥없이 대꾸했다.

　"훗, 윤비서 당신은 상처 때문에 힘들어?"

　"아닙니다."

　"자기는 아니라고 대답하면서 나를 너무 형편없는 놈으로 몰지 말라고."

　"그럼 이사회 결의내용 중 심기에 거슬리는 것이 있으셨나요?"

　준혁이 옆에 서있는 윤비서를 올려다보며 피식하고 웃었다.

　"솔직히 말해?"

　"네."

　"솔직히 무슨 회의를 했는지 잘 모르겠어, 원래 관심이 없으니까. 오늘은 더 심했고. 앉아."

　그 말에 윤비서가 살짝 미간을 찌푸리며 자리에 앉았다.

　"GK그룹의 총 경영을 맡고 계시는 분은⋯⋯."

　일대 강연을 시작하려는 윤비서의 말을 준혁이 서둘러 막았다.

　"예전에도, 앞으로도 자네지, 윤비서."

준혁의 소리에 윤비서가 조금 강한 어조로 그를 불렀다.

"도련님!"

준혁이 자신을 부르는 윤비서를 쳐다보며 말했다.

"앞으로는 더욱 회사 일에 신경 쓰지 않으려고."

"무슨 소리십니까?"

"나한테는 윤비서가 반드시 필요하다는 소리지. 내가 너무 잘하면 윤비서가 마음을 놓다가 힐의 꾐에 빠지거나, 아니면 진짜 힐이 윤비서를 데려가기라도 할까봐 두려워져서. 그러니까 이제부터는 회사일 거의 안 도와주려고."

정말 어이가 없는 준혁의 말을 들으며 윤비서가 황당한 표정으로 물었다.

"도련님, 설마 지금은 회사 일을 많이 잘하고 계신다고 생각하시는 겁니까?"

"응."

당연하다는 준혁의 반응에 윤비서가 할 말을 잃었다. 그런 그에게 준혁이 악동 같은 웃음을 보였다.

"재미없는 오찬 모임이며, 파티 석상에 얼굴 비치고 있잖아. 사인도 팔 아플 만큼 아주 많이 하고."

정말 어린아이 같은 말을 하는 그를 보고 결국 윤비서도 따라서 웃고 말았다.

"하하하, 도련님. 결국 회사 일 하기 싫다고 시위하시는 거였습니까, 그 기운 없는 얼굴은?"

"그건 아니야."

"그럼 뭐가 문제인 건가요?"

"고민이 있어서."

그리고 보니 지금 준혁이 보이고 있는 얼굴은 그저 힘이 없고 기운 빠진

54
55

그런 모습이라기보다는 풀기 어려운 문제를 앞에 놓고 고민하는 얼굴이 더 맞았다. 윤비서가 잠시 생각을 하는 듯하더니 준혁을 보며 알았다는 듯이 말했다.

"윤희 아가씨 생일이 문제인 거군요. 뭘 해주면 좋을지 정답을 찾지 못하셨나 봅니다."

"아니야, 정답은 알고 있어."

"그렇다면 뭐가 고민이시란 거죠?"

윤비서가 묻자 준혁이 자신의 머리를 두 손으로 부여잡으며 소리쳤다.

"으아아, 미치겠네."

"왜 그러시죠?"

"그러니까 유리가 방법을 알려주긴 했는데, 해주면 윤희가 많이 좋아할 것도 같은데……."

"그런데요?"

"도저히 못하겠어……."

준혁의 반응을 보고 유리가 알려준 방법이 만만치 않게 짓궂은 일일 거라고 짐작하고도 남는 윤비서였다. 대충 감을 잡은 윤비서가 준혁을 보고 단호하게 한마디 했다.

"하십시오!"

"뭐?"

"무조건 하시라고요."

"쳇, 뭔지도 모르면서."

윤비서가 정말 형이 동생을 보는 듯한 얼굴로 다정하게 설명해주었다.

"도련님이 고민을 한다는 건 할 수도 있다고 생각하셨기 때문입니다. 하는 게 좋을 수 있겠다고 판단하셨기 때문입니다. 하지 않으면 해볼 걸 그랬나 하는 후회가 남을 것이 분명하니까 해보라는 것입니다."

"그래도 그건……."

"옷을 다 벗고 대로를 활보한다 한들 공연음란죄밖에 더 되겠습니까? 해보시지요. 제가 구류되기 전에 신분 보장하러 달려가드릴 테니 말입니다."

유리보다 한술 더 뜨는 윤비서를 보고 기가 막힌 준혁이었다.

"그때 가서 모르쇠 할까봐 무서워서 안 되겠어."

준혁이 농담으로 받아치는 걸 보며 윤비서의 얼굴에 미소가 스쳤다. 그의 고민이 끝났다는 걸 알 수 있었기 때문이다.

펜트하우스에서 준혁을 기다리고 있는 윤희가 목욕을 하고 나와 화장대 앞에 앉았다. 아무래도 생일인 오늘, 그에게 특별히 더 예쁘게 보이고 싶은 심리가 작용했기 때문이었다. 메이크업 전문가를 따로 부르지는 않았지만 낮 동안 틈틈이 배워두었던 그녀의 메이크업 실력은 꽤나 훌륭했다. 맑고 투명하게, 눈은 커보이게, 입술은 또렷하지만 너무 과하지 않아 보이게, 전체적으로 가벼운 핑크 컬러감을 주며 화장을 하는 그녀였다. 정성들여 메이크업을 마치고 나서 핑크베이지 톤의 적당히 화려한 드레스를 골라 입었다.

'하, 심장이 콩닥거려…….'

윤희는 많이 설레고 있었다. 어렸을 때 만났던 것 말고, 준혁을 알고 지낸 지 2년 반이 되어가는데도 어쩌다 보니 그와 함께 생일을 보내는 건 처음이었기 때문이다. 윤희가 벽에 걸린 시계를 쳐다보았다.

'7시 되기 10분 전이네……. 일찍 들어오겠다는 말을 한 건 아니지만 그래도 벌써 왔을 시간이잖아?

오후에 특별한 일정이 없는 날에는 항상 윤희에게로 곧장 달려오는 준혁이었다. 그러니 생일인 오늘은 분명히 그가 빨리 들어올 거라고 윤희는 잔뜩 기대하고 있었던 것이다. 그런데 생각보다 늦는 준혁 때문에 이제 겨우 7시일 뿐인데도 윤희의 볼은 부풀고 있었다. 그때 윤희의 핸드폰 벨이 울렸다. 발신자가 준혁인 걸 보고 윤희가 신나서 전화를 받았다.

"와, 끝났어요?"

딱 봐도 방방 떠있는 것이 확실한 윤희의 음성을 듣고 전화기 너머의 준혁의 목소리가 많이 무거워졌다.

"난데……."

"네."

"오늘 급한 일이 생겨서 못 들어가게 됐어."

준혁의 예상치 못한 발언에 윤희는 안 그러려고 해도 서운해지는 걸 어쩔 수 없었다. 윤희가 대답이 없자 준혁이 물었다.

"왜 대답이 없어? 윤희야."

"……."

"뭐야, 화났어?"

"아니에요."

아주아주 토라진 목소리로 아니라고 대답하는 윤희 때문에 진지한 음성으로 말하던 준혁이 결국 웃음을 터트렸다.

"하하하하하."

전화기 안에서만이 아니라 침실문 밖에서도 웃음소리가 들리는 것 같다고 윤희가 생각하는 순간 문이 열리고 슈트를 멋지게 차려입은 준혁이 들어왔다. 멍한 표정을 짓고 있는 윤희를 보며 준혁이 눈살을 찌푸렸다. 얼굴을 찡그리는 그를 보며 윤희가 눈을 동그랗게 뜨며 물었다.

"왜 그래요? 나 이상해요?"

"아니, 너무 눈부셔서 똑바로 쳐다볼 수가 있어야지."

능청스럽게 잘도 닭살 돋는 멘트를 날리고 있는 준혁을 쳐다보며 역시 적응이 안 된다는 얼굴을 하던 윤희가 삐친 목소리로 말했다.

"방금 전에 뭐예요? 급한 일 생겨서 못 들어온다고……."

"원래 그렇게 말했다가 네가 거실로 나오면 문 앞에서 짜잔 하려고 했는데……."

"그런데요?"

여전히 윤희의 목소리는 곱지 못했다.

"그랬다가는 한 대 제대로 맞을 것 같아 무서워서 그냥 서프라이즈를 포기했어."

그의 말에 윤희가 요렇게 노려보며 입술을 내밀었다.

"피, 기다리는 사람 생각은 눈곱만큼도 안 하고. 정말 나빠요!"

윤희의 반응에 준혁이 난처해 하며 억울하다는 듯이 말했다.

"출장 간다고 해놓고 밤늦게 짜잔 한다는 사람들도 있다는데……. 이 정도면 양호하지, 안 그래?"

"아니요, 하나도 안 양호해요."

아무래도 진짜 화난 것 같은 윤희를 보고 준혁이 심란한 표정을 지었다.

'뭐야? 이 녀석, 오늘 하루 종일 너무 많이 기다렸나보네.'

준혁이 곧 어울리지 않는 아양을 떨기 시작했다.

"자기야, 사랑해. 생일 축하해."

그러면서 준혁이 윤희의 볼에 귀여운 뽀뽀를 해주었다. 사실 진짜 화난 게 아닌 윤희는 준혁의 이런 행동에 웃음이 터지려고 하는 걸 간신히 참아냈다.

"사랑스런 우리 자기 오늘 진짜 최고 예쁘다."

정말 어울리지 않을 것 같지만 역시 뭘 해도 멋진 준혁의 알랑거리는 모습을 볼 수 있다는 것만으로도 어쩌면 윤희는 굉장한 특권을 누리고 있는 것일지도 모르겠다. 하긴 사랑하는 상대의 숨겨진 모습을 온전히 볼 수 있는 특권은 그 사람의 사랑을 받고 있는 자라면 누구나 누릴 수 있는 것이겠지만 말이다. 계속해서 자신의 비위를 맞추려는 준혁의 행동과 말에 윤희의 마음속에서 장난기가 발동하기 시작했다. 기왕 이렇게 된 거 계속 화난 척하여 오늘에야말로 그의 섹시 스트립 댄스를 보리라 마음 먹은 윤희가 작정하고 토라진 연극을 계속했다. 침대에 앉아버리는 윤희를 보고 준혁이 한숨을 내쉬며 물었다.

"진짜 계속 화만 내고 있을 거야? 맛있는 거 먹으러 가야지."

"오빠가 거짓말하는 바람에 갑자기 입맛이 싹 사라졌어요."

"그래서 그냥 여기에 있겠다고?"

"네, 그냥 잘래요."

'윤희야, 제발 화 풀어라. 오늘은 중요한 날인데 이렇게 지나가면 안 되잖아? 대신 네가 원하는 거 다 해줄게.'

'좋아요, 그럼 스트립댄스 제대로 한번 춰봐요.'

'알았어, 까짓 거. 우리 사랑스러운 자기가 원한다면야.'

그렇게 윤희의 계획은 대성공으로 끝났을 것이다. 그냥 잔다는 윤희의 말에 준혁이 윤희의 생각 같은 반응을 보였다면 말이다. 그러나 침대에 앉아서 아무 데도 가지 않고 잠이나 자겠다고 시위하는 윤희를 보고 준혁은 뭐든지 다 해주겠다는 멘트를 날리는 대신, 갑작스럽게 그녀를 온몸으로 덮쳐버렸다.

"아얏!"

놀라는 윤희를 침대에 눕혀 그녀를 위에서 껴안고 엎드린 준혁이 입꼬리를 추켜올리며 착하지 않은 미소를 지었다.

"나야 언제나 바라는 바지. 나는 우리 자기랑 자는 게 세상에서 제일 행복하니까."

윤희가 당황하여 붉어진 얼굴로 물었다.

"바, 밥은요?"

"입맛 없다며? 최고의 칼로리 소모를 자랑하는 운동을 나랑 좀 하고 나면 입맛이 돌아오지 않을까?"

"하아."

윤희가 무언가를 생각하는지 열심히 눈동자를 움직이는가 싶더니 다른 말을 했다.

"오빠 다쳤잖아요? 가슴에 있는 상처가 나아야……."

아무 핑계 거리나 갖다 붙이는 귀여운 윤희를 보며 준혁이 유쾌하게 웃었다.

"하하하하, 말했잖아? 장난감 총이라고. 따끔도 안 해. 그리고 널 안으면 아마 훨씬 더 빨리 나을 거야, 행복해서."

안 되겠다고 생각한 윤희가 일단 강하게 나가보기로 했다.

"오빠, 나 많이 삐쳤다고요. 도저히 안길 기분이 아니에요."

꽤 세게 나오는 윤희를 보고 준혁의 표정이 조금 굳어졌다. 한 뼘 정도의 거리에 얼굴을 놓은 둘이 잠시 서로를 아무 말 없이 바라보았다.

'오빠 화났나? 스트립쇼 포기하고 밥이나 먹으러 가야 할까?'

윤희가 그렇게 생각하는 순간 준혁이 고개를 숙여 윤희의 귓불을 살짝 깨물었다. 그리고는 작정한 듯 윤희의 귓가에 거친 호흡을 뱉으며 속삭였다.

"언제까지 삐쳐있을 수 있나 볼까? 아무래도 윤희 페이스대로 맞춰주느라 나 욕구불만인데……. 시작한다!"

준혁의 선전포고에 윤희의 몸이 단번에 경직되었다. 강력한 조건반사가 온몸에서 일어나자 다급해진 윤희가 항의의 소리를 냈다.

"나 생일인데 이러기에요? 무조건 나한테 맞춰줘야지."

그러자 준혁이 씩 웃으며 물었다.

"그럼 이제 삐친 거 풀린 거야?"

윤희가 여전히 토라진 목소리로 대꾸했다. 괜한 오기가 났기 때문이다.

"몰라요."

준혁이 다시 고개를 숙여 이번에는 부드러운 숨결을 불어넣으며 감미로운 음성으로 속삭였다.

　"우리 자기 생일인데 내 맘대로 굴 수야 없지. 그런데 이제 다섯 시간도 안 남았어. 12시 넘으면 생일 끝이야, 알지? 다시 한 번 물을 테니 잘 생각해 보고 대답해. 여전히 삐친 거지?"

　삐쳤다는 대답을 유도해놓고는 12시가 되자마자 야수로 변해버릴 게 뻔하다고 생각한 윤희가 그의 질문에 예쁘게 웃으며 대답했다.

　"사랑하는 서방님, 삐친 거 아까 다 풀렸죠. 제가 원래 뒤끝이 토끼 꼬리만 해서……, 호호호."

　금세 태도를 180도 바꾸는 윤희를 보고 얼굴 가득 미소를 머금은 준혁이 윤희의 머리를 쓰다듬어주고는 그녀의 위에서 비켜주며 말했다.

　"마음 변하기 전에 빨리 식사하러 가자."

　윤희는 준혁의 그 말을 제대로 알아듣지 못했다. 마음 변하기 전이란 뜻을 그저 확 덮치기 전이라는 것으로 이해한 윤희였다.

　둘은 2층에 있는 전문 레스토랑으로 움직였다. 원래 윤희가 좋아하는 이탈리안 정통음식이 정말이지 놀랄 만큼 근사하게 차려져 있었다. 특급 요리사들이 심혈을 기울여 만든 정말 예술적인 음식들만으로도, 언젠가 주방장이 되는 것이 꿈이었던 윤희에게는 큰 감동이 되었다. 거기에 화려하게 꾸며진 테이블 세팅, 이제는 테이블 위에 초나 꽃이 올라오는 문화에 익숙해진 윤희였지만, 그래도 뭔가 좀 색다른 분위기를 낸 오늘 저녁 만찬에 묘하게 기분이 들뜨는 건 어쩔 수 없었다.

　멋들어진 케이크 위 윤희의 나이만큼 꽂힌 초들에 준혁이 직접 불을 붙여주었다. 그리고는 윤희를 위해 준혁이 노래를 불러주었다. 그가 불러주는 생일축하 노래는 윤희가 태어나 들었던 그 어떤 노래보다도 윤희의 심장을 따뜻하게 감쌌다. 흔한 그 노래가 세상에서 오직 자신만을 위해 존재하는 것 같다는 착각이 들었다. 이토록 멋있는 그를 이렇게 완전히 차지해도 되는 건가란 말도 안 되는 생각이 들 만큼 자신에게는 과하게 멋진 그라고 생각하는 윤희였다. 그때 준혁이 윤희를 그윽한 눈으로 들여다보며, 사랑을 가득 담은 목소리로 말을 했다.

"태어나줘서 고마워, 많이 부족한 나의 아내가 되어줘서 한없이 고마워."

윤희는 아무 말도 하지 못하고 그가 하는 소리를 듣고 있었다.

"하지만 무엇보다 날 사랑해줘서, 그리고 내가 사랑할 수 있게 해줘서 진심으로 고마워."

감동 먹은 것이 역력한 표정으로 자신을 보고 있는 윤희에게 준혁이 부드러운 음성으로 물었다.

"촛불 안 꺼?"

"아……."

그 말에 윤희가 숨을 크게 들이마시고는 후 하고 내쉬며 촛불을 껐다.

"무슨 소원 빌었어?"

준혁이 묻자 윤희가 그녀 특유의 사랑스런 웃음을 보여줬다.

"헤헤, 비밀이에요."

준혁은 윤희처럼 궁금한 걸 못 참는 스타일이 아니었기 때문에 더 이상 묻지 않았다. 윤희는 방금 전 소원을 빌었었다. 그처럼 진짜 멋지고 강한 그를 닮은 아이를 갖게 해달라고 말이다.

그때 준혁이 윤희의 앞에 작은 상자를 하나 내놓았다. 물론 윤희가 가장 좋아하는 붉은 장미꽃과 함께 말이다. 윤희가 꽃다발을 받아 들어 코로 향기를 맡으며 말했다.

"언제 봐도 진짜 예뻐요? 그렇죠?"

"그런가? 내 눈에는 도통 예뻐 보이는 게 없어. 제일 예쁜 윤희랑 살고 있어서 말이야."

"후훗."

뻔한 거짓말에, 아니 그에게만은 절대 거짓이 아닌 진심이겠지만 아무튼 윤희는 기분이 좋았다.

"이거 뭐예요?"

"열어봐."

윤희가 커다란 리본을 풀고 상자를 열어보았다. 그 안에서 무언가를 꺼내들며 윤희가 감탄의 소리를 내었다.

"와아, 예뻐요."

"맘에 들어?"

"네."

윤희는 건물 미니어처로 보이는 물건을 두 손으로 고이 들고 있었다.

"꼭 성 같아요."

그랬다. 윤희가 두 손으로 바쳐 들고 있는 그것은 무척이나 아름다운 성 모양을 하고 있었다.

"훗, 크기는 작아도 진짜 같아요. 마법의 성."

정교하게 만들어진 작은 모형을 들고 신나하는 윤희에게 자리에서 일어선 준혁이 다가가 귀에 대고 속삭였다.

"그거 진짜 마법의 성 맞아."

"네?"

"그거랑 아주 똑같은 실물을 얼마 안 있으면 볼 수 있을 거야."

윤희가 놀란 표정으로 옆에 서있는 준혁을 돌아보며 물었다.

"이거랑 같은 걸요? 언제요?"

"내년쯤."

"어디서요?"

"그건 비밀이야. 완성되면 보여줄게."

"비밀 싫어요. 얼른 말해줘요."

준혁은 고민스러워 했으나 역시 대답을 해주지는 않았다.

"좋아, 그건 크리스마스 선물로 알려줄게."

사실 준혁은 윤희와 신혼여행 첫날밤을 보낸 자신의 소유인 그 섬에 윤희를 위한 화려하고 아름다운 성을 짓고 있었다. 물론 중세시대에 나오는 것 같은 엄청난 규모의 어마어마한 성은 아니었지만 동화 속에서 막 튀어나온 것처럼 신비롭고 사랑스런 작은 성이었다. 다음에 함께 놀러가서 동굴 대신 훌륭한 성에서 윤희 공주님을 재우는 것이 준혁의 꿈이었다. 그런데 준혁은 윤희에게 그 장소를 말해주지 않았다. 타이밍이 좋지 못했기 때문이다. 이번에 윤희가 놀라고 겁먹었던 곳이 하필이면 무인도였고, 성을 짓고 있는 그곳 역시 공교롭게도 무인도였기 때문이다. 유독 겁이 많은 윤희를 위해 이번 기억이 좀 무뎌지고 나면 그때 가서 말해주려는 준혁이었다.

"식사하자. 어서 먹어봐."

"너무 훌륭해서 먹기가 좀 그래요."

"훗, 이것보다 더 훌륭한 거 평생 보게 될 테니까 마음껏 먹어."

결국 준혁이 요리를 집어 윤희의 입에 넣어준 다음에야 윤희가 손에 쥐고 있던 포크를 움직이기 시작했다. 정말 행복해 하며 맛있게 먹는 윤희를 보고 준혁도 따라서 행복해졌다. 사랑스러운 그녀의 먹는 모습에 취한 준혁이 자신은 먹을 생각도 안 하고 윤희를 쳐다보고 있었다. 신나서 이것저것을 맛보던 윤희가 준혁을 보며 물었다.

"어? 오빠는 왜 안 먹어요?"

"시간이 없어."

"네?"

"너무 좋아하며 먹는 예쁜 윤희 모습을 눈 안에 담기도 벅차서."

신혼여행 때도 그랬지만 준혁은 이제 정말 자연스럽게 온몸의 피부를 오

64
65

그라들게 만들었다.

"농담하지 말고 얼른 드세요."

윤희의 말에 함께 음식을 먹던 준혁이 또다시 멍하게 윤희의 즐거워하는 얼굴을 바라보았다. 혀가 호강한다고 느끼며 감탄이 절로 나오는 갖가지 요리들에 푹 빠져 황홀해 하는 윤희를 보고 준혁이 입을 열었다.

"내가 이런 걸 다 직접 할 수 있다면 얼마나 좋을까?"

직접 해주지 못해 너무 안타깝다고 생각하는 듯한 그를 보고 윤희가 밝게 웃으며 대꾸했다.

"그럼 심히 불안할 것 같아요."

"어째서?"

"사람이 너무 완벽하면 안 되거든요."

윤희의 말에 준혁이 좋아하며 물었다.

"그 말은 내가 요리 빼고는 완벽하다는 건가?"

신나서 묻는 준혁에게 심술쟁이 윤희가 눈을 일부러 동그랗게 뜨며 말했다.

"에이, 설마요. 성격이 너무 아니잖아요?"

"뭐? 내 성격이 어디가 어때서?"

"잘 생각해봐요. 제가 인턴일 때 치프실 갈 때마다 도끼눈을 뜨고는 시베리아 바람이 몰아치는 얼굴을 했잖아요."

윤희의 농담에 제법 진지하게 반응을 하는 그였다.

"흐음, 그래서?"

"잘도 등줄기를 서늘하게 하는 냉혈한다운 성격이었다고요."

"그래서?"

"좀 부드럽고, 상냥하고, 또 잘 웃어주고, 안 무섭게 장난도 잘치고 그래야 좋다고요……."

그렇게 말하다 말고 윤희가 잠시 멈칫했다. 생각해보니 지금의 준혁은 다른 사람에게는 몰라도 자신에게만은 꽤나 부드럽고, 많이 잘 웃어주고, 가끔 난감한 장난도 쳐대는 그런 남편이었기 때문이다. 자신을 대하는 준혁의 모든 면이 완전히 달라졌다는 걸 알고 윤희가 지금 한 말은 틀렸다고 생각하는데 그가 입을 열었다.

"좋아, 내년에 전임의로 들어가면 나 찾아오는 인턴 녀석들에게 하나같이 친절하게 대해보지. 그럼 됐나?"

'엥?'

준혁의 소리에 윤희의 머리가 팽팽 돌아가는 소리가 났다. 새로 들어오는 인턴들은 자신보다 훨씬 어리고 귀여울 게 뻔한데, 거기다 힘들어하는 그녀들은 측은해 보이기까지 할 텐데, 그런 그녀들 앞에서 준혁이 얼음장벽을 부서버린다는 건 윤희에게는 여간 내키지 않는 일이었다. 결국 윤희가 정색을 하며 소리쳤다.

"싫어요!"

갑자기 큰소리를 지르는 윤희를 보고 준혁이 씩 웃으며 능청스럽게 물었다.

"왜? 그래야 완벽해진다며?"

"아니요, 싫어요. 그러니까 하던 대로 눈은 요렇게 매섭게 뜨고, 웬만해서는 말 한마디도 하지 말고, 어쩌다 할 말 있으면 고드름이 쫙쫙 열리게 아주아주 차갑게 말하라고요."

눈에 힘을 팍 주고는 무서워 보이게 뜨려고 노력하며 그런 소리를 하는 윤희의 모습에 준혁은 당연히 웃음이 나왔다.

"푸하하하, 내가 그렇게 웃기는 눈을 했다가는 유머감각 짱이라고 난리가 날 것 같은데?"

"쳇, 웃지 말아요. 난 심각하다고요."

"심각하긴 뭐가?"

"오빠가 병원 삼대 명물 중 하나였잖아요?"

미래의 불특정 다수를 향한 윤희의 귀여운 질투에 준혁은 아무래도 입이 다물어지지 않았다. 그녀도 질투를 할 수 있다는 어쩌면 지극히 당연한 사실에 무척이나 기분이 좋은 준혁이었다.

그녀가 인턴 동기였던 동하와 함께 식사를 할 때, 질투를 느꼈던 자신이 한없이 바보같이 느껴지고 답답해 죽을 지경이었는데, 결국 많이 사랑하는 쪽이 그런 감정을 느낄 수밖에 없다고 결론지었던 준혁이 윤희의 솔직한 발언에 행복한 건 어쩌면 당연한 일일 것이다.

준혁이 윤희를 보며 장난스레 물었다.

"지금 병원에서 가장 유명한 명물이 누군지 알아?"

'뭐야? 요즘에 새로 생긴 명물이 있어?'

처음 들어보는 소리에 호기심 많은 윤희가 눈을 크게 뜨며 되물었다.

"무슨 소리에요? 누가 나타났어요?"

"응."

"누군데요?"

"직접 만나보지 못하고 얘기만 들어본 사람들은 그 사람의 매력적인 모습을 단 한 번만이라도 보고 싶어 한다는군."

"하아, 그렇게 대단한 사람이 있어요? 나중에 병원 들어가보면 꼭 한 번 봐야겠다. 아니다, 내일 당장 경민이한테 물어봐야겠다."

궁금한 걸 못 참는 그녀다운 소리를 하다 말고 윤희가 의아하다는 듯이 물었다.

"어? 그런데 그 얘길 오빠는 어떻게 알아요? 오빠는 봤어요? 그 새로 생긴 명물?"

"음."

윤희가 더욱 눈을 커다랗게 뜨며 상체까지 들이밀었다.

"어때요? 그렇게 멋져요?"

"여자야."

여자라는 그의 말에 윤희가 실망 반, 걱정 반이라는 표정을 지었다.

"쳇, 유리언니만큼이나, 아니 아영이만큼이나 그렇게 대단한 미인이에요?"

"비교도 안 되지."

"인턴이에요?"

"인턴이었어."

"그럼 지금은 레지던트에요?"

"그건 아니야."

이것저것 묻던 윤희가 갑자기 볼멘소리를 했다.

"피, 어떻게 그렇게 자세히 알고 있어요? 도대체 왜 그렇게 관심이 많은 거예요?"

"나 같은 냉혈한이 관심이 생길 만큼 놀랄 정도로 매력적이니까 명물이지, 달리 명물이겠어?"

준혁의 소리에 윤희가 완전히 시무룩해졌다. 그런 윤희를 보며 준혁이 웃으며 말했다.

"진짜 못 말릴 정도로 둔탱이구나, 넌……."

그의 말과 표정에 그제야 뭔가를 눈치 챈 윤희가 준혁을 똑바로 쳐다보며 말했다.

"설마 그 명물이……."

"천하의 김준혁을 사로잡은 차윤희지."

"아……."

그의 말은 거짓말이 아니었다. 지금 대한병원에 새로 들어오는 인턴, 레지던트, 간호사들은 하나같이 윤희를 무척이나 보고 싶어 했다. 평범한 인턴에서 세계 10위권 안에 드는 글로벌 기업 GK의 안주인이 된 차윤희를 두고 도대체 어떻기에 세기의 신데렐라가 될 수 있었는지, 도대체 무슨 수로

10년 넘게 꽝꽝 얼어붙어있던 냉혈한 김준혁을 녹인 건지 궁금해 하지 않을 수가 없는 것이었다.

　근사하고 맛있는 저녁식사를 한 둘은 5층에 있는 고급 바로 이동했다. 아무 말도 하지 않고 그냥 서로의 눈을 바라보고 있는 것만으로도 세상을 다 얻은 것처럼 마냥 행복하기만 한 둘이었다. 긴 튤립 모양의 유리잔에 준혁이 따라준 샴페인을 바라보다가 윤희가 물었다.

　"예쁘죠?"

　"어? 뭐가?"

　윤희만 보고 있던 준혁이 뭘 보고 하는 소린지 몰라 되물었다. 그러자 그녀가 살짝 웃으며 대답했다.

　"얘네들이요, 뽀글뽀글 올라오는 게 너무 예뻐요."

　프랑스의 샹파뉴Champagne 지역에서 생산된 스파클링 샴페인으로 최고 품질인 만큼 작은 기포들이 꽤나 아름답다는 생각이 들 정도로 계속해서 올라오고 있었다. 그 기포들을 보며 소녀처럼 좋아하는 윤희를 보고, 턱을 괸 채 그녀에게서 눈을 떼지 못하던 준혁이 피식하고 웃었다.

　"훗, 그게 뭐가 예뻐? 우리 윤희가 더 예쁘지."

　"아니, 톡톡 튀어오르는 이 작은 방울들이 안 예뻐요?"

　"그래, 나는 내 안에서 톡톡 튀어오르는 윤희 네가 제일로 예쁘다고."

　"하, 생일이라고 너무 띄워주는 거 아니에요?"

　"내 눈을 들여다봐. 이안에 있는 네 모습이 보이지 않니?"

　윤희가 준혁의 눈동자에 비쳐진 조그마한 자신을 바라보았다.

　"……"

　아무런 대꾸도 하지 않는 윤희에게 준혁이 부드러운 음성으로 속삭였다.

　"거봐. 네가 봐도 너무 예뻐서 할 말을 잊었지?"

　준혁이 받은 정교한 콩깍지 삽입술은 정작 자신은 무척이니 행복하지만,

보는 이들로 하여금 온몸의 살갗이 도톨도톨 돋아나게 만들고 손발이 오그라들고 뱃속을 니글거리게 만드는 엄청난 부작용을 일으키기 충분했다. 물론 당사자인 윤희는 빼고 말이다.

"헤헤."

윤희가 그녀답게 귀여움이 풍기는 밝은 웃음을 보였다. 그런 윤희를 이미 반쯤은 혼을 빼앗긴 듯한 표정으로 보고 있는 준혁이었다. 신비롭게 솟아오르는 기포들을 감상할 수 있다는 것만으로도 윤희는 샴페인이란 술을 참 좋아했다. 더욱이 오늘은 자신의 생일 축하를 위해서 그가 준비해준 것이니 왠지 더 특별하다고 느껴지는 것이었다. 기포가 없어지지 않게 향을 음미하면서 샴페인을 한 모금 마신 윤희가 준혁에게 물었다.

"이거 마셔도 저는 취하겠죠?"

"음, 당연히. 프랑스산 정통 샹파뉴 도수는 일반 와인과 비슷한 13도 정도니까. 이탈리아산 중에는 7~9도짜리도 있는데 나중에는 그런 거 준비해줄까?"

"아니요, 난 이게 좋아요."

"왜?"

"술 취해서 오빠한테 깽판 좀 쳐보려고요."

윤희의 말에 준혁이 웃으며 물었다.

"샴페인 마시고 술주정이라? 재밌겠네. 그래, 술 취해서 이성의 고삐가 풀려버릴 때 우리 윤희가 하고 싶은 건 뭔데?"

"으음, 그러니까……."

막상 준혁이 물어보니 대답을 할 수 없는 그녀였다.

'언젠가 그를 쓰러트리고 위로 올라타…….'

거기까지 생각하는 윤희의 얼굴이 빨갛게 상기되어버렸다. 그 모습을 보고 준혁이 의아하다는 듯이 물었다.

"어? 별로 마시지도 않았잖아? 아직 취할 정도는 아니지 않나?"

"안 취했어요."

"그래? 그럼 도대체 무슨 생각을 했기에 얼굴이 홍당무가 된 거야?"

준혁의 물음에 윤희가 시선을 피하며 중얼거리듯 말했다.

"너무 깊이 알려고 하지 마세요. 다쳐요."

조그맣게 혼잣말처럼 흘리는 그녀의 소리와 붉어진 그녀의 얼굴에 아무리 호기심이 과하지 않은 준혁이라고 해도 궁금해지기 시작했다.

"다쳐도 좋아, 알고 싶어. 뭐야?"

"몰라요."

"윤희 네가 그렇게 나오니까 꼭 알고 싶어졌어."

"언젠가는 알게 되겠지요."

"윤희야."

계속해서 조르는 준혁에게 윤희가 잔을 들이밀었다.

"건배해요."

"흐음."

대답하기를 피하는 윤희에게 준혁이 하는 수 없이 져주었다.

"좋아, 건배하자."

윤희가 그와 잔을 부딪치며 조용히 속삭이듯 말했다.

"마법이 풀리지 않기를 바라며."

건배를 하고 샴페인을 마신 준혁이 윤희를 보며 물었다.

"마법? 무슨 마법?"

"김준혁이라는 대단히 멋진 남자가 나처럼 평범한 여자를 사랑하게 된 마법!"

"후훗, 윤희 넌 결코 평범하지 않지만……, 걱정 마. 그 마법은 영원히 풀리지 않을 테니."

행복하게 웃는 준혁을 따라 금세 울 것 같은 얼굴을 했던 윤희가 따라 웃었다.

그렇게 샴페인을 함께 마시고 늦은 밤이 되어서야 펜트하우스로 올라온 둘이었다.

"이제 얼마 안 남았네, 우리 윤희 생일이."

"네."

한 시간 남짓 남아있는 그녀의 생일, 당연히 씻고 잘 거라 생각한 그녀의 예상에 맞게 준혁이 입을 열었다.

"나 먼저 씻을게."

"네? 네……."

굉장히 정중하게, 예의 바른 늑대답게 윤희의 양해를 구하는 그를 보고 윤희가 의아하다는 눈빛을 보였다.

'어……?'

그도 그럴 것이 윤희를 안고 욕실에서 한바탕 춤을 춰야 그의 행동 패턴에 들어맞는 것이었기 때문이다. 윤희가 살짝 미소를 지었다.

'생일이니까 아주 젠틀하게 대해주신다, 이거군.'

천성적으로 저돌적이고 거친 그의 부드러움은 진정 소프트하다고 말할 수는 없어도 나름 매력적이라고 생각하는 윤희였다. 얼마 후 준혁이 샤워 가운을 걸치고 욕실에서 나왔다. 이제 모든 일정이 끝났다. 그와 함께 천국의 문턱을 밟을 사랑의 행위만이 남았다고 생각하는 윤희를 가까이 온 준혁이 번쩍 들어 올렸다. 윤희는 자신을 안고 유유히 펜트하우스 아래에 있는 비밀 공간으로 이동하는 그의 얼굴을 바라보며 아무 소리도 하지 않았다. 준혁의 품에 안겨서 바라보는 그의 턱선이 오늘따라 유난히 더 수려하다고 느껴졌다.

그가 윤희를 데리고 들어간 테마룸은 지금껏 한 번도 구경해보지 못한 곳이었다. 커다란 무대가 준비되어 있고 그 앞으로 단 하나의 객석만이 마련되어있는 독특한 구조의 방이었다. 놀란 눈으로 멍하니 방을 둘러보는 윤희를 준혁이 의자에 앉혀주었다. 그리고는 잠깐 밖으로 나갔던 준혁이 언제 준비했는지 시원해 보이는 키위주스 한 잔을 테이블 위에 올려놓으며 말했다.

"마시면서 천천히 감상해."

"네?"

"사실 네가 완전히 취하는 편이 훨씬 좋을 텐데, 너는 정신보다는 몸이 먼저 힘들어하니까 그럴 수가 없잖아. 그러니까 그거 마시라고."

"왜 제가 취하는 편이 좋아요?"

"보면 그 이유를 알게 될 거야."

그렇게 말하고 준혁은 무대 뒤로 들어갔다. 밝고 부드러운 선율이 들리는 그곳에서 윤희는 커텐으로 가려진 무대를 쳐다보고 있었다. 어느새 자신의 심장에서 마구 소리가 나기 시작한다는 것을 안 윤희였다.

'궁금해. 설레는걸.'

바로 그때 갑자기 음악의 종류가 바뀌었다. 밝고 순수한 분위기의 은은한 선율에서 야시시한 신음소리가 바닥에 깔린, 왠지 모르게 끈적거린다고 느껴지는 그런 음악으로 말이다. 음악의 변화와 함께 조명도 바뀌었다. 완전히 어두워지는가 싶더니 오묘한 빛깔이 무대 쪽으로 드리워졌다.

그 순간 무대의 장막이 걷히기 시작했다. 그리고 현란하게 휘돌아 움직이는 조명 아래 준혁의 모습이 나타났다. 정말 잘생긴 그의 외모가 조명발을 받으니 똑바로 보고 있기 어려울 만큼 굉장히 대단하다고밖에 표현할 길이 없었다. 윤희의 시선은 자연스레 그가 입고 있는 옷으로 향했다. 흰 남방에 블랙 조끼, 푸른 넥타이 등 뭔가 캐주얼한 느낌의 옷이라는 생각이 들었다. 그러면서 아래로 시선을 옮기던 윤희의 두 눈이 휘둥그레졌다. 야수한테 긁힌 것처럼 여기저기가 찢겨있는 그의 청바지는 올이 풀린 스타일이었다. 타이트하게 몸에 피트되어 그의 쭉 뻗은 다리선이 어느 정도 과시되는 건 물론이거니와 사타구니와 허벅다리 안쪽까지 과감하게 노출된 그 찢어진 청바지를 보고 윤희가 받은 느낌이란 평소 때와는 사뭇 달랐다.

'섹시하다……!'

멀쩡한 옷까지 찢어가며 윤희의 마음에 일어나게 하고 싶었던 감정인 섹시하다란 그 느낌을 지금 윤희가 충분히 받고 있다는 사실을 준혁은 알지 못했다. 아직 쇼는 시작도 안했으니 말이다. 고개를 살짝 숙인 상태에서 준혁이 감고 있던 눈을 떴다. 다소 위로 추켜올리듯 떠진 그의 눈빛은 미치도록 맹렬해 보였다. 집어삼킬 것 같은 눈으로 윤희를 뚫어져라 바라보던 그가 한쪽 입꼬리를 추켜올리는가 싶더니 몸을 움직이기 시작했다. 듣고만 있어도 사람의 마음을 묘하게 흥분시키는, 끈적하게 휘감기는 것 같은 음악에 맞춰서 말이다. 그의 머리와 어깨와 허리와 골반, 그리고 엉덩이가 천천히 리듬을 타며 물이 흐르듯 자연스레 움직여졌다. 그 룸을 가득 메우고 있는 노랫소리에 몸을 싣는 그였다.

"아……!"

절로 감탄사를 흘리는 윤희의 입이 살짝 벌어졌다. 준혁이 저런 섹시 댄스를 출 수 있는 사람이었던가? 윤희는 그저 놀랍고 신기하기만 했다. 그런데 그가 입고 있던 조끼를 벗어 던졌다. 음악에 맞춰 몸을 흔들면서 목에 느슨하게 매고 있던 넥타이를 풀어 헤쳤다. 눈은 내리간 채, 고개를 한쪽으로 팍 꺾으면서, 넥타이를 잡아채는 거친 그의 행동은 윤희의 심장을 더욱 요동치게 만들기 충분했다.

'멋지다!'

윤희는 준혁이 조끼를 벗고 넥타이를 풀어 던져도 그가 앞으로 무얼 할지 제대로 예상하지 못했다. 앞으로 일어날 일을 상상하고 있을 만한 뇌의 자리가 남아 있지 않았다. 눈앞에서 펼쳐지는 그의 놀랄만한 춤의 향연에만도 모든 혼을 다 빼앗겼으니 말이다. 여성이 추는 섹시 댄스과는 뭔가 다른 파워풀하면서도, 분위기를 후끈 달아오르게 할 수 있을만한 아슬아슬한 동작을 선보이는 그였다. 그렇게 춤을 추던 그가 뒤돌아서는 듯한 동작을 취하면서 입고 있던 하의를 벗기 시작했다. 어깨의 움직임은 멈추지 않으면서 준혁이 찢어진 청바지를 벗어 던졌다!

'악!'

놀라서 소리를 지를 뻔한 윤희가 입 밖으로 나오는 걸 간신히 두 손으로 틀어막았지만 그녀가 받은 충격은 이만저만이 아니었다. 숨이 턱 하고 막혔으니 말이다. 호흡을 들이마시고 내쉬는 동작을 하고 있을만한 여력이 없는 윤희였다. 자신이 원했던 스트립쇼를 준혁이 진정 행동으로 옮기고 있는 이 상황이 윤희는 도저히 믿기지가 않았다. 준혁이 뒤돌아선 채, 엉덩이를 가릴락 말락 한 남방을 골반에 가져다놓은 두 손으로 살짝 들어 올렸다.

'오오오.'

윤희는 여전히 그녀의 입에서 손을 떼지 못했다. 남녀 모두에게서 가장 섹시한 매력 포인트라고 알려져 있는 엉덩이, 윤희는 어지러울 만큼 아찔했다. 정말이지 야성미 넘치는 탄탄한 그의 다리와 너무 잘 매치되는 단단하고 탄력이 넘쳐 보이는 한껏 올라간 그의 엉덩이가 고스란히 노출되어 있었다. 윤희가 여태껏 눈여겨보지 못했던 준혁의 뒤태는 그야말로 심장 떨리게 멋졌다. 처음에는 준혁이 옷을 벗기 전부터 노팬티였던 건가 생각했는데 자세히 쳐다보던 윤희는 알 수 있었다. 그의 엉덩이가 끝나고 근육이 우람하게 발달된 다리가 시작되는 그곳에 끈이 지나가고 있다는 것을 말이다. 허리에서 삼각팬티 끈이 있어야 할 자리에 그것은 제대로 있었다. 단지 엉덩이를 가릴 뒤판이 없는 이벤트용 속옷을 입고 있었던 것이다. 아무튼 준혁은 노출된 엉덩이를 실룩실룩 움직이기 시작했다. 그러다가 갑자기 경쾌

하고 빠른 리듬에 맞춰 폭발적이고 육감적인 엉덩이춤을 선보였다.

'하악, 야하다!'

넋이 나간 얼굴을 하고도 준혁에게서 눈을 떼지 못하는 그녀였다. 아마도 이런 구경을 다시 하긴 어려울 거라고 예상했기 때문이다. 그렇게 숨 막히게 제대로 섹시한 춤을 춘 준혁이 휙 하고 돌아섰다. 보고 있는 윤희는 민망하고 부끄러워 얼굴이 확 달아올랐는데 정작 스트립 댄스를 추고 있는 준혁의 얼굴에선 조금도 그런 느낌을 받을 수 없었다. 건방져 보이게 고개를 살짝 쳐들고 여유 있는 미소를 흘리며 여전히 어깨와 골반을 위아래로 움직이고 있는 준혁이 남방의 단추를 풀어나갔다.

'하악, 하악, 하악.'

아까부터 완전히 제멋대로 호흡이 흐트러진 윤희가 거친 숨을 몰아쉬고 있었다. 그러면서 윤희는 중간중간 숨이 턱 하고 멈춤을 느꼈다. 그의 섹시미 넘치는 도드라진 쇄골, 그 아래로 야성적인 가슴 근육과 섬세하게 살아 있는 명품 복근 라인이 나타났기 때문이다. 그가 입고 있던 흰 남방을 벗어 던지더니 본격적으로 몸을 움직였다. 위용을 뽐내고 있는 몸의 중심부에 자리 잡은 그의 분신은 망사로 가려져 있었는데 벗는 것보다 훨씬 야한 문제의 그 팬티 속에서 터져 나오기 직전의 모습을 보이고 있었다. 짐승남이라고 칭해지는 그 어떤 연예인보다도 더 압도적으로 멋진 외모와 몸으로, 달랑 그거 하나 걸치고는 터프한 섹시 댄스를 역동적으로 추고 있는 이 남자. 철저히 숨겨졌던 준혁의 또 다른 매력을 한껏 발산하고 있는 동안 윤희는 다시 한 번 눈앞의 그에게 반하고 말았다.

오로지 윤희만을 위해 준비된 그녀를 위한 열정적인 스트립 댄스 무대가 끝이 났다. 음악이 다시 밝고 귀여운 느낌으로 바뀌고 커튼이 무대 위 그의 모습을 가려버렸다. 윤희는 이런 훌륭한 무대를 보고도 미처 박수칠 경황이 없었다. 숨을 고르고 충격 받아 쓰러진 이성을 추스르기에도 바빴기 때문이다. 얼굴이 화끈거리는 윤희가 테이블에 놓인 주스를 한 모금 마시며, 아까 준혁이 왜 자신이 취했으면 좋겠다고 말했었는지 알 수 있었다. 보는 자신이 쑥스럽고 창피할까봐 그가 한 소리라고 윤희는 생각했지만, 준혁은 당연히 춤을 추는 그가 민망하고 낯 뜨겁기 때문이었다. 그러나 너무나 자신만만한 표정으로 여유 넘치는 쇼를 보여준 그가 속으로는 부끄럽거나 민망해 했을 거라고는 감히 상상조차 못하는 윤희였다.

이제 그의 특별하고 대단한 이벤트는 막을 내렸다. 그렇게 생각한 윤희가 옷을 챙겨 입고 나올 그를 기다리며 입안의 주스를 삼키는 순간 다시 음악이 바뀌었다. 단번에 쫙 하고 걷힌 커튼 뒤로 준혁의 모습이 나타났다.

'앗!'

떡 벌어진 어깨며, 우수하게 타고난 건장한 체격, 아주 잘 다져진 근육질 몸매를 가진 그가 옷을 입진 않고 목에 멋들어진 나비넥타이를 맸다. 광채가 흐르는 듯한, 침을 꼴딱 삼키게 만드는 황홀한 그의 야성미 넘치는 몸에 윤희는 자신이 좋아하는 붉은빛 나비넥타이가 묘하게 잘 어울린다는 생각을 했다. 지금 준혁의 모습은 귀엽고 섹시한 독특한 콘셉트임에는 틀림없었다.

그때 아래로 움직인 윤희의 시야 안에 떡 하니 들어오는 물건이 있었다. 커다란 선물 상자, 가로세로가 족히 20센티미터는 넘어 보이는 황금색 포장지와 빨간색 리본으로 장식된 그 상자를 준혁이 허리춤에 매달고 있었다. 뭔가 재미나게 느껴지는 음악이 흐르자 얼굴에 마이크를 달고 있는 준혁이 직접 노래를 부르기 시작했다. 무척이나 감미로운 음성으로 생전처음 듣는 노래를 말이다. 그런데 웬일인지 친근한 느낌이 드는 선율의 노래였다. 영어로 된 가사였으나 다행히 해석하는데 무리가 없을 정도로 쉬웠고 윤희는 완전히 집중하여 그 음악을 들었다. 그렇게 노래를 부르며 손동작을 포함한 춤을 추던 준혁이 무대에서 내려와 윤희에게로 다가오기 시작했다. 유일한 관객인 윤희의 마음을 마구 잡아 흔들 만큼 설레는 몸짓을 보이며 말이다. 어느새 윤희의 옆으로 와서 선 그가 윤희의 뺨을 손등으로 부드럽게 쓸어 올렸다. 그리고는 그녀의 귀에 대고 살며시 속삭였다.

"정말 특별한 선물이야. 뚜껑을 열어봐."

준혁이 윤희의 손을 잡아다 상자 뚜껑으로 가져갔다. 윤희는 얼떨결에 그 상자를 열었다. 아직 그 안에 뭐가 들어있을지 생각도 다 하지 못한 채로 말이다. 상자 안에 들어있는 준혁의 남성을 보고 윤희는 귓불이며 목까지 단번에 붉어져버렸으나 준혁은 여전히 아무렇지 않은 듯 노래를 불렀다. 윤희를 슬슬 건드리면서 키스할 듯 말 듯 하는 가벼운 터치에 녹아나게 만드는 고단수 준혁의 움직임에 윤희가 살짝 흥분하기 시작했다. 그런 윤희의 눈앞에서 살랑거리며 소리 높여 노래를 부르는 준혁이었다.

잠시 후 노래를 끝낸 준혁이 자세를 낮추어 윤희의 귀를 혀로 핥고는 섹시한 음성으로 속삭였다.

"생일 선물이야. 맘에 들어? 손을 넣어 만져봐도 좋아. 평생 오로지 너한테만 주는 내 선물이야."

그 말에 괜히 본인이 더 어쩔 줄 몰라 하며 테이블에 얼굴을 박은 윤희와 정말이지 전혀 아무렇지 않은 척 연기를 마치고 무대로 돌아오는 그였다. 하지만 무대 커튼 뒤로 숨어든 준혁도 허리에 찼던 상자를 풀며 아무에게도 들리지 않을 만큼 작은 소리로 혼잣말을 했다.

"후와. 죽겠네, 정말."

그렇게 고민하고 고민하던 이벤트를 성공적으로 마친 준혁은 한동안 숨쉬기 운동을 해대야 했다. 얼굴이 무척 달아올라 그녀 옆에 서기가 민망했다. 자신의 심정이 이렇다는 걸 알면 분명히 신나서 놀릴 게 뻔한 그녀이므로 애써 태연한 척 노력했지만 아무리 천하의 김준혁이라 해도 창피한 건 창피한 거였다. 듣기 좋은 다른 음악이 한 곡 더 흐르고 난 후 준혁은 처음

입고 무대로 들어갔던 샤워 가운을 걸치고 나왔다. 이어 여전히 머리를 숙이고 있는 윤희의 곁으로 다가가 그녀를 휙 하고 안아 올렸다.

"Hey girl, 네가 받은 선물이 얼마나 특별한지 경험하러 가자."

붉어진 얼굴로 난감해 하던 그는 어디로 갔는지 씩 하고 웃으며 능청스럽게 말하는 준혁에게 윤희는 눈을 꼭 감은 채 아무 대꾸도 하지 못했다. 윤희를 데리고 그 방을 나온 준혁이 지금껏 윤희에게 보여준 적 없는 또 다른 테마룸으로 그녀를 안고 들어갔다.

준혁이 윤희에게 키스를 하며 애무하기 시작했다. 평소보다 열 배는 더 천천히 백 배는 더 감미롭게 그녀의 페이스에 맞춰, 그러면서 자신의 가운도 벗고 윤희의 속옷도 살며시 벗겨냈다. 강렬하고 거친 그의 움직임과는 사뭇 다른 색다른 느낌에, 아니 준혁의 충격적이고 놀라운 섹시 이벤트에 이미 흥분한 상태인 윤희였다.

그녀가 절정으로 치달아가고 있음을 느낀 준혁이 더욱 격렬히 그녀의 안으로 파고들었다. 그렇게 사랑을 나누던 둘은 동시에 극도의 황홀감을 만끽하며 탄성을 내질렀고, 함께 서로의 주기적인 수축을 느끼게 되었다.

그때 정확히 두 달 반 전부터 곱게 키운 준혁의 우월 유전인자를 지닌 그의 일부들이 윤희의 몸 안으로 여행을 시작했다. 그리고 두 사람은 어떤 마사지를 받은 것보다도, 사우나에 다녀온 것보다도 수천 배는 더 개운하고 편안한 이상적인 온몸의 이완과 평화를 맛보았다. 정신이 혼미해지고 얼굴에 경련이 일어 실룩될 정도로 만족에 겨워 가슴으로 파고드는 윤희를 준혁이 자신의 품 안에 꼭 감싸 안았고, 둘은 그렇게 행복한 꿈속으로 빠져들었다.

하나 더하기 하나는 셋

　윤희의 생일이 지나고 열흘이라는 시간이 흘렀다. 아침 일찍 회사에 출근하는 준혁을 배웅하고 침실로 들어온 윤희가 화장대에 앉아 잠시 고민스러운 얼굴을 보였다. 그러다가 화장대 서랍을 열고는 작은 물건을 하나 꺼내보았다.

　"설마 아니겠지……?"

　그렇게 생각하면서도 윤희는 그것을 도로 넣어놓지는 않았다.

　"그래도 너무 늦어지잖아?"

　윤희는 결국 임신진단용 키트를 가지고 욕실로 들어갔다. 생리 예정일이 정확히 일주일이나 지났기 때문이다. 배란일이라고 예상한 날로부터 일주일도 더 지나 시행했던 혈액검사에서 음성이었기 때문에 당연히 아닐 거라 생각하면서도 비교적 잘 맞던 월경주기에서 벗어나자 내심 기대감이 드는 걸 어쩔 수 없었다. 아침에 일어나서 일부러 준혁이 나갈 때까지 기다린 그녀였다. 윤희는 농축된 아침 첫 소변으로 테스트를 했고, 떨리는 심정으로 키트를 바라보았다. 천천히 소변이 지나가며 테스트 칸에 선이 나타나기 시작했다. 정확하고 또렷이 그려지는 하나의 선, 그건 이 테스트기가 불량이 아니라는 것을 의미했다. 그리고 그 옆으로 아주 흐리게 나타나는 또 하나의 선……. 윤희의 심장박동이 빨라지기 시작했고 키트를 들고 있던 손이 파르르 떨렸다.

　'아…….'

　아주 흐리더라도 미약하게나마 줄이 나타난다면 거의 임심일 확률이 높다고 유리에게 설명을 들었던 윤희의 눈가가 촉촉이 젖어들었다.

'배란이 늦어진 건가?'

윤희는 일단 정확하게 확인을 하는 것이 순서라고 생각했다.

오전10시경 Gk그룹의 본사 사장실 책상에 앉아있는 윤비서가 잠시 후 있을 회의에서 다루어질 안건들을 확인하고 있는데, 그의 핸드폰 벨이 울렸다. 차가운 표정으로 전화를 받던 윤비서가 그의 표정만큼이나 서늘한 음성으로 물었다.

"무슨 일이지?"

전화통화를 하고 있는 윤비서의 얼굴에 살짝 긴장감이 감돌았다.

"조용히 알아차리지 못하게 움직여. 그리고 다시 연락해."

전화를 끊은 윤비서가 잠시 무언가를 생각하는 듯하더니 다시 서류들을 확인하기 시작했다.

대한병원 본관 지하 카페 안에서 윤희가 친구 경민과 만나 이야기를 나누고 있었다. 빨대로 오렌지주스를 쪽 빨아 마신 윤희가 한숨을 내쉬었다. 아무래도 긴장된 표정이 역력한 윤희를 보고 경민이 물었다.

"왜 그래? 어차피 urine소변에서 positive양성였다며?"

"그게, 아주아주 흐렸어."

"그럼 더 기다렸다가 다시 해보지 그랬어?"

"빨리 확실히 알고 싶어서."

경민이 초조해 하는 윤희를 뚫어져라 쳐다보며 말했다.

"나는 아무래도 4년차 초에나 분만을 하려고 피임 중이지만, 너는 이번이 임신한 게 맞으면 레지던트 트레이닝은 미뤄야겠네."

"응."

"뭐야? 그럼 네가 그렇게 안절부절못하고 있는 이유가 혹시 임신일까봐 걱정되어서야?"

윤희가 산부인과 레지던트를 하고 싶어 한다는 걸 아는 친구 경민이 그렇게 묻자 윤희가 고개를 내저으며 대답했다.

"아니, 아기를 갖고 싶어졌어. 진짜 딱 준혁오빠 같은 아이를."

"홋, 그럼 준혁샘 엄청 미워해야겠네."

"뭐?"

"왜 그런 말 있잖아? 임신했을 때 미워하는 사람을 닮는다고."

"그래? 어떡하지?"

윤희가 걱정스러운 표정을 짓자 경민이 의아하다는 듯이 물었다.

"뭘 어떡해?"

"준혁오빠는 도저히 미워할 수 있는 스타일이 아니거든."

"뭐?"

"보고 있으면 딱 두 가지 생각밖에 안 들어."

"무슨?"

"아, 멋지다. 너무너무 사랑스럽다, 그런."

윤희의 닭살 멘트에 경민이 펄쩍 뛰며 소리를 질렀다.

"야, 야, 야! 너 정말."

경민의 반응에 재미있다는 듯이 윤희가 쿡쿡 웃으며 물었다.

"너도 현진샘 보면 그럴 거 아니야?"

"야, 나는 벌써 결혼한 지 1년이나 됐어. 하긴 3개월도 안 된 네가 뭘 알겠냐?"

"내가 뭘 모르는……."

그때 윤희의 핸드폰 벨이 울렸다. 유리에게서 전화가 온 것이다.

"나야, 윤희야."

"네."

"축하해. 임신 맞네. HCG임신호르몬 53이야."

"……네."

유리의 말에 대답을 하는 윤희의 눈동자가 흔들렸다.

"적어도 10일은 더 지나야 제대로 아기집을 확인할 수 있겠어. 그럼 다다음주 월요일에 한 번 만날래?"

"네."

"준혁이한테는 네가 말하는 편이 낫겠지?"

"네."

안정을 하라는 소리와 축하 인사를 듣고 나서 윤희가 전화를 끊었다. 그러자 경민이 호들갑스럽게 물었다.

"유리샘이야?"

윤희가 말없이 고개를 끄덕이자 경민이 다시 물었다.

"무슨 애가 전화를 대답만 몇 번 하다가 끊어? 답답하게. 뭐래? 진짜 임신이래? 어?"

"응."

눈을 크게 뜨고 가만히 앉아있는 윤희를 경민이 이상하다는 듯 쳐다보았다.

"뭐야? 왜 그래? 기쁘지 않아?"

"기뻐."

"그런데?"

"겁나……. 나 잘할 수 있는 걸까?"

"겁나기는 무슨, 어린 나이도 아니면서. 28살이면, 아니 내년에 낳으면 29살인데."

"그래도 일단은 기쁘면서 겁나, 바보처럼."

경민이 윤희를 보며 웃으며 말했다.

"아무튼 너무 축하해. 빨리 준혁샘한테 전화해."

경민의 소리에 윤희가 말없이 고개를 좌우로 저었다.

"왜? 좋아할 텐데……."

"싫어, 일단 건강하게 아기집이 자궁 내에 잘 착상하는지부터 보고 나서 말할래."

"어째서?"

"너도 산부인과 배우고 돌았잖아. 자궁외임신도 생길 수 있고, 초기 유산 빈도도 만만치 않고……."

"만일 그런 문제가 생긴다면 더더욱 준혁샘이 알아야지."

"그렇지만 난 준혁샘이 조금이라도 아픈 게 싫어."

경민이 어이가 없다는 얼굴로 윤희를 보았다.

"중증이구나."

"훗, 그럴지도."

"야, 걱정도 하지 마. 힘이 넘쳐흐르는 준혁샘 아기라고. 딱 봐도 끄떡없을 것 같지 않니?"

윤희가 한숨을 내쉬며 대답했다.

"글쎄, 비리비리한 내 피가 반은 섞였다는 게 영 걱정이 돼."

경민이 윤희를 잠시 바라보다가 진지하게 말했다.

"너나 나나 지극히 평범한 집에서 평범하게 태어나 평범하게 자랐지만, 그렇다고 비리비리는 아니야. 단지 준혁샘이 너무 특출해서 상대적으로 그리 느껴지는 것뿐이라고. 세상에 누구도 다른 사람에 비해 폄하되어서는 안 된다고 생각해."

너무 정색하고 말하는 경민일 보고 윤희가 피식하고 웃었다.

"그런가?"

"그래, 준혁샘이 너라면 사족을 못 쓰는 건 다 네가 그만큼 잘났다는 거라고."

윤희가 결국 활짝 웃으며 대꾸했다.

"너 뭐야? 나 아기 가졌다고 띄워주는 거야?"

"응, 무조건 좋은 생각만 하고 좋은 것만 보라고. 멋있고 예쁜 걸 많이 보면 그걸 닮은 아기를 낳지 않을까? 저번에 산모 수첩 보니까 어떤 엄마들은 자기가 좋아하는 연예인 사진 붙이고 다니더라."

"그래? 그럼 방법은 하나네."

"뭐가?"

"준혁 오빠 닮은 아이를 낳으려면 뚫어지게 쳐다보면서, 회사 나가 있음 화상통화라도 하면서 미워하면 되겠네."

"그래, 네 낭군님 잘생기셨다. 인정 안하는 건 아니지만 너무하네."

"야, 네 앞에서나 이러지, 내가 누구 앞에서 이러겠냐?"

윤희의 말에 경민이 웃었다.

"후훗, 그런데 못 미워하겠다며 무슨 수로 미워하려고?"

"머리를 쥐어짜봐야지. 뭔가 나한테 잘못했던 것들을 찾아서."

"쿠쿡쿡, 준혁샘 고생 좀 하게 생겼네. 영문도 모르고 당하겠어. 불쌍하다. 귀띔 좀 해줄까?"

"안 돼, 내가 말할 거야."

경민이 컵에 있는 빨대를 빼고 주스를 들이키고는 말했다.

"당연하지. 너한테 직접 듣는 게 가장 좋을 거야."

"응."

"벌써 1시다. 난 2시까지 들어가봐야 해. 결과 나오기 전까지 절대 뭐 못 먹겠다며? 이제 나왔으니 먹어야지."

경민의 말에 윤희가 고개를 끄덕이며 미소를 지었다.

"전혀 실감이 안 나네. 그래도 기쁜 건 사실이야. 맛있는 거 먹으러 나갈까?"

"그래."

둘은 함께 병원근처에 있는 레스토랑으로 가기로 하고 그곳에서 나왔다.

오후 2시 반이 넘은 시간, 경민이와 간단한 점심식사를 하고 펜트하우스로 돌아오는 윤희가 최고급 세단의 뒷좌석에 앉아 눈을 감고 있었다. 아직은 당연히 많이 졸리다거나 힘들다거나 하는 임신 초기 증상이 나타나서는 아니었다. 단지 그냥 이런저런 걱정과 고민들로 머릿속이 복잡했기 때문이다.

'뭔가 더 확실해지면 알려주고 싶기도 하고, 빨리 알려줘서 기뻐하는 그의 모습을 보고 싶기도 하고 그러네.'

그러면서도 아직 10일은 더 지나야 아기집이라도 볼 수 있는 초기에 벌써 준혁에게 알리는 건 너무 이르다고 생각하는 윤희였다. 그때 차가 멈추었고 앞에서 운전을 하고 있던 기사가 말했다.

"도착했습니다, 사모님."

그렇게 말하고는 서둘러 차에서 내린 그가 윤희가 앉아있는 자리의 차문을 열어주었다. 윤희가 차에서 내리며 그를 보고 살짝 미소를 지으며 얘기했다.

"나기사님, 부탁이 있어요."

윤희의 말에 그가 굽실거리며 대꾸했다.

"네, 사모님. 말씀하시죠."

"제가 오늘 나기사님 호출한 거, 그리고 병원에 다녀온 거, 우리 그이한테는 비밀로 해주세요."

"예, 그러겠습니다. 걱정하지 마십시오."

흔쾌히 비밀을 지켜주겠다고 하는 그를 보고 윤희가 안도하는 눈빛을 보였다.

"고마워요."

그렇게 펜트하우스로 돌아온 윤희가 간단히 씻고 메이드들이 준비해준 과일을 조금 먹고 나서는 침대 위에 누웠다. 침대에서 빈둥빈둥 구르기를 하며 머리를 써봐도 그가 했던 못된 짓이 딱히 생각나지 않았다. 누워서 천장에 달린 고급스러운 조명을 바라보며 윤희가 혼잣말을 했다.

"미워하는 것도 쉬운 일은 아니네."

윤희가 그러고 있는데 노크 소리가 들렸다. 그리고는 메이드 한 명이 들어와 윤희에게 말했다.

"저, 사모님. 누가 찾아오셨는데요?"

"네? 누구요?"

"한아영씨라고……."

"아, 네. 들어오게 해주세요. 그리고 좀 신경 써서 다과를 준비해줘요."

그렇게 말하며 윤희는 거실로 나갔고 얼마 안 있어 아영이 도착했다.

"어쩐 일이야?"

윤희가 매우 반갑게 맞이하자, 아영이 웃으며 대답했다.

"오늘 나 시험 봤어, 언니."

"네 표정 보니까 잘 봤나보다. 맞지?"

"응."

"상민샘, 아직 병원에 있을 시간이구나, 그래서 놀러온 거야?"

"뭐, 비슷해. 그런데 단순히 놀러왔다기보다는 조언을 얻으러 온 거야."

윤희가 궁금하다는 얼굴로 아영을 보며 물었다.

"조언? 나한테? 무슨?"

"그게 성적이 오르면 소원을 하나 들어준다고 했단 말이야."

"그래? 좋겠네."

"이번에는 정말 잘 본 게 확실해. 아직 결과는 안 나왔지만 틀림없어. 그런데 무슨 소원을 들어달라고 하는 게 좋을까?"

커다란 눈을 움직이며 진정 예쁜 얼굴로 고민스러워 하는 아영을 보고 윤희가 대답했다.

"그야 네가 갖고 싶은 거, 아니면 네가 하고 싶은 거, 그것도 아니면 네가 가보고 싶은 곳에 가자고 하든지."

윤희의 말에 아영이 입술을 살짝 삐죽이며 말했다.

"피, 그런 시시껄렁한 거 말고."

"어?"

"나는 상민씨가 어쩔 줄 몰라 하며 난감해 하는 모습을 보고 싶어, 언니."

윤희가 이해하기 어렵다는 표정을 지었다.

"뭐? 왜?"

"상민씨는 언제나 너무 여유 만만이고 느긋하니까."

"그야 당연히 상민샘은 능력이 좋은 데다, 머리도 천재적이고, 상황 파악도 무척이나 빠르고, 사람 마음을 잘 읽으니까. 상민샘이 무슨 일인가에 당황해 하기란 쉽지 않을 것 같아."

"그래서 너무 재미가 없어."

"흐음."

아영이 조금 난처해 하다가 뭔가 결심한 듯한 얼굴로 입을 열었다.

"언니, 그러니까 내가 말하고 싶은 건 남녀 간의 사랑 말이야, 그걸 묻고 싶은 거라고."

그렇게 소리치는 아영의 얼굴이 붉어져버렸다. 둔탱이긴 하지만 그래도 대충 감을 잡은 윤희가 아영을 보고 조용히 물었다.

"내가 아는 한 알려줄게. 뭐가 알고 싶은 건데?"

"상민씨는 언제나 컨트롤을 너무 잘해. 시험기간이면 가벼운 입맞춤조차 피한단 말이지. 모의고사를 앞두고는 나를 안아주지도 않았다고."

"……."

아영이 거실 소파에 가라앉듯 몸을 깊숙이 기댄 채 메이드들이 준비해온

와플을 한 입 베어 물었다.

'나도 알고는 있다고. 일단 덤벼들기 시작하면 상민씨도 결코 신사답지는 않다는 걸, 그도 원한다는 걸 충분히 알긴 하겠는데…….'

아영이 다시 윤희를 보며 말을 꺼냈다.

"도대체 어떻게 해야 그를 약 올릴 수 있는 거지? 그러니까 확 도발시키고 나서 나는 아무렇지 않은 척 놀려주고 싶단 말이야."

"하아…….'

준혁은 거의 항상 핵폭탄처럼 터져버려서는 언제나 저돌적으로 거칠게 몰아치듯 윤희를 안는 스타일이었기 때문에 컨트롤을 잘한다는 게 뭔지 그리 와 닿지는 않는 윤희였다. 하지만 아영이 언제나 냉정하고 이성적인 상민을 무너뜨리고 싶다는 말인 줄은 알겠다는 생각이 들었다. 곰곰이 뭔가를 생각하던 윤희가 아영을 보며 말했다.

"한 가지 방법이 있어."

윤희의 소리에 아영이 두 눈을 반짝이며 물었다.

"언니, 뭔데?"

"이것도 경민이가 알려준 건데, 상민샘 손을 묶고 키스해주는 건 어떨까?"

"뭐로?"

"넥타이나 뭐 그런 걸로. 로맨틱하게…….'

윤희의 말을 들은 아영이 눈을 동그랗게 뜨며 입술로 호선을 그렸다.

"아, 언니 혹시 해봤어?"

"어? 어……. 뭐 일단은."

"그래? 묶겠다고 하면 순순히 그러라고 해줄까?"

아영을 보며 윤희가 속으로만 대답했다.

'당연히 순순히 안 해주지. 두 번이나 윤비서님께 부탁을 했었으니까.'

"언니, 어떻게 했냐니까?"

재촉하는 아영에게 윤희가 조금 난처한 표정을 지으며 대답을 했다.

"어쩌다 보니 누가 좀 도와줘서. 그런데 상민샘은 착하니까, 더군다나 이번에 소원을 들어준다고 했다며? 그러면 네가 무슨 짓을 하든 꼼짝 말라고 하면 되지 않을까?"

"아하."

아영이 박수를 치며 감탄의 소리를 냈다.

"언니 진짜 천잰가봐."

"아영아, 나 그런 소리 태어나서 처음 들어봐, 하하하."

둔탱이 윤희의 어쭙잖은 조언에 대만족을 한 아영이 기쁘게 다과를 즐기며 윤희와 담소를 나누었다. 그리고는 날이 어둡기 전에 돌아갔다. 일주일 후 성적이 나오면 꼭 그 방법을 써먹어보겠노라고 말하고는 말이다.

저녁시간, 특별한 약속이 없는 준혁이 퇴근준비를 하고 있었다. 그때 총수실 문이 열리고 윤비서가 들어왔다. 준혁이 그를 돌아보며 살짝 인상을 찌푸렸다.

"또 무슨 일이야? 나 이제 가볼 건데?"

뭔가 골치 아픈 문제라도 얘기할까봐서 미리 방패막이를 하는 준혁을 보고 윤비서가 미소를 지으며 다가섰다.

"진짜 일과 관련된 말씀을 드렸다가는 한 대 맞을 것 같은데요, 도련님?"

그의 농담에 준혁이 씩 웃으며 대꾸했다.

"한 대는 무슨, 열 대는 팰지도 몰라. 그러니까 알아서 처리하라고."

그렇게 말하는 준혁의 앞으로 윤비서가 뒤로 감췄던 커다란 꽃다발을 꺼내들었다. 족히 백송이는 되어 보이는 붉은 장미꽃을 보고 준혁이 의아하다는 듯이 물었다.

"이게 뭐야?"

"도련님께 드리는 겁니다."

"뭐? 나? 왜?"

"생각해보니 지금껏 꽃을 드렸던 적이 없는 것 같아서요."

준혁이 한쪽 입꼬리를 슬쩍 올리고는 어이없다는 듯이 웃었다.

"갑자기 뭐야? 무슨 날도 아닌데. 아니 무슨 날이라도 그렇지. 나한테 꽃 다발을 주는 건 너무 웃긴다고."

"그저 제 마음의 표현입니다."

준혁이 윤비서의 얼굴을 똑바로 쳐다보았다. 조금도 그의 속내를 읽어낼 수 없는 준혁이 답답해 하며 물었다.

"도대체 뭐야? 솔직히 말해봐."

매우 아름다운 그 장미다발을 일단은 받아든 준혁이 다그치듯 묻자 윤비 서가 진지한 표정으로 대답했다.

"진정 마음에서 우러나와 도련님께 드리고 싶었습니다. 그뿐입니다."

더 물어도 절대 이 이상의 답을 얻지 못할 것이라는 무언의 압력을 가하 고 있는 그의 눈빛에 준혁이 하는 수 없다는 듯이 말했다.

"뭐, 진짜 이상하긴 하지만 알았어. 받아주지. 그럼 나 이제 퇴근할게. 더 할 말 있나, 윤비서?"

윤비서가 준혁을 말없이 바라보았다.

'축하드립니다, 도련님.'

그리고는 조용히 입을 열었다.

"없습니다. 내일 뵙지요."

"음, 그래."

준혁은 근사한 꽃다발을 가지고 집으로 돌아가면서도 결국 윤비서가 그 것을 준 진짜 이유가 뭔지 그 의문을 풀지는 못 했다.

아영이 가고 난 후 또다시 빈둥거림의 진수를 맛보고 있던 윤희가 어느
새 침대 위에서 잠이 들고 말았다. 집으로 돌아온 준혁이 메이드들을 보내
고는 침실로 들어섰을 때 커다란 침대 위에 거꾸로 누워 잠이 들어있는 윤
희의 모습이 눈에 들어왔다. 옅은 핑크빛 원피스를 입은 윤희가 화장도 지
워지고 머리도 흐트러진 채 삐딱하게 누워있는걸 보고는 준혁이 슬쩍 미소
를 지었다. 윤비서에게 받았던 꽃다발을 테이블 위에 올려놓고, 일단 욕실
로 들어간 준혁이 먼저 손부터 씻고 나와 윤희의 곁에 앉았다. 잠시 침대에
걸터앉아 사랑스런 아내의 얼굴을 들여다보던 준혁이 윤희를 들어 안았다.
방향을 바꿔 베개를 베게 해주고 제대로 눕혀주자 윤희가 미간을 찌푸렸다.

　"으음."

　잠이 덜 깬 눈으로 준혁을 보던 윤희가 자신의 볼을 쓰다듬고 있는 그의
손을 잡으며 물었다.

　"언제 왔어요?"

　"방금 전."

　"몇 시에요?"

　"아직 7시도 안 됐어."

　"아……."

　잠깐 눈을 감았던 윤희가 다시 눈을 뜨고는 일어나 앉았다. 그리고는 준
혁과 마주보고 앉아 그의 눈을 뚫어져라 쳐다보았다.

　"오빠, 나한테 뭐 잘못한 거 없어요?"

　하루 종일 생각해보았어도 결국 그를 미워할만한 이유를 찾지 못한 윤희
가 결국 그에게 직접 물어보기로 한 것이었다. 난데없는 윤희의 그 질문에
준혁은 갑자기 복잡한 표정이 되었다. 그리 화나거나 삐치지는 않은 얼굴로
물었지만 그 내용 때문에 준혁의 머릿속이 시끄러운 소리를 내며 돌아갔다.

　'뭐? 내가 잘못한 거……?'

도대체 왜 그런 질문을 한 건지 모르겠는 준혁이 윤희의 눈치를 살피며 조심스레 물었다.

"윤희야, 언제 적 얘기를 하는 건데?"

"언제든, 뭐든 간에 나한테 미안하거나 찔리는 일 없냐고요?"

준혁이 정말 난감한 얼굴이 되었다. 윤희가 뭘 알고 이러는 건지 도저히 알 수가 없었기 때문이다. 아무튼 머리를 짜내고 짜낸 준혁이 설마 하는 심정으로 입을 열었다.

"윤희야, 너 혹시 서재에 있는 내 컴퓨터에 저장되어 있는 파일을 본거야?"

그의 질문에 윤희가 놀란 눈으로 물으려다 말았다.

'파일? 무슨 파일이 있는데요?'

그렇게 물었다면 준혁은 분명 대답해주지 않을 거라고 생각한 윤희가 말을 아꼈다. 대답이 없는 윤희를 슥 한 번 쳐다보더니 준혁이 머리를 쓸어 올리고는 턱을 감싸 쥐며 난감한 듯 말했다.

"미안해, 그래도 남의 컴퓨터를 뒤져보는 건 너무하잖아?"

살짝 항의의 소리를 내는 준혁에게 윤희가 강한 어조로 대꾸했다.

"남이라니요, 부부는 일심동체라는 거 몰라요? 오빠 게 다 내 거라고요. 안 그래요?"

윤희에게 이길 꿈도 꿀 수 없는 준혁이 고개를 끄덕이며 인정했다.

"그렇지."

"그럼 이제 해명해봐요. 미안한 짓을 왜 했는지."

제대로 뭔가를 알고 있는 것처럼 연극을 하고 있는 윤희의 심장이 마구 떨렸다.

'뭘까? 뭐지? 진짜 궁금하네. 컴퓨터에 무슨 파일을 가지고 있기에 나한테 미안하다는 거야?'

얼떨결에 그냥 한번 던져본 질문을 확 물어버린 준혁을 보고 윤희는 무척이나 신이 났다.

"대답해봐요, 얼른."

재촉하는 윤희에게 준혁이 마지못해 입을 열었다. 고개를 푹 숙이고 말이다.

"그러니까 그게, 버릴 수가 없었다고. 사진이 너무 예쁘게 나와서."

'사진⋯⋯?'

"나쁜 뜻은 없었어. 그리고 개인적인 부탁이 뭔지 알고 싶었을 뿐이라고. 그래서 부탁했던 거야."

'엥? 뭔 소리?'

윤희는 당연히 준혁이 하는 소리를 알아들을 수가 없었다.

'너무 예쁜 사진이라 버릴 수 없었다? 미안하다? 어, 그건?'

윤희가 작정하고 무섭게 보이려는 표정을 지었다. 그리고는 단호한 음성으로 물었다.

"그래서 그 사진 속 여자가 누군데요?"

난처해 하는 준혁의 얼굴, 뭔가를 들키고는 어쩔 줄 몰라 하는 그의 모습에 분명히 사진에는 여자가 담겨있을 것이 확실하다고 윤희는 생각했다. 물론 윤희의 엄청난 추리력은 틀리지 않았다. 문제는 그 여자가 본인이라는 것이었지만⋯⋯.

윤희의 질문에 준혁은 뭔가 속았다는 것을 알 수 있었다. 준혁이 어이없어 하며 윤희에게 물었다.

"뭐야? 사진 파일 본 게 아니네."

"네?"

"내가 말한 건 네 사진들이란 말이야."

자신의 사진이라는 소리에 윤희가 더욱 궁금하다는 얼굴을 했다.

"내 사진이요? 오빠, 그게 무슨 소리에요? 내 사진? 어떤⋯⋯?"

준혁이 아차 싶어 얼른 말을 둘러댔다.

"신혼여행 때, 그때 찍은 사진들."

"네? 그건 저도 같이 봤잖아요."

"그렇지."

"그런데 뭐가 미안하고 뭐가⋯⋯."

준혁이 윤희의 말을 중간에 가로채며 말했다.

"나 배고프다, 저녁 먹으러 가자."

조르듯이 말하는 그 때문에 단순한 윤희가 금세 웃으며 일어났다.

"배고픈지 몰랐어요. 어서 가요."

침대에서 내려오던 윤희의 눈에 테이블 위에 놓여있는 커다란 장미꽃이
들어왔다.

"어⋯⋯?"

"아, 그거."

"예쁘네요."

"그래? 가질래?"

윤희가 준혁을 이상하다는 듯이 보았다.

'가질래? 그건 나를 주려고 사온 게 아니라는 말 아닌가?'

"저 주려고 사온 게 아니군요, 그럼 누가 준 거예요?"

"응, 받은 거야."

꽃다발을 받았다는 준혁의 소리에 윤희의 심경이 긁혀졌다. 인상을 찌푸
리는 그녀가 무슨 생각을 한 건지 뻔히 알겠는 준혁이 웃으며 물었다.

"하하하, 뭐야? 설마 내가 여자한테 꽃을 받아왔다고 상상하는 건 아니
겠지?"

"그럼, 남자가 줬단 말이에요?"

"어."

"피, 그게 더 이상해요."

"진짜야."

결백하다는 듯이 강조해서 말하는 준혁에게 윤희가 눈을 작게 뜨며 의심의 눈초리를 보냈다. 그녀의 표정이 재미있어서 준혁이 장난을 좀 쳐보았다.

"그렇지? 아무래도 남자가 줬다는 게 믿기지 않지? 내가 워낙 멋져서 인기가 좀 많아야지 말이야? 하하하."

어울리지도 않는 그의 농담에 윤희의 얼굴이 굳어졌다.

"다른 여자가 준 꽃을 당당히 침실 안으로 가지고 들어오다니, 오빠답네요. 뭐 하나 꿀릴 거 없고 거칠 것 없는 그 행동!"

심상치 않은 그녀의 표정에 준혁이 당황해 하며 상황 수습에 나섰다.

"자, 잠깐, 윤희야. 농담이야. 윤비서가 준 거라고, 화내지마. 어?"

금세 표정이 변해서 쩔쩔매는 준혁을 보고 윤희가 아쉽다는 듯이 말했다.

"조금만 더 장난치지 그랬어요?"

"뭐?"

"그래야 내가 오빠를 미워해보는 건데……."

윤희의 뜬금없는 발언에 이번에는 준혁이 눈살을 찌푸리며 정색을 했다.

"무슨 소리야? 왜 날 미워하려고?"

"부부간에 싸우기도 하고 그래야 좀 부부 같지. 우리는 너무……."

준혁이 말도 안 되는 소리를 하고 있는 윤희를 확 끌어안으며 입술을 훔쳤다. 윤희의 목뒤를 손으로 받치며 강하게 그녀의 안으로 밀고 들어갔다. 그의 거친 호흡이 윤희의 숨결을 순식간에 빨아들이며 자극적인 움직임을 만들어냈다. 자신의 혀와 입술로 그녀를 있는 대로 탐하던 준혁이 감질나 죽겠다는 눈빛으로 윤희를 쳐다보며 말했다.

"싸워야 하는 게 부부라면 난 평생 너와 부부처럼 살지는 않을 거야."

벅차다는 표현이 딱 맞는 그의 딥키스에 흐트러진 숨을 고르며 윤희가 물었다.

"하아, 하아. 그럼요?"

준혁이 윤희의 허리를 잡은 팔에 힘을 꽉 주며 그녀를 더욱 세게 끌어안았다.

"연인처럼, 죽는 그 순간까지 영원히 연인처럼 살겠어. 그러니까 날 미워할 생각은 추호도 하지 말라고."

열렬히 사랑하노라 외치는 이 남자를 멍하니 쳐다보는 윤희의 귀에 준혁이 감미롭게 속삭였다.

"안고 싶어…… 주기 지나간 거 맞지?"

준혁은 눈치껏 그녀의 월경주기를 피해주느라 요 며칠 그녀를 안지 않았었다. 굶주린 늑대마냥 유혹의 손길을 내미는 멋모르는 이 남자한테 윤희가 난감해 하며 대꾸했다.

"저녁 먹고요. 배가 고프다면서요?"

"갑자기 식욕이 싹 사라졌어."

그 이유를 물론 잘 아는 윤희였지만 일단은 그의 공격을 피해보고자 윤희가 얼른 말을 했다.

"저는 배가 고파졌어요."

그 소리에 준혁이 윤희를 안고 있던 팔에 힘을 풀었다. 언제나 그녀에게는 늘 약한 모습을 보이는 준혁이 윤희의 손을 잡아끌며 침실 문을 열었다.

"미안, 우리 공주님이 시장하실 거라고는 생각 못 했네. 어서 먹으러 가자."

준혁의 손에 이끌려 펜트하우스를 나오는 윤희가 2층 레스토랑으로 가는 엘리베이터 안에서 한 손으로 머리를 부여잡으며 고민을 하기 시작했다.

'열흘? 열흘은커녕 며칠도 버티지 못하겠네. 아무래도 초기에 조심하려면 사실대로 말하지 않고는 어림도 없겠어. 무슨 핑계를 대냐고?'

솔직히 아기집을 확인하고 초음파 사진이라도 들이밀며 준혁에게 이야기를 하고 싶은 윤희였다. 하지만 혈기 왕성한 그를 조용히 잠재우기란 그리 호락호락한 일이 아님을 아는 윤희니 어떻게 하는 것이 좋을지 고민하지 않을 수가 없는 것이었다.

눈물겨운 도발

저녁식사를 마치고 돌아온 준혁이 함께 샤워할 것을 요구했지만 윤희는 오늘은 내키지 않는다며 극구 거절했다. 그리고는 먼저 샤워를 하고 나온 윤희가 가운을 걸친 채 화장대 앞에 앉았다.

'흐음, 어렵겠지? 아무래도.'

윤희는 준혁이 샤워를 하러 욕실에 들어가있는 동안에도 계속해서 고민을 했다. 만일 이번에 월경주기가 늦어진 것이 아니었다면, 다시 말해 배란이 제때 되었다면 사실상 정자와 난자가 만나고 나서 약 3주 동안은 임신을 했는지도 모르고 자연스러운 부부 관계를 가질 수 있었을 것이다. 그런데 어쩌다 보니 이번에 배란이 늦어진 상태에서 임신이 되었기 때문에 극히 초기에 임신 사실을 알 게 되었다. 모르면 몰랐어도 알고 난 이상 그래도 초기에는 조심하는 게 좋으니 윤희가 그와의 정상적인 사랑 나누기를 피해야겠다는 생각을 하는 건 어쩌면 당연한 것일 것이다. 결국 혼자 속으로 고민만 한다고 해서 해결될 일이 아님을 안 윤희가 마음의 준비를 시작했다. 그리고는 주방으로 가서 최고급 샴페인과 잔을 가지고 들어왔다. 물론 오렌지 주스도 한 병을 챙기는 것도 잊지 않았다.

샤워를 마치고 나오는 준혁은 골드 펄사로 수놓아진 세련된 가운을 몸에 걸치고 있었다. 적당히 드러난 그의 탄탄한 가슴과 복부 근육은 보는 것만으로도 심장 뛰게 멋있는 것이 분명했다. 자연스레 걸어 나오는 준혁을 보며 윤희가 소리쳤다.

"잠깐만!"

그녀의 소리에 준혁이 멈칫하며 테이블 쪽에 앉아있는 윤희를 보고 물었다.

"뭐? 왜?"

영문을 모르겠다고 쳐다보는 그에게 윤희가 웃으며 얘기했다.

"진짜 그 모습 그대로 황홀할 정도로 멋지네요."

대놓고 칭찬의 말을 하는 윤희 때문에 살짝 얼굴이 상기된 준혁이 멋쩍어하며 윤희의 앞으로 와서 앉았다. 준혁이 테이블 위에 놓인 샴페인을 보고는 윤희를 쳐다보며 물었다.

"뭐야?"

"샴페인이요."

"그건 알아. 근데 왜?"

"오빠랑 마시고 싶어서요."

준혁이 기분 좋게 웃으며 샴페인 뚜껑을 열었다.

"왜 갑자기 이게 마시고 싶어진 걸까? 우리 윤희가……."

예쁘게 뽀글뽀글 올라오는 기포를 보며 윤희가 준혁의 손에서 샴페인 병을 빼앗아 들었다.

"어……?"

"내가 먼저 따라주고 싶어서요."

준혁이 여전히 모르겠다는 얼굴로 윤희를 보았다.

"나한테? 무슨 일 있는 건가?"

윤희는 그저 대답 없이 웃으며 준혁의 잔에 샴페인을 따라주었다. 준혁이 병을 받아 들고 윤희의 잔에 샴페인을 부으려는 찰나 윤희가 손으로 살짝 저지하며 입을 열었다.

"저는 이거 마실 거예요."

그렇게 말하며 윤희가 가리킨 오렌지주스 병을 보고 준혁이 의아하다는 얼굴을 했다.

"샴페인, 네가 마시고 싶었던 거 아니야?"

"그렇게 마시고 싶진 않았는데 보니까 조금 그런 생각이 들기도 하네요."

"그래? 그럼 이걸로 줄게."

"잠깐만요."

뭔가 이상하다고 느낀 준혁이 윤희의 얼굴을 바라보는데 그녀가 말을 이었다.

"저 이제 아주 한참 동안 술은 마실 수가 없게 되었어요."

"어째서……."

어째서냐고 묻던 준혁의 표정이 달라지기 시작했다. 두 눈이 크게 떠지며 윤희를 바라보던 그의 그윽한 눈빛이 마구 흔들렸다.

"설마……."

윤희가 준혁을 보며 미소를 가득 머금고 조용히 속삭였다.

"아빠가 될 거에요. 내년 봄이 되면……."

윤희의 소리가 준혁의 귀로 들어온 건 맞았다. 그런데 머리에서 그 내용을 받아들이고 해석하기 전에 먼저 그의 심장이 반응을 보였다. 처음 그녀의 입에서 사랑한다는 말이 나왔을 때만큼이나 설레고 행복한 느낌이 그의 온몸을 휘감아 돌았다. 잠시 그렇게 가만히 있던 준혁이 믿기지 않는다는 표정으로 윤희를 보며 물었다.

"아기가 생긴 거야? 어떻게?"

"이번에 배란이 늦어져서요."

"아하하하하."

준혁이 웃기 시작했다. 멍한 표정으로 도저히 실감나지 않는다는 얼굴을 하고 있던 준혁이 침실이 떠나가라 유쾌하게 웃기 시작했다. 그리고는 자리에서 일어서 윤희를 번쩍 안아 올렸다. 윤희를 안아든 준혁이 그 자리에서 몇 바퀴를 돌았는지 모르겠다. 신나서 그녀를 품에 안고 빙글빙글 돌며 그야말로 기뻐서 날뛰다시피 하는 준혁이었다.

"하하하하. 사랑해, 고마워. 아하하하하."

그의 웃음소리가 방안을 가득 메우자 윤희의 가슴도 행복한 기운으로 가득 찼다. 이토록 지극히 기뻐하는 그를 보자 윤희는 그에게 말하기를 잘했다는 생각을 했다. 윤희를 안아들고 한참을 좋아하던 준혁이 갑자기 딱 멈춰 섰다.

"괜찮아? 어지럽지 않아? 어디 아픈 데는 없어?"

자신이 안고 돈 것 때문에 힘들지는 않은지 묻는 그에게 윤희가 고개를 저었다.

"멀쩡해요, 괜찮아요."

준혁이 윤희를 침대 위에다 아주아주 조심스럽게 고이 내려놓았다. 그리고는 그녀의 옆에 걸터앉으며 물었다.

"언제 알았어?"

"오늘요."

"병원에 가봐야 하는 거 아닌가?"

"오늘 갔었어요. 유리언니, 아니 형님 만나서 피검사 했거든요."

준혁이 윤희의 머리를 쓰다듬어주며 약간 볼멘소리를 했다.

"나랑 함께 가지 그랬어?"

"훗, 확실하지도 않았는데요?"

"그래도 같이 가지. sono초음파는 본 거야?"

"아니요, 초음파에서 보이려면 HCG 수치가 2000 정도는 되어야 하는데……."

"몇인데?"

"53……."

준혁이 웃으며 윤희의 아랫배를 쳐다보았다.

"정말 초기구나. 그럼 언제 sono 보기로 했어?"

"10일은 더 지나서요. 다다음주 월요일에."

준혁이 윤희를 살며시 끌어안았다.

"다음에는 반드시 같이 갈 거야. 사랑해."

그의 품 안에 안겨서 윤희가 눈을 감으며 대답했다.

"네, 함께 갈게요. 아, 그리고 아버님과 엄마, 아빠께는 조금 더 확실해지고 나서 말씀드리고 싶어요."

"그래, 그러자. 그런데 나한테는 바로 말해줘서 너무 기뻐. 나중에 알게 되었음 조금 서운했을지도 몰라."

준혁의 말에 많이 찔리는 윤희가 혀를 살짝 귀엽게 내밀었다. 비록 그 모습을 준혁이 보지는 못 했지만 말이다.

'아하, 말하길 잘한 거네. 숨기려 했다는 건 모르게 해야겠다.'

윤희를 가만히 안고 있던 준혁이 그녀를 침대에 제대로 눕혀주었다. 그리고는 윤희의 옆에 몸을 눕힌 준혁이 자꾸만 아래로 내려갔다. 가슴을 지나 그녀의 아랫배에 얼굴을 묻고 준혁이 팔로 윤희의 몸을 감싸 안았다. 다리를 구부리고 옆으로 누워 한참을 그렇게 있던 그가 조용히 입을 열었다.

"행복해. 세상에 태어나서 가장 행복한 것 같아. 내 곁에 있어줘서 너무너무 고마워."

준혁의 작은 속삭임이 윤희의 귀에 들어가지 못했다. 윤희의 숨소리는 이미 달라져 있었기 때문이다. 천천히 일어나 앉은 준혁이 새근새근 어린아이마냥 순진한 얼굴로 잠들어있는 사랑스러운 그녀를 보고 세상을 다 얻은 것 같은 표정을 지었다. 그렇게 윤희를, 자신의 아이를 가진 그녀를 눈 안에, 가슴에, 머리에 담아놓던 준혁이 잠시 고개를 돌렸다. 그때 테이블 위에 놓인 붉은 장미꽃이 그의 시야 안에 들어왔다.

"아!"

준혁은 그제야 윤비서가 그 꽃다발을 자신에게 준 이유를 알 수 있었다.

"뭐야? 윤비서는 알고 있었다는 얘기군."

꽃다발을 쳐다보고 웃던 준혁이 다시 윤희를 내려다보며 심호흡을 했다. 그리고는 혼잣말을 했다.

"잠은 다 잤다. 이렇게 가슴 벅찰 수도 있는 건가? 진짜 진정이 안 되네."

곤히 잠들어있는 윤희의 옆에서 기쁜 마음을 주체할 수 없어서 히죽히죽 웃고 있는 준혁이었다.

일주일 후 저녁, 상민의 오피스텔 서재에서 아영이 문제집을 풀며 상민이 돌아오기를 기다리고 있었다. 현관에서 문이 열리는 소리를 듣고 아영이 서재에서 뛰쳐나오며 상민을 맞이했다.

"와아, 왔네요."

평소보다 한 열 배는 기뻐하며 방방 떠있는 아영을 보고 상민이 그녀의 얼굴을 바라보았다. 금세 상황 파악을 끝낸 상민이 안으로 들어오며 상체를 굽혀 아영의 볼에 가볍게 입술을 맞추었다.

"아영이가 이리 좋아서 기다리고 있다는 건 역시나 성적표가 나왔다는 얘긴데?"

"와우, 정말 잘도 아네요."

"딱 봐도 성적은 오른 것 같고. 그래, 뭘 하고 싶은데? 원하는 게 뭐야?"

"일단 저녁도 먹고, 영화도 한 편 보고, 내일은 주말이니 오늘은 집으로 가 자고요."

상민이 싱긋 웃으며 아영을 보고 물었다.

"뭐가 그렇게 많아? 내가 들어주겠다고 한 건 딱 한 가지인데."

그의 말에 아영이 무슨 소리냐는 듯한 표정을 지었다.

"당연히 지금 말한 것들은 제가 원하는 소원이 아니에요. 굶어도 되고, 영화 안 봐도 되고, 그냥 이 오피스텔에서 자도 좋다고요."

뭔가 진짜 바라는 것은 따로 있다는 그녀의 소리에 상민이 살짝 고개를 갸우뚱하며 물었다.

"그럼 제대로 말해봐. 원하는 게 뭐지?"

"이따가 잠자리에 들기 전에 말할 테니까 그전까지는 상민씨가 원하는 대로 해요."

잠시 아영을 보고 있던 상민이 서재로 들어가 그녀의 문제집과 참고서 등을 가방에 넣고 나갈 준비를 했다. 그리고는 아영의 손을 잡고 오피스텔을 나서며 그녀를 돌아보고 웃어주었다.

"내가 하고 싶은 대로 근사한 곳에서 저녁 먹고, 영화 감상도 하고, 둘만의 낙원으로 함께 가자. 좋지?"

"네."

활짝 웃으며 고개를 끄덕이는 아영을 데리고 상민이 그곳에서 나왔다.

아영을 태운 상민의 럭셔리한 스포츠카가 서울 도심을 빠져나와 쭉 뻗은 도로를 지나 달리기 시작했다. 나름 아름답게 펼쳐진 드라이브 코스 중의 하나인 그 길을 따라 수십 분을 달리고 나서 도심의 외곽에 위치한 초호화 전원주택에 도착했다. 금요일 밤 늦은 시간, 상민이 아영을 데리고 둘만의 대저택 안으로 들어갔다. 거실에 들어서자마자 아영이 상민을 보고 말했다.

"이제부터 제 소원 들어주세요."

깜찍한 아영이 원하는 소원이 과연 뭘까? 언제나 예리한 상민이었지만 아까부터 생각해봐도 딱 부러지는 해답을 찾지 못한 상태였다. 매우 궁금했지만 단 한 번도 내색하지 않았던 상민이 역시나 담담히 대꾸했다.

"뭐, 원하는 대로. 내가 어떻게 하면 되는데?"

"내일 아침이 올 때까지 오늘 밤은 무조건 제 말에 따르기에요."

"흐음, 식사하고 영화보는 데 시간을 너무 많이 써서 한두 시간은 공부 좀 시키다가 자려고 했는데?"

능청스럽게 웃으며 건네는 그의 소리에 아영이 펄쩍 뛰며 말했다.

"으아, 재미없어. 결혼식도 이제 한 달 정도밖에 남지 않았는데 계속 이렇게 빡빡하게 굴 거예요?"

소파에 앉은 상민이 한 손으로 턱을 괴며 아영을 보고 물었다.

"아마도 시험 끝나기 전까지는 계속 그럴 것 같은데 어쩌지?"

"쳇, 아무튼 오늘 밤은 제 맘대로 할 거예요."

상민이 귀여운 아영의 제안을 순순히 받아주었다.

"좋아, 약속은 약속이니까. 더군다나 성적도 맘에 들고. 뭐든 하고 싶은 대로 해봐."

"가만히 앉아 있어요."

그렇게 말하고는 아영이 주방으로 가서 여러 종류의 양주 중에 하나를 골라잡았다. 간단한 안주를 준비해서 거실로 가지고 나온 아영이 술병을 상민의 앞에 들이밀며 말했다.

"마셔요."

갑작스런 그녀의 행동에 아무리 항상 냉정함을 잃지 않는 상민이라고 해도 조금은 놀라는 표정이 되었다.

"뭘? 이걸?"

"네."

"잔은?"

"없어요. 그냥 터프하게 병째 마셔봐요."

'아하.'

상민은 정말 어이가 없는 얼굴을 했다.

'이 녀석, 작정하고 술을 먹이겠다는 건가?'

잘도 가장 센 위스키를 골라가지고 온 아영이었다.

"내가 취한 모습을 보고 싶다는 건가?"

상민의 질문에 아영이 고개를 저으며 대답했다.

"아니요, 목적이 그건 아니에요. 단지 제가 하고 싶은 걸 하려면 상민씨가 멀쩡한 정신이라는 게 부담이 될 것 같아서요."

심상치 않은 아영의 말을 듣고 상민은 연기를 시작해야겠다는 생각을 했다. 보편적인 상식으로는 감히 가늠해볼 수도 없는 주량을 자랑하는 상민은 아마 이 술 한 병을 원샷한다 해도 멀쩡한 정신으로 걸어 나갈 것이 분명했다. 상민이 아영이 가져온 위스키 병의 뚜껑을 열었다.

'터프하게 양주를 병째 들이켜라? 좋아, 해보지 뭐.'

사실 엄청나게 감정이 상했을 때나, 아니면 분에 못 이겨, 혹은 슬픔을 잊으려 몸 안으로 알코올을 들이부을 때나 하는 짓을 지금 아영의 요청에 의해 멀쩡한 정신에 해보는 상민이었다. 그녀가 원한다면야 목을 훑고 속이 타는 느낌쯤이야 얼마든지 아무렇지 않게 받아들이리라 생각하며 상민이 술을 목 안으로 넘기기 시작했다. 그런 그의 모습을 넋을 잃고 쳐다보던 아영이 아무래도 걱정이 되었는지 소리를 질렀다.

"자, 잠깐만요!"

그 소리에 상민이 병을 내려놓으며 슬쩍 미소를 지었다.

"왜? 다 마시길 원한 거 아닌가?"

"괘, 괜찮아요?"

걱정스레 묻는 아영에게 상민이 나오려는 웃음을 간신히 참으며 제법 진지하게 물었다.

"안 괜찮으라고 마시라고 한 것 같은데. 그렇게 물으면 뭐라고 대답해야 우리 아영이가 기뻐할까?"

네가 원하는 대로 모든 걸 맞춰주겠다고 말하고 있는 상민에게 아영이 여전히 걱정스러워하는 눈빛으로 대답했다.

"그러니까 상민씨가 좀 취해서, 아니 어쩌면 많이 취해서 내일 아침이면 오늘 밤 일을 기억하지 못했으면 좋겠어요."

"흐음, 어째서?"

"그래야 창피하지 않을 테니까."

지금 이 대답은 그녀가 앞으로 벌이려는 일이 그녀에게는 창피하고 뭔가 쉽게 하기 어렵다는 말이 되었다.

"그런데?"

"그래도 그 독한 술을 안주도 없이 마구 먹으면 속에 무리가 갈까봐 걱정이 돼요."

"하아, 그렇군. 하지만 안주를 먹으면 터프해 보이지 않는다, 그게 아영이 생각 아닌가?"

"에? 그건……."

잘도 속내를 알고 있는 상민의 말에 아영이 잠시 할 말을 잃었다. 다시 위스키 병을 입으로 가져가는 상민을 보고 자리에서 일어선 아영이 술병을 잡으며 말했다.

"터프하든 안 하든 그건 중요치 않아요. 상민씨는 정말 멋지니까. 그러니까 안주 먹고 마셔요."

상민이 서있는 아영을 끌어다 자신의 다리 위에 앉혔다. 그리고는 그녀의 귀에 대고 달콤한 음성으로 속삭였다.

"그래? 그럼 먹여줘봐. 내 손으로는 집어먹지 않을 테니."

아영이 팔을 뻗어 오렌지를 한 조각 집어다 상민의 입술에 가져갔다. 그랬더니 이 잘생긴 남자가 심장을 벌렁거리게 만들만한 소리를 했다.

"포크로 찍어서? 너무 성의 없어. 입술로 주면 받아먹어주지."

'하악.'

아영이 눈을 동그랗게 뜨며 상민을 쳐다보았다.

'취했나?'

자신을 뚫어져라 쳐다보는 그녀의 시선에 상민이 기분 좋게 씩 웃어 보였다.

'취한 게 분명해.'

아영은 그렇게 판단하고 계획했던 일을 이제부터 실전에 옮기려고 상민의 품 안에서 일어서려 했다. 그러자 상민이 손으로 아영의 허리를 휘어잡으며 약간은 초점이 풀리기 시작하는 눈빛을 보였다.

"그거 안 먹여줄 테야?"

거절하기 어려운 그의 요구에 아영이 하는 수 없이 오렌지 조각을 입술로 살짝 물어 상민의 입으로 가져다주었다. 입안으로 들어온 상큼한 오렌지를 맛보았을 뿐 상민은 그녀의 입술을 거칠게 훔치는 도발적 행동을 하지는 않았다. 그녀가 뭔가를 해보려 한다는 걸 아는 영악한 상민이 본능에 휘둘려 그 기회를 놓칠 리 만무했기 때문이다.

아영이 상민의 다리 위에 앉은 채 그가 매고 있는 넥타이에 손을 가져다 댔다. 그리고는 천천히 그의 넥타이를 풀기 시작했다. 그녀의 손이 미세하게 떨리고 있다는 걸 눈치 챈 상민의 심장이 마구 빨라지기 시작했다. 심장이 주체할 수 없이 요동치고 있다는 사실을 숨기기 위해 애써 더 태연한 척하는 상민을 보고 아영은 속으로 생각했다.

'과연 이 방법으로 그를 애타게 만들어볼 수 있으려나?'

아영은 그의 목에서 풀어낸 넥타이를 손에 들고 일어서며 말했다.

"따라와봐요."

상민은 그녀의 소리에 토를 달지 않고 하라는 대로 따라주었다. 침실로 들어온 아영이 테이블 앞에 놓인 의자를 이만큼 빼내고는 상민을 보며 말했다.

"이리로 앉아요."

역시 군소리 없이 그대로 따르는 그였다. 침대를 마주하고 놓인 그 의자

뒤로 가서 선 아영이 상민에게 팔을 뒤로 할 것을 요구했다. 그제야 그녀가 하려는 행동이 뭔지 대충 짐작이 가는 상민이었다. 하지만 싫다고 하고 싶은 생각은 들지 않았다. 아영은 등 뒤로 보낸 상민의 팔을 손목끼리 맞닿게 하여 그의 넥타이로 열심히 심혈을 기울여 묶기 시작했다. 한참을 낑낑거리며 제법 단단히 고정을 했다고 생각한 아영이 회심의 미소를 지었다. 그리고는 그녀가 앞으로 와서 침대에 걸터앉았다.

"심정이 어때요?"

"뭐가?"

정말 조금도 아무렇지 않은 듯 대꾸하는 상민에게 아영이 악동처럼 웃으며 깜찍한 소리를 하기 시작했다.

"상민씨는 묶여있어 저항할 수 없을 텐데, 내가 그 상태에서 상민씨를 애무하면 애가 타지 않을까요?"

"글쎄, 상상이 잘 안 되는데?"

고단수 상민은 이미 그녀의 도발을 즐길 준비를 하고 있었다. 그때 아영이 경민에게서 들은 소리를 떠올렸다. 사실 윤희의 조언을 듣고 난 아영은 윤희보다 훨씬 더 베테랑인 원조 경민에게 전화를 했었던 것이다. 그리하여 아영은 나름 충격적인 사실을 알게 되었다. 오히려 어리고 순진했기 때문에 할 말, 못 할 말 깊이 가려보지 않고 그냥 생각나는 대로 말해보는 그녀였다.

"상민씨, 남자는 묶인 상태에서, 그러니까 마음대로 할 수 없는 상황에서 자신이 애무 받는 것보다 상대 파트너가 스스로를 애무하는 모습을 볼 때 더 격한 흥분을 느끼게 된다는데 정말 그렇게 생각해요?"

이번 그녀의 발언에는 상민의 심장이 덜컹하고 내려앉았다. 그의 눈동자가 티가 팍팍 날 정도로 흔들린 것은 물론이거니와 묶인 두 팔에 힘이 들어갔다. 고개를 살짝 쳐든 상민의 몸 안에서 상상만으로도 이미 엄청난 흥분

물질들이 쏟아져 나오고 있다는 사실을 정작 아영은 알지 못했다. 그저 입을 꾹 다물고 별 감흥 없어 보이는 그라고 착각을 하고 있는 아영이 조금 툴툴거리듯 말을 했다.

"피, 뭐예요? 재미없게. 지금 내가 그러니까 상민씨를 유혹하고 있는 건데 뭐 느껴지는 거 없냐고요?"

불만스럽다는 얼굴로 자신을 쳐다보는 아영을 보고 상민이 한쪽 입꼬리를 살짝 추켜올리며 그리 착하지 않은 미소를 흘렸다.

"어디 한번 제대로 해봐. 어느 게 더 흥분되는지 알려줄 테니."

둘만의 파티를 즐길 마음의 준비가 충분히 되어있는 그의 발언에 아영이 침대에서 일어나 일단 음악을 틀었다. 정적이 흐르는 방안에서 폼을 잡기란 더 어려운 일일 테니 말이다. 사랑을 속삭이는 감미로운 선율이 침실 안에 퍼지기 시작했고 아영은 그의 코 앞에서 천천히 블라우스 단추를 풀어나갔다. 레이스가 가득 달린 여성스러운 핑크빛 브래지어가 그녀의 봉긋 솟은 가슴을 반 이상 가리고는 있었으나 이런 식으로 드러난 그녀의 속살을 감상한다는 것이 상민에게는 신선한 느낌으로 다가왔다. 점점 빨라지는 심장의 움직임 때문에 정신을 차릴 수가 없다는 생각이 들었으나 상민은 그대로 있었다. 아직은 좀 더 그녀가 하는 대로 놓아둘 생각인 것이었다. 그 정도의 이성은 차릴 수 있을 만큼 상민은 그리 취해있지 않았다.

아영이 짧은 스커트 후크를 풀고 그대로 치마를 바닥으로 떨어트렸다. 자연스레 따라 내려가는 상민의 시선을 느끼고 오히려 아영이 술을 마신 것처럼 얼굴을 붉혔다.

'이것도 정말 맨정신에 할 짓이 아니네. 상민씨는 취하긴 한 건가? 도통 반응이 없으니…….'

그렇게 생각하며 속옷 차림의 아영이 상체를 천천히 숙여 그의 입술에 자신의 입술을 가져다 댔다. 부드럽게 그의 입술을 건드리듯 움직이며 조금

씩 미끄러트려보던 아영이 혀를 내밀어 그의 입술을 할짝거리기 시작했다. 입을 벌리지도, 거칠게 혀를 움직여 안을 범하지도 않는 상민은 흥미롭다는 듯이 그녀의 행동을 즐기고 있을 뿐이었다. 아영이 혀끝에 힘을 주어 상민의 입술을 갈라놓았다. 그리고는 그 틈으로 혀를 밀어 넣어보았다. 평소랑 다르게 조금의 반응도 보이지 않는 그의 안에서 숨어있는 그의 혀를 찾아 혼자 건드려보고, 숨결도 불어넣어보고, 과감한 혀놀림도 시도해보던 아영이 결국 미간을 찌푸리며 그에게서 떨어졌다.

"뭐예요? 아무 느낌 없어요?"

그가 이미 한계에 부딪치고 있다는 사실을 모르는 이 귀여운 아가씨가 새침한 표정을 지으며 열 받아 했다. 그러자 상민이 최대한 차분하게 입을 열었다.

"아영이 네가 하는 대로 내버려두라고 못 박지 않았나? 그럼 조금은 내가 하고 싶은 대로 해도 되는 건가?"

"해봐요."

자신 있게 말하는 아영은 그가 안고 싶다고 조르리라 생각했다. 손을 풀어달라고 애원하리라 여겼다. 애가 타서 미치겠다는 표정으로 자신에게 호소할 것이 분명하다고 생각한 것이었다. 그렇게 되면 실컷 애간장을 녹이다가 나중에야 비로소 자유롭게 해주리라 그렇게 야무진 꿈을 꾸고 있었다. 그런데 상민이 의자에서 일어서며 눈앞에 서있는 매혹적인 모습의 그녀를 단숨에 끌어안았다. 그녀의 긴 머리를 한 손으로 쓸어 올리며 다른 한 팔로는 그녀의 허리를 강하게 안아주었다. 거의 코를 맞대다시피 한 상민이 살짝 입을 떼었다.

"사랑해."

그 말과 동시에 고개를 틀어 그녀의 입술을 훔쳤다. 그녀의 윗입술과 아래를 번갈아 빨아들이며 입술을 밀착시킨 상민이 그녀의 안으로 달콤한 그의 혀를 밀어 넣었다. 그녀의 입천장을 부드럽게 쓸어내고는 이내 그녀의 혀를 잡아채 뒤엉켜 돌았다. 능숙한 그의 움직임은 아까 아영이 혼자 만들어내던 느낌과는 사뭇 다른 황홀한 기분을 일으키기에 충분했다. 몸 안 깊은 곳에서 뜨거운 에너지가 꿈틀거리게 만드는 농염한 키스를 선사하는 상민이었다.

'키스인데, 아까 그것도 키스였는데…….'

도저히 같은 이름으로 불린다는 게 믿기지 않을 만큼 강렬한 흥분을 일으키고, 온몸에 전율이 흐르게 하는 진짜 키스를 하고 있는 상민에게 호흡을 내맡기던 아영이 조금씩 흐트러지는 숨을 내쉬기 시작했다.

'손발이 저릿저릿해. 목 안이 간질간질해. 숨이 막힐 것 같아.'

확실히 평소보다 더 과격하게 밀어붙이는 그의 딥키스에 아영이 두 다리를 굽히며 몸을 지탱하기 어렵다는 사인을 보냈다. 그러자 상민이 아쉬워 견딜 수 없다는 눈을 하고는 아영의 안에서 빠져나왔다.

"하아, 하아, 하아."

침대에 털썩 주저앉아 잠시 숨을 고르고 있는 아영의 가슴이 위아래로 춤을 추듯 움직여졌다. 그녀의 고혹적인 모습을 보고 서있는 상민의 심장은 이미 전력 질주를 시작했고, 술이 아닌 아영에게 취한 상민의 눈빛은 이미 초점을 잃은 지 오래였다. 간신히 정신을 차린 아영이 그제야 뭔가를 알아차린 듯 소리쳤다.

"어? 팔 풀린 거예요?"

"뭐, 더 정확히는 푼 거지."

"언제요?"

"내가 하고 싶은 대로 해도 된다는 허락을 받고 나서."

"어떻게 풀 수가 있는 거예요?"

항의하듯 말하는 아영을 상민이 부드럽게 감싸안으며 침대 위로 쓰러졌다.

"이 정도도 풀지 못하면서 아영이 너의 보디가드로 들어갈 수 있었을 거라고 생각하는 거야?"

"아……."

자신의 생각이 짧았다고 여기는 아영이 상민을 보며 진지하게 물었다.

"그럼 처음부터 풀 수 있다고 생각했어요?"

"응."

"그럼 애가 타거나 흥분되거나 하지는 않았겠네요?"

상민이 귀엽다는 듯이 아영의 볼을 살짝 쥐며 속삭였다.

"흥분은 됐지."

'널 보면 언제나 흥분을 하지. 신체 건강한 남자로서 당연한 거 아닌가? 단지 조심하려고 내가 수억 번 노력하고 있다는 사실을 이 아가씨는 전혀 모르는가보군.'

아영이 불만 가득한 눈초리로 상민을 쳐다보며 물었다.

"만일 정말 꽁꽁 묶여 절대로 빠져나오지 못하는데 내가 약 올렸다면요?"

"오늘부터 좀 더 연습해놔야겠는걸? 탈출시도 방법을 말이야."

"그 소리는……."

사랑스러워 미치겠는 아영의 콧날 위에 상민이 살짝 입을 맞추며 그녀의 말을 가로챘다.

"그런 상황을 만들지 말아야지."

'흐음.'

상민도 윤희와 경민이 말했던 것처럼 진짜 그런 상황에서는 어쩔 수 없을 거란 걸 대충 눈치 채는 아영이었다. 심각한 표정으로 무언가를 깊이 생각하던 아영이 그의 가슴을 밀쳐내며 일어나 앉았다.

"재미없어요."

그렇게 소리치는 아영을 따라 일어나 앉은 상민이 그녀의 어깨를 살짝 잡으며 물었다.

"다시 해볼래? 이번에는 안 풀 테니까."

못 푸는 게 아니라 안 풀겠다는 그의 소리에 아영이 삐친 얼굴로 대꾸했다.

"몰라요, 나 화났어요. 오늘 밤은 내 맘대로 한다고 했으니까 조만큼 가 있어요."

그녀의 충격적 발언에도 상민은 전혀 당황해 하지 않으며 능청스럽게 물었다.

"그래? 그럼 아침이 되면 내 맘대로 할 거야. 상관없다는 거지?"

"피, 맘대로 해봐야……."

"신사 가면 벗어 던질 건데? 젠틀한 척하는 위선도 부리지 않을 건데? 괜찮겠어?"

그의 말에 아영의 표정이 바뀌었다. 아직은 어리고 순진한 아영은 상민의 그 협박에 덜컥 겁이 났다. 심장을 녹일 만큼 감미로운 그가 돌변하면 어떻게 될지 살짝 궁금하지 않은 건 아니었지만 그래도 일단은 피해야 한다는 생각이 먼저 들었다. 늘 매너 좋고 다정다감하고 배려심 깊은 그에게 길들여진 아영에게 진짜 야수를 상대할 용기는 아직 나지 않았다.

"변하지 말아요. 난 아직 부드러운 상민씨가 좋으니까."

그녀의 말에 상민이 웃으며 대꾸했다.

"훗, 아직은? 그럼 언젠가는 거친 나를 원할 거란 소린데?"

정곡을 찌르는 그의 소리에 아영의 얼굴이 확 달아올랐다.

그런 그녀의 반응을 보고 상민이 의미심장한 미소를 보였다.

"그럼 저만큼 떨어져 있으라는 명은 거두신 거지요?"

"몰라요. 이번 소원은 완전히 꽝이에요."

"후훗, 다음에 또 성적이 오르면 되지 뭐. 안 그래?"

그렇게 말하며 상민이 아영을 끌어안으려 하자 아영이 그를 밀쳐내며 말했다.

"샤워부터 해야겠어요."

"그래, 좋은 생각이야. 가자."

너무나 당연한 듯, 함께 욕실로 들어가려는 상민을 보고 아영이 미간을 찌푸리며 물었다.

"약혼식 날 기억 안나요? 목욕을 함께하고 나서 내 안으로 마구 들어와버렸잖아요?"

'그것도 여러 번……. 그때 진짜진짜 아팠다고요.'

약혼식 날 여러 차례의 관계 후 그녀가 무척이나 힘들어 했다는 것을 상민은 기억하고 있었다. 그래서 그날 이후로는 욕구불만이 되어도 하룻밤에 그녀를 여러 번 안지 못하는 그였다. 그녀의 공부에 방해가 될까봐 최대한 노력을 하고 있는 것이었다. 한 번의 사랑 나눔으로 인해 더욱 미쳐 날뛰기 시작하는 야수들을 잠재우려면 꿈나라로 간 아영을 옆에 두고 그가 얼마나 긴 시간 괴로워해야 하는지 감히 상상도 못하는 아영을 보고 상민은 그저 웃어줄 뿐이었다.

그런데 아영은 약혼식 날 상민이 여러 번 자신의 안을 탐한 이유가 목욕을 함께했기 때문이라고 생각했다. 그렇게 생각했기 때문에 아영은 늘 혼자 샤워하겠다고 했고 상민은 함께하자고 조르지 않았다. 그저 그녀가 원하는 대로 놓아두었던 것이다. 하지만 오늘은 제대로 취하지는 않았어도 조금이나마 술기운이 돌아서인지, 아니면 그녀의 도발에 어느 정도의 발동이 걸려서인지 그녀를 홀로 욕실 안에 들여보내기가 싫었다. 젠틀맨 상민이 그녀를 휙 하고 눕히며 등을 받쳐 안고는 그윽한 눈빛으로 그녀를 유혹하기 시작했다. 달콤한 말로 아영을 구슬린 상민이 결국 욕실로 그녀를 안고 들어가며 생각했다.

'알고 있어, 이렇게 길들이면 안 된다는 건. 결혼식 때 제대로 안아도 타

격받지 않으려면 그전에 성적을 좀 더 올려놓아야 해. 아니면 시험 끝나고 나서야 제대로 안을 수 있을 테니까.'

결국 상민도 언제까지나 섬세하고 예의 바른 늑대로 남을 생각은 아닌 것이었다. 준혁만큼이나 에너지 넘치는 그가 돌변하면 아영이 받을 충격도 만만치 않겠지만, 그런 충격이 그녀를 행복하게 만드는 또 하나의 키가 될 수 있음을 똑똑한 상민이 모를 리 없었다.

아무튼 8월 초 한여름 밤을 둘은 그렇게 보내고 있었다.

윤희가 아기를 가진 걸 알고 난 지 10일이 지난 월요일이었다. 회사에 가지 않은 불량 CEO 김준혁이 윤희와 함께 대한병원 산부인과 외래에 도착했다. 아침이 되자마자 부리나케 말이다. 사실 설레고 떨려 잠도 잘 수 없었던 둘이었다. 아직 진료가 시작되지도 않은 시간이라 대기실에 다른 산모들의 모습은 보이지 않았다. 8시가 조금 넘자 산부인과 외래에 준혁의 누나이자 대한병원 산부인과 주산기 전임의인 김유리가 나타났다. 유리가 둘의 가까이로 다가오며 반갑게 인사를 했다.

"안녕, 정말 일찍도 왔네."

"나도 볼 수 있는 거지?"

그렇게 묻는 동생 준혁에게 유리가 웃으며 대꾸했다.

"글쎄, 안 된다고 해도 막무가내로 밀고 들어올 보호자 같아서. 홋."

농담을 건넨 유리가 윤희를 보며 다정하게 물었다.

"별일 없었지?"

"네."

"안으로 들어와."

유리가 윤희를 데리고 안으로 들어가는데 준혁이 뒤따랐다. 그러자 유리가 들어오려는 준혁을 저지하며 말했다.

"윤희 먼저 준비하고 나서 불러줄 테니까 기다려."

그렇게 말하고 안으로 들어가는 유리와 그녀를 따라 걷는 윤희의 뒷모습을 보고 준혁의 심장이 두근거리는 소리를 내기 시작했다. 준혁이 심호흡을 하고는 주변을 둘러보았다.

'이건 무슨 살면서 경험한 적 없는 전혀 다른 느낌이군.'

긴장되고 초조한 건 맞지만, 사력을 다해 임해야 하는 결투를 앞에 두었다거나 어려운 수술의 집도를 처음 하게 되었을 때 같은 그런 느낌과는 확연히 다른 감정이었다. 준혁이 약간 굳어진 얼굴로 진료실 밖에서 서성이고 있었다.

진료실 안으로 들어온 윤희는 안에서 대기 중이던 간호사가 알려주는 대로 커튼 뒤로 들어가 진료용 치마로 갈아입고 나왔다. 아직은 초기이므로 자궁의 모양이나 아기집이 착상된 위치, 그리고 난소에 특별한 문제가 없는지 확인하기 위해서는 질로 초음파를 보아야 했기 때문에 속옷을 벗고 나온 윤희였다. 간호사의 안내에 따라 의자에 앉은 윤희가 다리를 양옆으로 벌렸다.

'후우, 내가 환자 볼 때랑 다르게 직접 올라오니까 너무 민망하고 무섭네.'

불편하고 어색한 윤희가 새삼 환자들의 입장을 생각하게 되었다. 윤희가 앉고 나자 등받이가 뒤로 눕혀졌고, 진찰용 의자 위에 다리를 걸고 앉아있던 윤희는 자연스레 눕는 자세가 되었다. 윤희의 배 아래로 커튼이 쳐졌고 윤희는 그 상태에서 심호흡을 몇 번 했다. 그때 커튼 뒤에서 유리의 음성이 들렸다.

"윤희야, 떨리니?"

"네."

"편하게 힘을 빼. 괜찮을 테니."

"네."

"준혁이는 조금 있다가 부르자. 먼저 좋은 거 확인하고."

유리의 소리에 윤희가 재빨리 대답했다.

"네, 그렇게 해주세요."

사실 윤희도 먼저 확인하고 그에게 보이고 싶었다. 유리가 콘돔이 끼워진 기다란 질초음파용 프로브를 살짝 윤희의 질 입구에 가져다 대며 말했다.

"후 하고 숨을 내쉬어봐. 천천히 긴장 풀고 완전히 힘 빼고."

친구도 아니고 그의 누나에게 아프다고 난리치는 꼴을 보일 수는 없다고 생각한 윤희가 눈을 질끈 감으며 마음의 준비를 했다. 생각보다 그리 많이 불편하지 않게 무언가가 몸 안으로 들어옴을 느꼈다. 사실 윤희가 최대한 편안하길 바라며 윤활용 젤을 많이 묻혀 아주 조심스럽게 프로브를 집어넣은 유리였다. 유리가 보고 있는 초음파 화면과 같은 영상이 윤희의 머리맡에 위치한 커다란 화면에서 똑같이 보였다. 그때 유리가 커튼을 살짝 젖히며 윤희를 보고 물었다.

"보여?"

"네?"

옆에 서있던 간호사가 화면 쪽을 가리키자 윤희가 고개를 돌려 그곳을 쳐다보았다.

"와, 너무너무 귀엽고 건강해 보이는 G-sac^{아기집}이다. 그렇지?"

유리가 화면 안에 보이는 까맣고 동그란 아기집을 보며 말했지만 윤희는 아직 실감이 나지 않았다.

유리가 간호사에게 준혁을 들여보낼 것을 지시했고, 잠시 후 진료실로 들어온 준혁이 윤희의 머리 쪽에 서서는 함께 초음파 영상이 나타나는 화면을 바라보았다. 살며시 윤희에게로 손을 뻗은 그가 윤희의 손을 꼭 잡아주었다.

그것만으로도 윤희는 참으로 편안한 느낌을 받을 수 있었다. 준혁이 들어오고 나서 유리가 자세한 설명을 시작했다.

"자, 이만큼이 다 자궁이야. 모양이나 크기 전부 정상이고, myoma^{자궁근종} 같은 문제는 없고, 이 안에 보이는 1센티미터짜리 검은 동그라미가 아기집이야. 착상한 위치도 좋고, 주변에 피가 고인 것도 없고, 모양도 찌그러지거나 한 것 없이 동그랗고 너무 좋아. 그리고 아기집 안에 보이는 이 링 모양의 구조를 난황이라고 해. 태반이 제 기능을 시작할 때까지 아기의 배설이나 영양을 담당해주는데, 아주 또렷하고 크기도 정상이야."

사실 둘 다 의사이긴 했지만 유리의 산부인과적 설명이 그리 잘 와 닿지는 않았다. 그저 너무 떨리고 설레고 신기했기 때문이다. 단지 정상이다, 좋다 하는 그런 말만이 뇌리에 와서 박히며 깊은 안도감을 선사해주었다.

"이쪽이 난소인데 혹 없이 좋고, 왼쪽에 작은 구멍이 보이지? 난자가 빠져나온 자리야, 굳이 따지자면 왼쪽 난소에서 배란이 되어 생긴 아기인 거지."

"흐음, 그런 것도 알 수 있나?"

준혁의 질문에 커튼 뒤에서 초음파를 보고 있던 유리가 대답했다.

"지금처럼 특별히 잘 구분되는 경우들이 좀 있어. 그렇지 않은 경우도 있고, 물혹이 생겨있는 경우들도 좀 있지."

"얼마나 된 거야?"

유리가 윤희의 몸에서 초음파프로브를 빼며 말했다.

"뱃속에 생긴 지는 대략 3주, 임신 주수로는 5주라고 하지."

의자의 등받이가 다시 세워지고, 윤희가 옷을 갈아입고 나오는 동안 준혁은 진료실 책상 앞에 마련된 의자에 앉아 기다렸다. 차트에 진료 소견을 기입하던 유리가 고개를 들어 준혁의 표정을 살폈다.

"너도 별수 없구나."

"뭐?"

"언제나 차갑고 냉정해 보이는 녀석이었는데, 이상하게 병원에서는 더욱 그랬고 말이야. 하지만 지금만큼은 여느 보호자들과 별반 차이가 없어 보여."

"그래서?"

"좋다고."

유리의 성거운 대꾸에 준혁이 피식하고 웃었다. 그때 옷을 갈아입고 나온 윤희가 준혁의 옆으로 다가왔다.

"앉아."

유리의 말에 윤희가 유리를 마주 보고 앉았다.

"아주 좋아, 별 탈 없어. 그러니까 그냥 조심하고 잘 지내다가 2주 후에 보자."

"2주 후?"

준혁이 묻자 유리가 고개를 끄덕이며 말했다.

"지금은 아기집이 1센티미터밖에 안 되고 아직 아기는 보일 생각도 하지 않지만 1주일만 지나면 3미리미터짜리 아기가 나타나고 심박동도 들을 수 있어."

윤희가 눈을 동그랗게 뜨며 물었다.

"3미리미터인데도요?"

"응, 요즘에 초음파 장비들이 워낙 훌륭하니까."

"네에."

"2주 후면 1센티미터 정도 되는 아기를 보는 7주가 될 테고 그럼 정확한 예정일을 잡을 수 있지. 지금 윤희의 경우처럼 배란이 늦어졌을 때 임신이 되는 경우가 꽤 있어. 그러니까 마지막 생리 시작일로 출산 예정일을 잡는 건 정확하지가 않아. 초기에 초음파를 보지 못한 경우에서나 할 수 없이 참고하는 거고. 7~8주 때 초음파를 볼 수 있음 그때의 아기 사이즈가 기준이 되는 거지."

"네."

"진심으로 축하해."

유리의 축하인사에 둘은 기분 좋게 웃으며 잠깐 이야기를 나누고는 진료실에서 나왔다.

나오자마자 준혁이 윤희를 보고 물었다.

"업어줄까? 아님 안아줄까?"

준혁의 물음에 윤희가 빤히 그를 쳐다보았다.

"여기 병원이에요. 반년 후면 병원으로 복귀할 거라면서 남들이 보면 어쩌려고요?"

"볼 테면 보라고 해. 난 지금 이곳에 GS 전임의로 와있는 게 아니니까."

"에이~ 그래도 그건……."

싫다는 말 대신 주변의 시선을 의식하고 있는 윤희를 준혁이 번쩍 안아 올렸다. 당황한 윤희가 준혁의 가슴을 밀쳐내며 말했다.

"빨리 내려놔요. 병원이라고요. 이게 무슨 짓이에요?"

뭐 하나 거칠 게 없는 준혁이니, 그렇게 윤희를 안고도 아무렇지 않게 척척 걸어 나가는 그였다. 많지는 않아도 제법 늘어나기 시작한 산모와 보호자들이 힐끗힐끗 그 둘을 바라보았다.

"진짜 안 내려놓을 거예요? 이러다 아는 교수님이라도 만나면……."

"만나면? 인사하지 뭐."

"하아."

그렇게 윤희를 안은 채 엘리베이터가 있는 곳까지 온 준혁이었다. 옆에 누가 서있든 아랑곳하지 않는 그를 보고 윤희가 나지막이 속삭였다.

"불편해요."

그녀의 소리가 끝나기가 무섭게 준혁이 윤희를 바닥에 고이 내려놓았다. 그리고는 아주 걱정스러운 얼굴을 하고 준혁이 물었다.

"괜찮아?"

윤희가 밝게 웃으며 대답했다.

"네."

"불편하면 진작 내려놓으라고 하지."

사실 처음부터 내려놓으라고 한 윤희였다. 말도 안 들어준 주제에 그렇게 말하는 준혁을 보고 그래도 윤희는 예쁘게 웃을 뿐 이었다. 다른 이들의 시선이 신경 쓰여 마음은 조금 불편했어도 왠지 싫지 않았다. 아니, 은근히 기분이 좋기도 했다. 하지만 그렇다고 준혁의 품 안에 안겨서 병원을 활보할 수는 없는 노릇이었다. 그저 그만큼 준혁이 기뻐하고 자신을 아끼고 있다는 것만으로도 윤희는 충분히 행복했다. 그렇게 아기가 건강히 잘 착상했다는 사실을 확인한 윤희와 준혁이 펜트하우스로 돌아왔다.

그리고 열흘이라는 시간이 지나갔다. 새벽 5시쯤, 아직 알람이 울리기도 전인데도 준혁이 눈을 떴다. 옆에 있어야 할 윤희가 침대 위에 없다는 것을 알아차리고 잠에서 깨버린 준혁이었다. 준혁이 침대에서 일어나 앉아 주변을 살폈다. 벌써 창밖이 밝아져오고 있었다. 당연히 윤희가 들어가 있으리라 생각하며 욕실 쪽을 바라보았는데 불이 켜져 있지 않다는 것을 알고는 준혁이 침대에서 뛰어내려와 욕실 안을 확인했다. 역시 윤희는 그곳에 있지 않았다. 미간을 찌푸리며 준혁이 거실로 달려 나갔다.

그때였다. 넓은 거실의 한쪽 끝에서 정적을 깨는 작은 소리가 들려왔다.

"뭐……?"

준혁이 서둘러 그곳을 향해 걸어갔다. 준혁의 얼굴을 있는 대로 일그러뜨리고 있는 그 소리는 마스터베드룸의 정반대 끝에 위치한 서재 옆의 작은 욕실에서 나고 있었다. 노크를 하려고 들어 올린 준혁의 손이 미세하게 떨렸다.

"우웨엑. 욱. 하아, 하아. 우엑. 켁켁, 웩."

그녀가 고통스러워하는 그 소리에 준혁의 심장이 오그라짐을 느꼈다.

"하아."

준혁이 깊은 한숨을 내쉬고는 문을 살짝 두드렸다. 변기 앞에 쪼그리고 앉아 심히 괴로워하던 윤희가 그 소리를 듣고는 서둘러 물을 내리고 일어섰다. 세면대에서 물을 물어 뱉고는 욕실 문을 열어주는 그녀였다.

"괜찮아?"

"아, 네. 아무렇지도 않아요. 그런데 왜 이렇게 일찍 깼어요?"

"난 네가 옆에 없으면 잠을 못 자."

"그럼 가서 조금 더 자요. 오늘 중요한 미팅이 있다고 했잖아요."

억지로 웃고 있는 윤희의 웃음이 힘든 노력에서 나오고 있는 것임을 아무리 둔탱이인 준혁이라지만 모를 수가 없었다.

한 5일 전부터였다. 윤희에게 조금씩 헛구역질 증상이 나타났으며 시간이 흐를수록 증상이 악화되었다. 어제도 자신이 함께 식사하는 동안만 수저를 들고 있는 척을 했을 뿐, 아침도 점심도 먹지 않았다는 사실을 펜트하우스 관리사의 보고를 들어 알고 있는 준혁이었다. 하지만 지금처럼 심하게 구토를 하는 걸 본 적은 없었다. 자신의 잠을 깨울까봐서 윤희가 일부러 멀리 있는 욕실로 왔다는 것을 준혁은 쉽게 알 수가 있었다. 애써 씩씩한 척 저만큼 걸어가고 있는 윤희를 준혁이 뒤따라 잡으며 말했다.

"힘들면 힘들다고 투정이라도 부리라고. 왜 아닌 척 그러는 거야?"

"아니에요, 저 괜찮아요. 진짜에요."

윤희가 힘들어서 화가 난다고 그녀에게 화를 낼 수는 없지 않겠는가. 침실로 들어와 침대 위로 올라가 눕는 윤희의 옆에 그저 조용히 따라 누운 준혁이 팔베개를 해주고는 윤희의 머리를 쓰다듬어주었다.

그렇게 준혁의 눈을 피해가며 윤희는 욕실 안에서 입덧과 싸우고 있었고, 그가 보는 앞에서만 꾹 참고 음식이라고 생겨먹은 것들을 입에 넣어보는 노력을 했다. 하지만 숨기려 해도 점점 심해지고 있는 증상을 더 이상 아닌 척 넘길 수가 없었고, 준혁 또한 아무리 윤희가 원한다고 해서 더 이상은 두고 볼 수만은 없었다. 눈에 띄게 수척해지기 시작한 윤희를 보고 준혁의 가슴이 타들어가고 있었다.

첫 진료 후 2주가 지난 어느 날 윤희는 다시 병원을 찾았고, 그날도 유리는 다른 산모들로 붐비기 전에 윤희의 진료를 먼저 봐주었다. 딱 들어도 매우 빠른 심장박동 소리에 준혁과 윤희가 기뻐하며 웃었다.

"원래 이렇게 빠른 거지?"

"배웠잖아?"

"너무 오래전의 일이라, 물론 태아가 빠르다는 건 알고 있지만."

준혁의 소리에 유리가 친절히 설명을 해줬다.

"일반 성인은 60~100회의 심박동이 정상, 태아는 110~160회가 정상, 지금 우리 아기는 170회 정도. 지금 딱 7주인데 이렇게 초기에는 180까지도 가지. 아주 건강하다는 거야. 이시기에 bradycardia서맥는 많이 안 좋거든."

유리는 윤희의 뱃속에 자리 잡아 건강히 커가고 있는 아기의 머리부터 엉덩이까지의 길이를 쟀다. 물론 이 시기에 팔다리는 아직 생기지 않았지만 말이다.

진찰을 끝낸 유리가 마주하고 앉아있는 윤희와 준혁을 보며 설명을 하려 했다. 그런데 아주아주 기뻐 날뛰어야 정상인 준혁의 표정이 조금 굳어져 있는 것이 아닌가! 그 사실을 눈치 챈 유리가 윤희를 쳐다보고는 그 이유를 바로 알 수 있었다. 그녀를 보고 나서 차트를 확인한 유리가 한숨을 쉬며 말했다.

"3킬로그램이나 빠졌네. 윤희 어떡하니? 입덧이 심한가보다."

유리의 말에 준혁이 답답한 심경을 토로하며 물었다.

"응, 미치겠어. 어떻게 방법이 없어?"

"임신 초기에는 뾰족한 수가 없어. 옛말에 시간이 해결해주는 병이라고 하잖아. 피리독신을 비롯해서 몇 가지 PO경구투여 제재가 있기는 하지만 중요한 건 진짜 심한 입덧에서는 별 소용이 없더라고. 약한 입덧에는 효과가 좀 있는 경우도 있다지만 경증에서 굳이 약을 먹어야 할 필요는 없잖아. 같이 산부인과 레지던트 했던 애가 입덧 때문에 3년차 말에 거의 드러누워 있었지. 걔가 논문에 나왔던 약이란 약은 다 구해서 먹어봤는데 결론은 별 효과가 없었다는 거지. 한 10킬로그램 정도 빠졌었는데 입덧이 무서워서 둘째는 절대 못 가진대."

"약이 안 되면 다른 방법 뭐 없어?"

"입덧 밴드라고도 있지. 출산 용품 파는 데서 대여하기도 하는데, 원리는 손목의 중앙 신경을 조절하여 위를 편안하게 한다는 거야. 그런데 이 역시 효과가 있는 사람만 있고 임신한 간호사들과 얘기해보면 심한 입덧에는 역시나 무용지물이래."

윤희는 가만히 둘의 대화를 듣고 있었고, 준혁은 정말 답답해 죽겠다는 듯이 호소했다.

"그럼 언제 끝나?"

"지금 7주니까 지금부터 점점 심해져서 10주 때 절정에 오르지. 교과서에는 14주부터 호전된다고 써 있지만 실제 좋아지는 건 16주에서 18주경, 가끔 20주까지도 가고. 입덧 증상은 불공평하게 심할수록 오래가지. 몸무게 변화가 거의 없거나 오히려 늘어나는 약한 입덧은 10주에 절정에 오르지도 않고 흐지부지 없어져버리기도 해."

준혁의 귀에는 너무도 절망적으로 들리는 그 소리에 그가 손으로 얼굴을 한번 훔치고는 유리를 보고 물었다.

"그럼, 뭘 해줄 수 있어?"

"윤희는 이미 몸무게가 빠지기 시작했고 더 심해질 게 분명해. 결국 수액 치료가 필요하다는 얘기지. 안전권이 입증된 항구토제나 제산제, 그리고 비타민들을 섞은 포도당 수액을 맞으면 한 하루 이틀은 반짝하지. 진짜 입으로 조금도 못 먹으면 링거 맞는 게 필수야. 집에서 어려울 것 같으면 입원시키든지."

"됐어. 내가 해주면 돼."

"회사는?"

"윤비서 있잖아."

유리가 준혁을 쳐다보며 약간 정색을 하고 물었다.

"너 정말 내년에 병원으로 돌아올 거야?"

"당연한 거 아니야?"

"그럼……."

"내년 2월에 윤비서를 CEO로 취임시킬 거야."

유리가 잠시 고민스러운 표정을 지었다. 그 모습을 보고 준혁이 유리를 보며 물었다.

"설마 윤비서를 못 믿어?"

"아니, 당연히 너보다 더 믿지, 단지 아빠가……."

"설득해봐야지. 어차피 회사를 위해서도 전문 경영인이 맡아서 하는 게 좋아. 그리고 내가 회장직에는 남아있게 될 테니까."

유리가 기운 없이 앉아있는 윤희를 돌아보며 말했다.

"미안, 윤희야. 딴소리해서."

"아니에요."

"3주 후에 배로 초음파 보자. 출산 예정일은 4월 5일이 될 거야."

"네."

준혁이 유리를 보며 살짝 걱정스러운 얼굴로 물었다.

"초기인데 3주나 있다가 봐도 돼?"

"아니, 못 먹고 다 토할 정도면 나흘 있다 봐도 돼. 입덧이 심할수록 유산이 잘 안 일어나고 아기는 건강히 잘 자라지. 원래 약했던 거 말고 진짜 죽도록 견디기 힘들던 입덧이 10주도 안 됐는데 사그라지면 그건……, 오히려 무서운 거야."

그런 경우는 조용히 뱃속에서 아기가 잘못되는 계류유산에 해당하는 경우가 많기 때문이었다. 그래서 계속 토하고 힘들어 하던 산모들이 갑자기 입덧이 좋아졌다고 울면서 병원에 오기도 한다.

유리에게 여러 가지 설명을 들은 준혁이 윤희를 데리고 병원을 나왔다. 응급실에 들려서 필요한 수액이며 약제들을 챙겨서 말이다.

또다시 일주일이 지나갔다. 그리고 유리의 말처럼 윤희의 입덧 증상은 더욱 악화되고 있었다. 윤희는 조금을 먹든 아니면 먹지 않든 어김없이 욕실로 뛰어가야 했고, 물을 삼키지 못하겠는 건 물론이거니와 침도 삼키기가 어려워 계속해서 침을 뱉어내야 했다. 계속 윤희의 곁에서 윤희를 돌봐주던 준혁이 빠질 수 없는 중요한 회의 때문에 출근을 한 오전이었다. 누워만 있어서 그것도 지겨워진 윤희가 의자에 앉아 며칠 전 다녀가셨던 친정엄마와 통화를 하고 있었다.

"뭐 먹고 싶은 거 없니?"

"아무것도 없어요. 근데 엄마, 나 정말 계속 배 타고 있는 기분이에요. 학생 때 수학여행 가서 고기잡이배에 탔다가 남들은 다들 신나서 낚시 하는데 나랑 어떤 애 하나만 거의 죽을 뻔했다고 했잖아요?"

"그랬지."

"지금이 딱 그래요. 근데 그때는 세 시간 지나서 그 배에서 내렸는데, 지금은 8주가 지났는데도 아무리 못 해도 두 달은 더 이러고 있어야 한다니 정말 죽겠다고요."

울먹이는 목소리로 투정 부리는 딸에게 윤희의 친정어머니가 조용히 타이르듯이 말했다.

"윤희야, 엄마도 그랬단다. 엄마도 너 가졌을 때 진짜 힘들었었지. 하지만 세상에는 아기를 가지고 싶어도 갖지 못하는 사람들이 아주 많아. 그러니까 그런 생각하며 감사히 받아들여."

"그건 나도 알지만 힘들고 죽겠는 건 사실이라고요."

"김서방이 옆에서 너무 잘해주고 있어서 엄마는 마음이 놓인단다. 그래도 오늘은 말할 기운은 좀 있는 거니?"

"어제 밤새 링거 맞았거든요."

윤희는 한동안 친정엄마와 이런저런 이야기를 나누었다. 오전에는 좀 살아나서 통화도 하고, 앉아도 있고, 인터넷도 하고, 음악도 듣던 윤희가 오후가 되자 다시 심해진 구토 증상으로 욕실에서 나오지를 못하고 있었다. 준혁이 퇴근하고 돌아왔는지도 모르고 여전히 변기통을 붙들고 먹은 것도 없으면서 신물만 뱉고 있는 윤희였다.

"우웨엑. 하아, 하아, 웨엑."

준혁이 욕실 문을 살짝 열고 안으로 들어섰다. 혼자 있었기 때문에 문을 잠그지 않았던 것이다. 미처 물을 내리기도 전에 곁으로 와서 등을 토닥여주는 준혁 때문에 윤희가 놀라서 일어섰다.

"언제 왔어요?"

"방금 전에."

"오는 줄 몰랐어요."

"먹은 게 없으니 토할 것도 없네."

그렇게 말하며 물을 내리던 준혁의 미간이 있는 대로 좁아졌다.

"피가 섞였잖아? 괜찮은 거야? 언제부터 그랬어? 양이 많지는 않았어?"

걱정이 되어 한꺼번에 여러 질문을 퍼붓는 준혁에게 윤희가 기운 없이 대꾸했다.

"괜찮아요……."

그리 많은 양은 아니었지만 혈액이 섞여 나온 것을 보고 그녀의 식도 점막이 손상되었다는 것을 알겠는 준혁은 그녀보다도 더 속이 쓰렸다. 준혁이 욕실에서 나온 윤희를 안아다 침대 위에 눕혔다. 몇 발짝 안 되는 거리라고 해도 힘없는 그녀가 걷게 내버려둘 수가 없었기 때문이다. 윤희를 안아다 눕히고 간단히 씻고 나온 준혁이 침대에 걸터앉으며 물었다.

"링거 놓아줄까?"

"아니요, 오늘은 그냥 쉬고 싶어요."

사실 혈관 안에 정맥주사가 들어와 있으면 잠을 자도 그리 푹 자지 못하겠는 윤희였다. 입술이 말라있는 안쓰러운 윤희의 모습에 준혁이 아픈 눈을 하며 말했다.

"알아보니까 입덧이 심하면 물은 못 마시겠다는 사람들이 많다던데. 그래도 탄산음료나 주스 아니면 다른 음료를 물 대신으로 먹기도 한다고 하더라고, 윤희 넌 뭔가 먹고 싶은 거 없어? 뭐라도 좋으니까 말해봐."

"그게……."

뭔가를 말하려고 하던 윤희가 맥없이 입술을 움직였다.

"없어요."

"그러지 말고 말해봐. 뭐든 구해다줄 테니까."

기운 없이 축 늘어져 있는 윤희가 그래도 준혁을 위해 웃어주었다.

"헤헤."

하지만 그런 그녀의 모습이 준혁의 눈에 웃는 얼굴로 보일 리 만무했다. 힘들어 하는 윤희를 보고 애가 타 죽을 지경인 준혁에게 그녀가 여전히 웃는 것도, 우는 것도 아닌 어정쩡한 표정으로 물었다.

"오빠, 저녁은요?"

"나는 저녁 약속이 있었어."

"뭘 먹었는데요?"

"만찬에 참석했었으니까 없는 음식이 없었다고 하는 게 맞아."

윤희가 의심스럽다는 눈초리로 준혁을 보았다.

"아무래도……."

아무래도 먹지 않은 것 같다고 확실히 먹은 게 맞느냐, 진짜냐, 그렇게 물을 게 뻔한 윤희에게 거짓말을 하기 싫은 준혁이 미리 방패막이를 했다.

"나라도 먹어야 기운내지, 안 그래?"

결국 준혁이 대답한 말 중에는 자신이 먹었다는 말은 한마디도 없었다. 기운을 내기 위해 자신이라도 먹어야 한다는 걸 아주 잘 알고 있는 준혁이었지만 절대 실천에 옮기지는 못했다. 제대로 된 음식을 넘기지 못하고 있는 윤희를 놓아두고 도저히 먹을 기분이 나지 않았다. 아주 조금도 말이다. 슬며시 눈을 감는 그녀를 보고 침대에 제대로 올라가 앉은 준혁이 자신의 다리를 베고 눕게 했다. 그렇게 누운 상태에서 준혁이 머리를 쓰다듬어주면 윤희는 잠을 청할 수 있었다.

한참을 윤희의 머리칼을 쓸어주며 자장가를 불러주던 준혁이 조용히 입을 열었다.

"자?"

"아니요."

"그럼 우리 스무고개 놀이 할까?"

뜬금없는 준혁의 소리에 눈을 감았던 윤희가 눈을 뜨고는 고개를 들며 물었다.

"갑자기 무슨 말이에요?"

윤희의 고개를 살며시 건드리며 준혁이 부드럽게 속삭였다.

"그냥 그대로 누운 채 잠들기 전까지 해보자고."

윤희가 준혁의 말처럼 누운 채로 대꾸했다.

"뭘요?"

"네가 먹고 싶은 거 아무거나 하나 생각해. 내가 질문할게."

놀이나 장난을 무척이나 좋아하는 어린아이 같은 윤희가 준혁의 제안을 수락했다.

"생각했어요."

"식물이야? 동물이야?"

"식물이요."

"동그래? 길쭉해?"

"둥그스름해요."

"나무에 달려있어? 아님 바닥에 심어져 있어?"

"나무에요."

"붉은색이야?"

"아니요."

진지하게 물어보는 준혁과 나름 열심히 대답하는 윤희였다.

"봄, 여름, 가을, 겨울 중 언제 나는 거야?"

"음, 여름이라고 봐야 하나……."

"시큼해?"

"아니요."

"몇 번이나 먹어본 적 있어?"

"한 번이요."

그녀의 대답에 준혁이 잠시 멈칫했다. 한 번, 그건 굉장히 드물거나, 구하기 힘들거나, 아니면 그녀가 좋아하지 않았던 무언가라는 말이 되었다.

잠시 고민을 하던 준혁이 다시 입을 열었다.

"언제 먹어본 거야?"

"다 커서요."

정확한 대답을 해주지 않는 윤희를 준혁은 나무라지 않았다. 이렇게라도 한마디 말해주는 그녀에게 너무 고마웠기 때문이다.

"그 한 번이 나랑 함께 있을 때야? 아니면 내가 없을 때야?"

"오빠랑 있을 때요."

"여럿이 함께야? 아님 우리 둘이서야?"

"둘이서요."

'단둘이서……'

준혁이 질문의 숫자를 세며 곰곰이 생각하고는 물어보았다.

"나도 먹어본 거야?"

"네."

"나도 한 번만 먹어본 거야?"

"그건 저도 모르죠. 저 없을 때 먹었었는지는."

"어떻게 요리했어? 구웠어? 삶았어? 튀겼어? 아니면 날로?"

"생으로요."

"이 펜트하우스, 아니 2층 식당에서라도, 아무튼 이 건물 내에서 먹어본 거야?"

"아니요."

명석한 두뇌의 소유자이나 사람의 속내를 읽기에는 영 서툰 준혁이 윤희가 머릿속에 생각해놓은 음식을 맞추기 위해 안간힘을 쓰고 있었다.

"딱딱해? 부드러워?"

"부드럽다고 봐야겠죠?"

"아, 껍질도 먹을 수 있어?"

"아니요."

'그럼 껍질을 까먹어야 한다는 소리군.'

준혁이 머릿속에 껍질 까는 여러 종류의 과일들을 그려보았다.

"백화점에서 파는 거지?"

"비슷한 건 있으려나? 똑같은 건 없을 것 같아요."

준혁이 살짝 눈살을 찌푸렸다.

"아무튼 그래도 내가 사올 수 있는 거지?"

"아닐 걸요."

"그래도 내가 구해올 수는 있는 거지?"

"훗, 불가능해요."

불가능하다? 그 말에 준혁의 눈동자가 흔들렸다.

'아······!'

그때 윤희가 눈을 감은 채 말했다.

"스무 번 다 물어본 것 같은데요?"

"아니야, 아직 하나 남았어."

"그래요? 그럼 얼른 물어봐요. 저 많이 졸리다고요."

"알았어."

준혁이 고민을 하기 시작했다. 대충 감이 잡히기는 했는데, 하나 남은 질문에서 꽝이라면 절대로 안 되기 때문이었다. 뭔가 결정적인 단 한 번의 질문으로 그것이 맞는지 확실히 알 수 있어야만 했다. 윤희가 대답했던 말들을 하나하나 떠올려보며 준혁은 자신이 생각하고 있는 것이 그 답들에 맞아떨어지는지 되짚어보았다. 그리고는 결론을 낸 준혁이 마지막 질문을 위하여 심호흡까지 하고 입을 열었다.

"그러니까 껍질을 까준 사람이 나고 그 안에 들은 게 액체였지?"

그러나 윤희는 더 이상 대답을 하지 않았다.

"응? 맞아? 틀려?"

그렇게 물으며 윤희를 살피던 준혁은 그녀가 잠들어버렸다는 사실을 알 수 있었다.

'하······.'

윤희를 멍하니 바라보던 준혁이 하는 수 없이 그녀를 제대로 눕히고 베개를 베어준 후 조용히 침실을 빠져나왔다. 그리고는 윤비서에게로 전화를 걸었다.

"나야."

"네, 도련님."

"지금 당장 전용기 준비해."

9시가 넘은 밤에 뜬금없이 전용기를 준비하라는 준혁의 소리에 윤비서는 이유를 묻는 대신 다른 질문을 했다.

"목적지가 어디입니까?"

"서태평양 북마리아나제도 남부의 무인도, 피죤블러드캐슬을 짓고 있는 그 섬 말이야."

"바로 출발하실 겁니까?"

"응, 최대한 빨리 다녀와야 해."

"알겠습니다."

왜냐고 한 번은 물을 법도 한데 그러지 않고 순순히 준혁의 말을 따르겠다고 하던 윤비서가 준혁이 전화를 끊기 전에 말을 이었다.

"대신 조건이 있습니다."

자신이 시키는 일에 조건을 달다니…결코 윤비서답지 않은 그 말에 준혁이 다소 기분이 상한 듯 서늘한 음성으로 물었다.

"조건? 내가 조건을 수락하지 않으면?"

조건은 들어 볼 생각도 하지 않고 비딱하게 나오는 준혁에게 윤비서가 정중하게 대답했다.

"도와드리지 않을…….."

그의 대답을 듣다 말고 준혁이 그의 말을 중간에 가로채며 차가운 음성으로 대꾸했다.

"윤비서가 돕지 않아도 얼마든지 전용기를 움직일 수는 있다고. 지금 당장 말이야."

준혁의 소리에 윤비서가 웃음을 삼키며 말을 했다.

"끝까지 들으셔야죠, 도련님. 도와드리지 않을 뿐 아니라 방해를 하겠다는 겁니다. 어떻게 하시겠습니까?"

"하아……."

정말 어이가 없어 말문이 막히는 준혁이었다. 윤비서가 방해를 한다면 목적지에 탈 없이 도착하기란 절대 불가능하다는 걸 누구보다 잘 알고 있었다. 그가 맘만 먹는다면 진짜 조난을 당하게 하고도 남을 거라고 생각한 준혁이 허는 수 없이 볼멘소리로 말했다.

"조건이 뭐야?"

"절대로 끼니를 거르지 마십시오."

그의 말에 준혁이 황당해 하며 물었다.

"그걸 무슨 조건이라고 내거는 거야?"

"저한테는 중요한 일이니까요."

"뭐라고?"

"허기져서 지쳐 쓰러질 것 같은 도련님을 상대로 훈련하기란 심히 곤혹스럽기 때문입니다."

준혁이 말도 안 된다는 얼굴로 전화기에 대고 소리쳤다.

"무슨 소리야, 윤비서? 내가 언제 그렇게 비실거렸다는 거야? 어?"

"그럼, 그리 알고 있겠습니다. 일단 비행기 안에 제대로 된 야식부터 준비해놓도록 하겠습니다."

"……."

"준비하십시오. 모시러 가겠습니다."

"아니야, 공항에서 봐. 지금 출발할 테니."

그렇게 말하며 전화를 끊으려는 준혁에게 윤비서가 단호한 음성으로 대꾸했다.

"요 며칠 밤새 수액 치료 해주시느라 주무시지 못한 것 알고 있습니다. 뒷좌석에서 쉬면서 움직이시죠."

"이것도 조건이야?"

"아직까지는 부탁입니다."

그의 입에서 나온 소리가 번복되기는 어렵다는 걸 잘 알고 있는 준혁이 마지못해 그러겠다고 해주었다.

아침이 되어서 윤희가 눈을 떴다. 아무도 방해하지 말라고 해놓았기 때문에 메이드들이 깨우러 오지도 않았고, 창에도 커튼이 그대로 쳐져있는 상태라 침실 안은 어두운 편이었다. 눈을 뜨기도 전에 침대를 더듬어 준혁이 없다는 사실을 안 윤희는 그가 이미 출근을 했을 거라고 생각했다. 눈을 비비며 시계를 보았다. 9시가 다 되어가는 시간, 거의 12시간을 죽은 듯이 잠들었었다. 그도 그럴 것이 요 며칠간 링거를 맞으며 화장실을 왔다 갔다 하고 토하느라 잠도 제대로 자지 못했던 윤희였기 때문이다. 간신히 일어나 앉은 윤희는 눈 뜨며 동시에 시작된 울렁거리고 미식거리는 증상 때문에 곧바로 욕실로 뛰어 들어가야 했다. 또 한 번 먹은 것도 없는 빈속을 게워내는 윤희였다. 윤희가 기운이 쭉 빠진 지친 몸으로 침실을 나갔다. 거실로 나온 초췌한 그녀의 모습에 조금 나이 든 관리사가 달려와 걱정스레 물었다.

"사모님, 괜찮으세요?"

"네……."

"뭐 좀 드셔야지요."

"크래커 좀 주세요."

그렇게 말하고는 윤희가 거실 소파로 가서 앉았다. 잠시 후 아까 그 관리사와 메이드 몇 명이 쟁반 여러 개를 가지고 와서는 거실 테이블 위에 갖가지 음식들을 쭉 늘어놓았다. 일단 윤희가 말했던 크래커, 그리고 달지 않은 찹쌀떡들을 가져왔다. 원래 속이 많이 쓰릴 때 설탕이 들지 않은 크래커나 찹쌀떡을 아주 천천히 조금씩 씹어서 삼키면 입덧에 도움이 되는 걸로 알려져 있다. 이것들과 같이 마실 수 있는 윤희가 평소 좋아하던 키위주스, 수박 화채, 카페인이 들어있지 않은 탄산음료, 상큼한 오렌지주스, 혹시 몰라 가져다 놓은 생수, 그냥 얼음이 들어있는 보리차 등 여러 가지가 있었으나 윤희는 선뜻 손이 가지 않았다.

맨입에 퍽퍽하게 크래커 조각을 먹던 윤희가 목이 메자 하는 수 없이 생수를 들어 조금 마셔보았다. 너무 써서 삼키기도 어려웠지만, 그래도 억지로 마셨더니 장이 뒤틀리며 넘어오는 것 같아 윤희는 또 입을 틀어막으며 화장실로 직행했다. 결국 입으로 들어간 것도 별로 없이 어제보다 더 선명한 피까지 토한 윤희가 그대로 침대 위에 널브러지듯 누워버렸다. 축 처진 채 먹지도 마시지도 못 한 윤희는 더 심해진 입덧 증상으로 괴로워하다가 점심시간이 지나서 다시 잠이 들었다. 잠이 든 순간에만은 멀미 증상에서 유일하게 해방될 수 있었기 때문에 억지로라도 잠을 자려는 윤희였지만 임신 초기에는 호르몬 영향만으로도 어쩌면 졸린 게 당연했다.

얼마나 시간이 흘렀을까. 따스한 손길을 느끼고 윤희가 눈을 떴다. 옆에 와 앉아있는 준혁을 보고 윤희가 물었다.

"어? 벌써 저녁이에요?"

"아직 아니야. 3시 좀 넘었어."

"일찍 퇴근 했네요?"

"응."

정말 일어날 기운도 없는 윤희였지만 간신히 일어나 앉았다. 물론 옆에서 준혁이 부축을 해주었지만 말이다.

"어떻게 이렇게 일찍 왔어요? 바쁜 일 없어요?"

"응, 주고 싶은 게 있어서."

"뭘요?"

"이거."

그렇게 말하며 준혁이 야자수 열매를 윤희 앞에 꺼내놓았다. 윤희가 놀란 눈으로 준혁을 보았다.

"어디서 구한 거예요?"

"그보다 우리 윤희가 먹고 싶은 게 이게 맞아?"

"네, 어떻게 알았어요?"

놀란 표정의 윤희를 보며 준혁이 웃으며 대답했다.

"스무고개 해서 알아냈지. 내가 원래 게임을 잘하잖아."

준혁의 장난스러운 말에 윤희가 웃어보려 했지만 영 웃는 표정을 지을 수가 없었다. 너무 힘이 들었기 때문이다. 준혁이 윤희에게 테이블을 가리키며 물었다.

"시원하게 만들어서 저기 잔에 담아놓은 것도 있고, 그냥 자연 그대로인 이것도 있어. 어느 걸로 줄까?"

윤희가 손을 뻗어 준혁이 들고 있는 걸 건드리며 말했다.

"이거로요. 그때처럼."

준혁은 살짝 걱정이 되었다. 3개월 전 신혼여행 때는 이것 말고는 그 무인도에서 달리 먹을 게 없어서 따 먹었던 것이었다. 그리고 그때에도 윤희는 맛없어 했었다는 걸 준혁은 알고 있었다. 그런데 임신한 윤희가 아무것도 먹지 못하면서 이걸 원한다는 건 일종의 환상이 작용했을 거라고 준혁은 생각했다.

'제발 조금이라도 좋아했으면 좋겠다.'

그렇게 간절히 바라며 준혁은 그때 그 무인도에서처럼 자신의 주먹으로 그 야자수 열매를 깨주었다.

"마셔봐."

윤희가 말없이 그 안에 들어있는 물을 마셨다.

'아, 맛있다.'

정말 신기하게도 윤희는 그 야자수 열매 안의 물이 맛있다는 생각을 했다. 그때는 그렇게 밍밍하고 별로였던 그것이 말이다. 늘 목이 타는 듯이 괴로웠는데 진짜 오랜만에 갈증이 해소되는 느낌을 받았다. 윤희가 꿀꺽꿀꺽 잘도 마시는 모습을 보고 준혁은 흐뭇한 미소를 지었다. 정말 날듯이 기쁜 준혁이었다. 그렇게 하나를 해치운 윤희가 빈 껍질을 준혁에게 건네며 말했다.

"이거 어디서 사왔어요?"

"똑같은 건 살 수 없을 거라며?"

"그래도 오빠는 사왔잖아요?"

"따온 거야."

윤희가 못 믿겠다는 얼굴로 물었다.

"설마 그때 그 무인도에서는 아니죠?"

"맞아, 거기서 따왔어."

윤희가 기막히다는 표정으로 다시 물었다.

"설마 진짜, 그러니까 우리가 첫날밤을 보낸 그 섬이요?"

"응."

"거기가 얼마나 먼데……."

"비행시간만 네 시간이 좀 넘어. 최대한 빨리 다녀온 게 지금이니까."

그의 노력이 가상해서라도 지금 마신 이 야자열매 물은 꼭 소화를 시켜야겠다고 생각하는 윤희였다. 오랜만에 생기가 도는 듯한 윤희의 얼굴을 보고 준혁은 안도의 한숨을 쉬었다. 진짜 신기하게도 며칠 전부터 그리도 마시고 싶었던 그 물만은 윤희의 목과 빈속을 적실 수 있었고 확 뒤집혀 넘어오지도 않았다.

약 한 시간 정도 지켜보던 준혁이 그 틈을 타 죽을 가지고 들어왔다. 평소에 윤희가 좋아하는 잣죽부터 부담 없는 야채죽, 얼큰한 해물죽 등 여러 가지를 말이다.

'오빠의 성의를 생각해서······.'

그렇게 수천 번을 외치며 몇 숟가락 받아먹던 윤희가 결국 욕실을 향해 뛰어가며 소리쳤다.

"쫓아오지 마요."

출렁이는 파도 위의 배 안에서 속이 다 뒤집히게 멀미를 하고 있는 딱 그 기분, 도대체 언제 이 배에서 내려올 수 있는 건지 이젠 아무런 생각도 들지 않고 오로지 시간이 흐르기만을 간절히 바라게 되는 윤희였다.

거친 야수

9월의 첫째 주 토요일 정오, 아직 가을이라고 하기에는 꽤나 뜨거운 태양이 떠있는 그 시간, 국내 최고의 호텔인 대한 프레스티지 호텔 웨딩홀에서 4개월 전 있었던 Gk그룹의 총수 김준혁의 결혼식만큼이나 화려하고 성대한 세기의 결혼식이 거행되고 있었다.

신이 내린 얼짱, 감동을 자아내는 꽃미남, 영락없는 연예인 포스, 모델 뺨치는 몸매, 속병을 앓지 않으려면 피하는 게 상책이라고 알려진 외모 등 아주 오래전부터 유상민이라는 멋진 남자의 뒤에 따라붙었던 수식어들이었다. 그만큼 그는 별 상관없는 사람조차 한번 스치는 것만으로도 가슴 설레게 만들 만큼 매력적인 남자임에 틀림없었다. 뿐만 아니라 대대로 명망 높은 외교관 집안인지라 결혼식 자리에 모인 일가친척들이나 지인 또한 평범치 않은 인물들이 많았다.

그런데 그렇게 뛰어난 그의 옆자리에 서있어도 조금도 꿀릴 게 없는 한 사람이 있었다. 쳐다보는 여성들로 하여금 단번에 주눅 들게 만들어버리고, 돌아보는 남성들의 시선을 단숨에 흡수해버릴 수 있을 만큼 너무나도 빼어난 미모를 가진 그의 신부 한아영이었다. 눈부시게 아름답다는 단순한 수식어로 표현하기에는 터무니없이 부족한 고혹적인 모습의 그녀, 더욱이 어리기 때문에 발산할 수 있는 앳되고 풋풋하고 신선한 매력 등 한아영은 세상 어느 자리에 서게 되도 부족할 것이 없을 정도로 대단히 특별했다. 그리고 국가정보원장으로 있는 그의 아버지, 그의 큰아버지인 한총재로 인해 이 결혼식자리에 내로라하는 정치 인사들이 거의 다 모인 것은 어쩌면 당연한 일이었다.

전 세계에서 10위권인 글로벌그룹 GK의 외동딸이자 호텔 오너인 김유리와 일개 산부인과 의사인 이지성과의 결혼식보다도, GK그룹의 총수인 김준혁과 신데렐라라 칭해지는 평범한 강원도 처자 차윤희와의 결혼식보다도 확실히 유상민과 한아영, 둘의 결혼식이 빛나 보이는 게 사실이었다. 여기저기서 감탄의 소리가 흘러나왔고, 감히 어떤 누구도 누가 더 아깝다는 그런 흔한 말 한마디조차 내뱉을 수가 없었다. 그저 그 둘은 그곳에 모인 모든 이들의 선망의 대상이 될 뿐이었다.

그렇게 거창하고 황홀할 정도로 훌륭한 둘의 결혼식을 보며 한쪽 구석에서 찌그러져 배 아파하는 한 사람이 있었으니, 다름 아닌 엄친아 결혼식에 끌려온 명성그룹의 이명호였다. 이미 김준혁과 윤비서에게 각각 협박 아닌 협박을 받은 지라 어떤 일을 꾸밀 의욕도 상실해버린, 아니 그럴만한 배짱도 없는 이명호가 그저 땅이 꺼져라 한숨을 내쉬고 있었다.

극히 호화찬란한 결혼식이 물 흐르듯이 자연스럽게 진행되었고, 많은 하객들의 축하 속에서 아영과 상민은 하나가 되었다. 폐백까지 모두 마친 둘은 잠시 휴식 시간을 가진 후 피로연 복장으로 갈아입고 같은 호텔 내에 있는 다이아몬드홀로 이동했다. 유리가 준비한 피로연 파티에서 친한 친구들과 함께 즐거운 시간을 보내기 위해서 말이다.

무려 열 살이나 나이차이가 나는 바람에 아영의 친구들은 모두 어렸던 데 반해 그의 신랑 상민의 친구들 중에는 이미 결혼을 한 사람들도 있었다. 하지만 친구가 많지 않은 아영이에 비해 원래 성격 좋기로 유명해 인간관계가 뛰어난 상민의 친구들이 훨씬 더 많았기 때문에, 피로연 전문 레크리에이션 강사들의 진행 하에 어느덧 선남선녀들의 은근한 짝짓기가 진행되고 있었다.

수준 높은 마술 쇼와 볼거리들, 그리고 친구들을 위한 적당한 수위의 게임들이 진행되었고 원래 노래를 잘하는 아영은 심금을 울리는 천상의 목소리로 모두를 행복하게 만들어주었다. 러브샷도 해주고, 듀엣으로 노래도 불러주는 그 정도가 이 멋지고 예쁜 커플이 피로연에서 친구들을 위해 해줄 수 있는 것이었다.

그런데 현란하게 돌아가는 조명과 정신없는 음악들 속에서 그들과 어울리지 못하고 일찌감치 그곳을 빠져나온 두 사람이 있었다. 바로 피크로 달리고 있는 입덧으로 고통스러워 하는 윤희와 그런 윤희를 보고 죽도록 애가 타는 준혁이었다. 다른 사람도 아니고 준혁의 절친인 유상민의 결혼식, 너무 소중한 그의 결혼식이었기 때문에 웬만하면 끝까지 함께하고 싶어서 많이 버텼던 윤희였다. 여러 축하 공연과 오찬이 함께하여 긴 시간 진행되었던 결혼식 후에, 유리가 마련해준 스위트룸에서 쉬다가 피로연자리에 얼굴을 비치긴 했으나, 윤희가 아무리 우겨도 도저히 버틸 수가 없다는 것을 안 준혁이 억지로 그녀를 데리고 나온 것이다. 돌아오는 차 안에서 그리 멀지 않은 길임에도 윤희가 심한 구토를 시작했다. 차멀미가 말로 설명할 수 없을 정도로 심했기 때문이다. 결국 호텔만 빠져나온 상황에서 윤희는 차에서 내릴 수밖에 없었다.

이미 날이 저물기 시작한 시간, 강남의 한 대로변에서 준혁이 윤희에게 등을 보이고 앉았다. 다행히 윤희가 힘들까봐 드레스에서 평상복으로 갈아입도록 한 상태였기 때문에 윤희를 등에 업을 수 있는 준혁이었다. 차로 간다면 수십 분밖에 걸리지 않을 테지만, 걸어서라면 족히 두 시간은 걸릴만한 거리였다. 한참을 준혁은 윤희를 업고 걸었고, 등 뒤의 윤희는 아무 말이 없었다. 아니, 어떤 말도 할 기운이 없었다는 것이 맞았다. 그렇게 한 시간 가까이 지났을까? 준혁의 등 뒤에서 작은 소리가 들렸다. 간신히 입을 연 윤희가 지나가는 자동차 소리에 묻혀 들릴락 말락 할 정도의 작은 목소리로 물었다.

"힘들지 않아요?"

격정스레 물은 그녀의 질문에 준혁이 맥없이 대꾸했다.

"응, 힘들어 죽을 것 같아."

농담 같지 않은 준혁의 소리에 윤희가 있지도 않은 힘을 써보며 내려오려고 했다.

"그럼 얼른 내려줘요."

그러자 준혁이 윤희를 추켜올리며 말했다.

"네가 너무 가벼워서, 정말 이렇게 하루 종일 걸어도 괜찮을 것처럼 느껴져서, 너무 많이 말라버린 너 때문에 미치도록 가슴이 아파서 힘들어 죽겠다고."

준혁의 말에 윤희는 할 말을 잊었다. 임신 9주가 넘은 지금, 입덧의 구렁텅이에 빠져 헤어 나오지 못하고 괴로워하는 자신보다 더 절절히 아파하는 그 때문에 윤희의 눈가에 맑은 눈물방울이 맺히기 시작했다. 윤희가 그의 등에 얼굴을 묻으며 눈을 감았다.

'오빠, 이제는 이렇게 울렁거리고, 쓰리고, 구역질나지 않는 삶이 어떤 거였는지 기억도 잘 나지 않아요. 그런데 이렇게 힘든 나를 행복해서 눈물 나게 만들 만큼 당신은 정말 나를 사랑하는군요.'

차를 탈 수 없는 윤희를 업고 준혁이 걷고 있었다. 어느새 잠이 들어버린 그녀의 바뀐 숨소리에 준혁의 마음이 조금 놓였다. 자는 동안에만 편하다는 소리를 수백 번은 더 그녀에게서 들었으니까 말이다. 얼마 후 준혁의 운전기사가 달려와 물었다. 윤희를 업고 걷는 준혁의 보조를 맞추기 위해 이 일대를 몇 바퀴씩 돌아가며 그의 뒤를 쫓은 것이었다. 분명히 돌아가라고 했었지만 차마 윤희를 업고 걷는 준혁을 놓아두고 가기가 어려웠던 것이다. 그러나 공들여 뒤를 따른 보람도 없이 준혁은 운전기사의 요구를 거절했다. 간신히 잠든 윤희가 혹여 차로 옮겨 타다 깨기라도 할까봐서, 고맙게도 윤희가 편하게 여겼던 자신의 등에서 그녀를 내려놓기가 싫어서, 너무너무 힘들게 고생하는 아내를 위해 자신도 무언가를 하고 싶어서 말이다. 어두워진 주말 밤 준혁은 그렇게 잠든 윤희를 업고 펜트하우스까지 걸어가고 있었다.

그 시간 서울 프레스티지 대한호텔에서 가장 좋은, 아니 우리나라에서 최고라는 단 하나뿐인 프레지딘셜 스위트룸으로 피로연을 마친 유상민과 한아영이 돌아왔다. 일주일 동안 유럽의 여러 나라를 돌며 행복한 신혼여행을 즐길 예정인 둘은 내일 오전 비행기를 타고 첫날밤은 이곳에서 지내기로 한 것이었다. 이미 약혼식 때 좀 심한 장난을 쳐버린 유리는 상민의 용서를 대가로 결혼식 때는 조용히 넘어가주기로 했기 때문에, 아무리 통 크게 일을 벌여왔던 그녀였지만 이번만큼은 어쩔 수가 없었다.

상민이 스위트룸 문을 열고 아영과 함께 안으로 들어섰다. 룸 안으로 들어서자마자 상민은 곧바로 그녀의 앞에 무릎을 꿇었다. 아영이 그의 갑작스러운 행동에 당황하여 놀란 표정을 짓고 서있는데 상민이 그녀가 신고 있는 그리 높지 않은 구두를 벗겨주기 시작했다. 그녀의 발을 한쪽씩 만지는 그의 손길은 그 어느 때보다도 부드러웠으며 묘한 설렘을 일으키고 있었다. 거실에 발을 내려놓고도 아영은 잠시 멍한 얼굴로 가만히 있었다. 그의 섬세한 배려에 감동했기 때문이다. 그렇게 아영의 신을 벗겨준 후 일어선 상민은 그대로 그녀를 들어 올렸다. 그리고는 아무 말 없이 마스터베드룸으로 걸어 들어갔다. 그의 행동에 두 볼이 발그스름해진 아영의 심장에서는 이미 망치질 소리가 들리기 시작했다. 선천적으로 전형적인 백마 탄 왕자의 형상을 갖춘 그에게 안겨있는 그녀가 옅은 신랑용 화장까지 한 그의 수려한 외모에 한 번 더 반하고 있는 순간 그가 그녀를 커다란 침대 위에 내려놓았다. 아주 조심스럽게 말이다. 상민은 아영의 머리에 장식되어있는 다이아몬드 티아라를 살며시 빼내며, 그녀의 귀에 대고 생크림을 혀끝으로 맛볼 때만큼이나 달콤한 음성으로 입을 열었다.

"사랑해."

귓속으로 쫙 타고 흐르는 감전된 것 같은 그 느낌에 아영이 대꾸도 못 하고 가만히 있는데 상민이 그녀의 머리 장식을 옆에 있는 탁자에 올려놓고는 그녀에게서 한 발짝 뒤로 물러섰다.

'꺄아, 진짜 멋져. 이거 봐, 실크처럼 부드럽지? 심장을 녹일 만큼 감미롭지?'

아영이 속으로 그렇게 감탄을 하며 자신의 앞에 한 걸음 정도의 거리를 두고 서있는 그를 올려다보았다. 그런데 올려다보던 아영의 눈동자가 한없이 커지고 자연스레 입술의 간격이 벌어지고 있었다.

'아······.'

아주 살짝 옆으로 꺾은 고개, 잘 봐야 알 수 있을 만큼 조금 쳐든 그의 턱, 그 상태에서 확 내리깐 그의 눈, 아영을 바라보고 있었으나 그윽한 느낌이 아닌 광채가 흐르는 것 같으면서도 어딘가 초점을 잃은 듯한 눈빛! 그의 눈과 마주친 아영은 갑자기 숨이 탁 멎음을 느꼈다. 위압적으로 보이는 눈을 한 상민이 입고 있던 턱시도를 벗어서 바닥에 던졌다.

'학!'

이번에는 심장이 덜컹하고 내려앉음을 느끼는 아영이었다. 목에서 넥타이를 뜯어버리고 셔츠를 벗어 던지는 상민의 모습은 지금껏 아영이 보아온 그의 모습이 아니었다. 그런 그가 갑자기 침대 위에 앉아있는 아영을 일으켜 세웠다. 그리고는 그녀의 입술을 조금의 틈도 남기지 않고 완전히 자신의 입술 안에 가두었다. 그녀를 입술로 완전히 덮어버리며 상민이 그녀의 호흡을 단숨에 빼앗았다.

'흐읍.'

또 한 번 아영의 호흡음이 끊겼다. 그의 혀가 단단히 끝을 세워 그녀의 안으로 밀고 들어갔다. 깊게, 거칠게, 심장을 부술 만큼 강렬하게 말이다.

'하악!'

이미 아영의 머릿속은 하얗다 못해 투명하게 번져나갔다. 그가 아영의 안에서 전쟁을 일으켰기 때문이다. 앞으로 그가 그녀의 안에서 벌일 폭발적 행위에 대한 전초전을 말이다. 그녀의 허리를 휘감은 그의 팔에 들어가있는 힘이 장난이 아니었다. 상민이 저돌적으로 덤벼들며 입술을 탐하는 바람에 아영의 상체는 뒤로 젖혀졌고, 그녀의 체중을 온전히 감당하고 있는 그의 팔 근육이 강력하게 수축하고 그의 팔뚝에 있는 혈관들이 툭툭 불거졌다. 그녀의 목 뒤를 받쳐 든 손가락 끝까지 그의 넘쳐나는 에너지가 고스란히 전해졌다.

그가 무섭게 치고 들어오자 반사적으로 뒤로 물러서는 그녀의 혀가 속절없이 그의 혀에 잡혀 하나로 뒤엉켰다. 그녀의 입안에서 그가 만들어내고 있는 아찔한 자극들이 대뇌의 감각중추가 아닌 목 안을 간질였다. 손끝을 오그라들게 만들고 그녀의 여성을 눈뜨게 하고 있었다. 뜨거운 숨결을 그녀에게 전해주었다가는 그녀를 온전히 빨아들이는 그였다. 그가 그녀에게 해주고 있는 키스는 이미 성애의 전희로서의 키스 선을 넘어섰다. 키스만으로도 오르가슴을 느끼는 여성들이 있다고 알려져 있는데 잘하면 지금 아영이 그녀들의 대열에 끼게 될 판이었다. 상민은 원래가 섬세하고 누구보다도 머리가 좋은 남자다. 그런 것이 영향을 끼친 건지, 아니면 타고 난 뭔가가 있는 것인지는 몰라도 그의 테크닉은 무척이나 정교하고 대단히 훌륭했다. 압도적으로 농밀한 그의 혀놀림과 입술의 움직임이 그녀의 안을 적셔나갔다.

능숙하게 그녀의 호흡을 쥐고 흔들던 그가 어느 순간 거친 숨을 토해내기 시작했다. 못 견디겠다고 외치는 듯한 그가 빠르게 손을 움직여 그녀가 입고 있는 와인컬러의 로맨틱 이브닝드레스를 벗겨냈다. 자신의 허리띠를 풀고 바지를 벗는 데 몇 초도 걸리지 않았다. 더욱 가속도가 붙어 자신의 속옷을 내던지더니 그녀의 브래지어를 거칠게 밀어 올렸다. 그리고는 강하게 그녀의 가슴을 애무하기 시작했다. 그녀의 가슴 위로 올라가 걸려있는 화이트컬러의 화려한 레이스 장식의 브래지어가 가쁜 숨을 헐떡이는 아영의 봉긋 솟은 가슴의 움직임에 따라 위아래로 춤을 추듯 움직였다. 아영은 결백하다 해도 그 모습이 상민의 불타는 심장 안에 기름을 들이붓고 있는 게 사실이었다. 블랙컬러의 망사 속옷이나, 작정하고 입은 호피 문양의 브래지어보다도 이상하게 새신부에게 어울리는 순백의 그 속옷이 수줍은 듯 움츠러든 그녀의 몸에 너무나 잘 어울렸고, 그의 남성을 더욱 강하게 자극하고 있었다. 분명히 순수하고 청초해 보여야 할 그 모습이 무척이나 뇌쇄적으로 보이고 있으니 확실히 극과 극은 통한다고 할 수밖에.

그녀의 얇은 허리가 그에 의해 더욱 가까이 끌어 당겨졌다. 그러자 그의 몸에 틈 없이 밀착된 그녀의 아랫배에 묵직하게 압박되는 그의 일부가 느껴졌다. 순간 그녀의 입에서 외마디 비명이 튀어나왔다.

"앗!"

아영이 몸을 틀어보았다. 그러나 그저 쓸모없는 노력에 불과했다. 그녀의 그런 움직임은 겉으로는 조금도 드러나지 못했다. 그의 힘에 갇혀 옴짝달싹 못하는 상태였기 때문이다. 상민이 아영이 귓불에서부터 목선, 그리고 쇄골 위까지를 그의 입술로 빨아들이고 문지르며 탐욕스러운 키스를 퍼부었다. 원래 애무는 섹스 파트너의 긴장을 풀어주는 쪽으로 작용을 하나 지금의 경우는 아영의 긴장을 한껏 고조시킨다는 말이 맞았다. 비키라는 말을 해볼 여력도 없이 그저 그의 움직임에 휘둘리던 아영이 정신을 제대로 차리지도 못하고 있는데, 상민이 그녀의 허리를 잡은 팔에 드디어 힘을 빼고 등 쪽으로 움직이는가 싶더니 갑자기 상체를 숙이면서 그녀의 무릎 뒤를 확 낚아채며 그녀를 번쩍 들어올렸다. 그리고는 조금의 주저함도 없이 그녀를 침대위로 내던져 버리는 것이 아닌가!

'뭐……?'

아영이 자신의 몸이 공중에 잠시 붕 떴다는 생각을 하는 순간 상민이 그녀의 위로 덤벼들었다. 무지하게 부드럽던 그가 컨트롤 불가능한 야수로 돌변해서는 말이다. 자신의 위에 올라탄 상민이 그녀의 가슴을 베어 물며 뜨거운 숨결로 아영을 삼키려들자 간신히 입을 연 그녀가 당황한 것이 역력한 음성으로 소리쳤다.

"무, 무슨 짓이에……, 흐읍."

소리치던 아영의 입술을 상민이 자신의 입술로 틀어막으며 저항의 손짓을 해보는 그녀의 팔을 잡아채 머리 위로 올리게 만들었다. 그녀의 두 손목을 모아 한 손으로 누른 상태에서 그가 그녀의 입술을 풀어주며 귓가에 대고 무척이나 차가운 음성을 내뱉었다.

"머리가 시키는 대로가 아닌 몸이 움직이는 대로 따라보려고. 시작해볼까?"

'뭐?'

상민이 아영의 반짝이는 눈동자를 새까맣게 타들어간 욕정 가득한 짙은 눈빛으로 바라보았다. 두 팔이 그의 힘에 완벽히 제압당한 상태인 아영이 아직 제대로 된 마음의 준비를 하기 전에 상민의 손이 그녀의 아래로 스치듯 내려갔다. 그녀의 앙증맞은 팬티를 그녀의 몸에서 거칠게 벗겨내는 그의 행동에 놀란 아영이 비명을 지르려는 순간 상민이 다시 한 번 아영의 입술을 점령해버렸다. 태풍처럼 몰아치는 키스를 퍼부으며 상민이 아영을 본격적으로 애무하기 시작했다. 그녀의 꽤나 풍만한 가슴 위로 꼿꼿이 솟아 있는 분홍빛 유두를 손가락 사이에 살며시 끼워두고 가볍게 돌리거나 애교 있는 손놀림으로 누르는 것 같은 그런 부드러운 어루만짐이 전혀 아니었다. 내 것이라고 통보라도 하듯이 손 안에 한껏 그녀의 가슴을 쥔 채 강렬한 자극을 만들어내며 제 맘대로 움직이던 그가 사랑스럽게 볼록 솟은 그녀의 핑크빛 유두를 얄미울 정도로 강하게 꼭 쥐어 비틀듯이 잡았다. 그 순간 입술을 빼앗기고 호흡을 조절당하고 있는 아영의 몸이 휙 하고 뒤로 꺾이며 들썩여졌다.

'하아악.'

억압된 상태에서 견딜 수 없다는 듯이 꿈틀대는 그녀의 몸부림이 상민의 야수 본능을 더욱 온전히 깨어나게 만들고 있었다. 상민이 아영의 손목을 잡은 손을 놓고는 순식간에 그녀를 180도 돌려 눕혔다.

"내 발목을 잡아."

그렇게 명령조로 말하며 상민은 무릎을 세워 다리를 넓게 벌리고, 아영의 양팔을 쫙 벌려 그녀의 손으로 자신의 발목을 잡도록 시켰다. 다리를 벌리고 앉아있는 상민과 머리를 그의 중심부로 들이밀게 된 아영의 자세, 그냥 그것만으로도 몸이 달아오르고 심장의 덜컹거림이 훨씬 심해질 정도로 충분히 야한 상태였다. 그러나 상민은 거기서 만족하지 않았다.

그녀의 다리를 머리 위쪽으로 들어 올리게 한 상민이 그녀의 발목을 각각 한쪽씩 자신의 손으로 잡아챘다. 그리고는 그녀의 다리가 벌려진 채 뒤로 향할 수 있도록 자신의 팔을 뒤쪽으로 아주 쭉 뻗는 그였다. 그의 이런 행동으로 아영의 등은 자연스레 침대에서 떨어지게 되었다. 누워서 다리를 하늘로 들어 올려 허공에 대고 자전거 타기를 할 때처럼 말이다. 하지만 손으로 자신의 허리를 받치는 게 아니라 팔을 옆으로 뻗어 머리맡에 앉아있는 상대 남성의 발목을 잡고, 하늘로 들어 올린 그녀의 양쪽 다리는 벌어진 채 등 뒤로 뻗은 그의 손아귀에 잡히게 되는 포즈였다. 아영의 얼굴 앞에 '성이 났다'라는 착한 표현으로는 설명이 안 되는 터질 듯한 기세로 그녀를 위협하는 그의 분신이 떡 하니 자리 잡고 있었다. 그걸 본 아영이 눈을 질끈 감으며 소리를 질렀다.

"꺄악!"

사실 이런 자세를 취하면서 아영은 몇 번이나 놀람의 감탄사와 외마디 비

152
153

명을 흘렸었다. 그렇지만 그런 반응들이 상민의 행동을 제어하지는 못 했다. 아영이 거꾸로 세워진 듯한 그야 말로 이상야릇한 체위에서 상민이 고개를 숙였다. 그녀의 부끄러운 비밀의 문이 적나라하게 보였다. 세상의 그어떤 꽃잎보다도 아름다운 두 장의 잎이 하나로 모이는 곳에 그가 힘주어 빳빳하게 만든 자신의 혀를 가져다 댔다.

"하아악."

그녀의 여성이 그의 혀에 농락당하자 아영이 몸을 뒤틀며 교성을 질러댔다. 그러자 등 뒤로 쭉 뻗어 그녀의 발목을 잡은 손에 더욱 힘을 주며, 상민이 단호한 음성으로 말했다.

"가만히 있어. 반항하지 마. 못 참겠다는 몸부림도 치지 마. 그럴수록 나는 그 이상을 원하게 될 테니까."

크게 소리치듯 한 그의 말이 아영의 귓바퀴에 부딪쳐 허공으로 흩어졌다. 아영의 귓속으로 그 소리가 들어가 이해되고 판단되기란 불가능했다. 그녀의 이성은 이미 격한 흥분감안에 녹아들었기 때문이다.

그가 그녀의 비밀스러운 곳을 빨기 시작하고, 혀로 할짝거릴수록 흥분 속에 녹아드는 이성의 작은 알갱이들이 흔적도 없이 빠르게 소멸했다. 아영의 엉덩이가 들썩여지기 시작했다. 상민의 손에 잡혀 다리의 움직임이 거의 완벽히 차단되었다고는 하나, 거친 숨을 내뱉고 신음소리가 섞인 하이톤의 교성을 내지르고 있는 아영의 엉덩이는 상하좌우 할 것 없이 춤을 추듯 움직여졌고, 그녀의 다리는 파르르 떨리고 있었다. 그의 혀가 벌어진 작은 틈새를 찾아 안으로 파고들었다. 이미 넘쳐나고 있는 그녀의 신비로운 애액으로 인해 그곳은 무척이나 매끄러웠다. 그가 그녀의 여성에 얼굴을 묻고 안을 탐할수록 둘 다 견딜 수 없는 욕정에 휩싸였다.

"하아."

그의 입에서 작은 신음소리가 새어나왔다. 그와 동시에 상민이 아영의 몸을 다시금 움직이고 있었다. 이미 폭발직전의 그의 남성이 한계에 다다랐기 때문이었다. 혀가 탐하고 있는 그녀의 안을 자신의 분신으로 점령해버리고자 하는 강력한 욕망에 사로잡힌 상민이 그녀를 침에 위에 엎드리게 했다. 사실 마음 같아서는 그녀를 벽으로 밀쳐 세우고 선 채로 그녀의 안을 채우고 싶은 그였으나 방금 전 애무로 아영의 다리는 이미 완전히 힘이 풀려버렸다는 사실을 안 그가 다른 체위를 선택한 것이다.

그러나 엎드린 그녀의 골반뼈를 과격하게 휘어잡고는 그녀의 히프를 자신의 분신에게로 확 끌어당기는 그에게서 아영은 그가 자신에 대한 배려를 눈곱만큼이라도 했을 거라고는 상상조차 하지 못했다. 벽에 밀쳐 세워져 당하지 않아서 다행이라는 생각을 어찌 하고 있을 수 있겠는가? 그녀의 여린 안으로 혈액을 있는 대로 머금은 굵고 단단한 그의 일부가 관통을 하고 있는데 말이다. 매끄러운 애액으로 무장을 했으나 그녀는 속절없이 무너졌다.

"아아아악."

빽빽하게 메마른 상태가 아니었다고는 해도 아영의 비좁은 안으로 파고들어오는 그의 일부는 그녀가 감당하기에는 분명히 매우 과했다. 그녀의 안을 가득 채운 상태에서 그가 허리를 움직이기 시작하자, 생전 처음 뒤에서 범해진 아영의 온몸은 엄청난 쾌감에 빠져들었다. 아래쪽에서 시작된 예리할 만큼 짜릿한 쾌감이 그녀의 중추를 타고 대뇌에 강한 충격을 남겼다. 아마도 아영은 한동안, 아니 어쩌면 영원히 지금 느끼고 있는 이 감각을 기억하게 될 것이 분명했다. 엎드린 채 침대 시트를 잡고 있는 그녀의 손이 바들바들 떨렸다.

"아아악, 흐악, 꺅, 흡, 악, 으하어흐윽."

그녀의 엉덩이가 선정적인 춤을 추는 걸 즐기며 상민이 그녀의 안을 빠르게 채우고 들어갔다가는 빠지기 직전까지 비워주었다. 몇 번을 들어오고 나가도 도저히 적응이 안 되는 그의 움직임에 아영은 허리가 휘어지고 머리가 뒤로 젖혀졌다. 십분 그녀를 배려해 천천히 그녀의 반응을 살피며 감당할 수 있을 정도로 움직이던 언제나 다정하고 부드럽던 상민이 철저히 가면을 벗어 던진 것이다. 상민이 그녀의 안으로 깊숙이 파고 든 분신을 사정없이 틀어 실로 감당키 어려운 격한 쾌감을 선사하자 아영은 자지러지고 말았다.

"흐아아악."

그녀의 엉덩이를 잡고 어루만지던 그가 탐스러운 그녀의 살을 좀 과격하다 싶게 쥐고는 채우고 비우는 운동에 가속도를 붙이기 시작했다. 정염에 온몸을 내던진 통제 불능 유상민의 와일드한 몸놀림에, 심장이 여러 번 멎고 호흡이 툭툭 끊어지고 있는 아영이 절정으로 치달아 가고 있었다. 충혈된 그녀의 골반 속 어딘가에서 가득 찬 에너지가 분출하며 성감의 정점을 찍으려 할 때 그의 분신도 모터를 단 것 마냥 미쳐 날뛰었고, 황홀함의 극치를 만끽하며 처음으로 오르가슴의 깊은 늪에 빠져드는 아영의 입에서 지금까지 중 가장 아름다운 소리가 질러졌다.

"아아앙, 으흡하아아아, 으으으아악."

그녀의 소리에 상민의 미간이 따라 좁혀졌다. 그의 분신도 폭발을 일으켰다. 그의 입에서도 섹시한 신음소리가 토해졌다.

"흐아악, 아아하악, 흐읍."

상민도 역시 그의 분신이 연신 수축을 해대며 일으키는 독특한 쾌감에 몸을 떨었다. 혈압이 상승되고 심장이 요동치며 오르가슴을 느끼고 난 상민이 여성인 아영보다는 훨씬 빠르게 사그라지는 성적 절정감에서 빠져나와 호흡을 고르기 시작했다. 자신의 품 안에서 먼 길을 날아온 어린 새처럼 쓰러져 안겨있는 아영을 보고, 상민이 만족스러운 미소를 지으며 그녀를 좀 더 세게 끌어안았다. 정신이 혼미해지고 입가가 실룩거려짐을 느낀 아영이 아직도 여운에서 헤어나지 못한 채 조용히 눈을 감고 있는데, 옆으로 그녀를 감싸고 누워있던 상민이 그녀의 귓가를 부드럽게 어루만지며 목뒤가 움츠러들도록 감미로운 음성으로 속삭였다.

"사랑해! 영원히 놓아주지 않을 거야. 알고 있지?"

그녀가 여전히 눈도 뜨지 못한 채 간신히 입술을 움직였다. 아마도 이 침실 안에 들어오고 나서 처음으로 의미 있는 말을 하게 되는 것 같다고 생각하며 말이다.

"몰라요."

작은 목소리였으나 항의하고 있는 게 확실한 삐쳐있는 그 소리에 그녀를 등 뒤에서 안고 있던 상민이 그녀의 몸을 타고 움직였다. 획 하고 그녀의 앞으로 돌아누운 상민이 그녀에게 다시 한 번 속삭이듯 말했다. 솜사탕처럼 살살 녹아드는 달콤함으로 포장을 하고서 말이다.

"눈 좀 떠볼래?"

"싫어요."

"난 네 아름다운 눈을 좀 봐야겠는데?"

"비키라고 말할 기운도 없으니까 알아서 비켜봐요."

자신을 꼭 안고 있는 상민에게 삐쳐서는 볼멘소리를 하고 있는 귀여운 아영의 볼에 상민이 살짝 입을 맞추고는 그답지 않게 짓궂게 물었다.

"거칠고 위협적인 사랑에 대한 환상, 많은 여성에서 가지고 있는 걸로 알고 있는데. 내가 늘 너무 매너 좋고 부드러우면 그런 환상에 네가 욕구불만이 될 것 같아서, 아닌가?"

아영이 눈을 떠 그를 바라보았다.

'아니지, 당연히 아니지. 지금 이 남자가 뭔 소리를 하고 있는 거야? 자신이 외유내강인 거 자각 못 하는 건가?'

"아니에요."

황당하다는 얼굴로 자신을 쳐다보던 아영이 갑자기 아니라고 외치자 상민의 의아하다는 듯이 물었다.

"뭐가 아니야?"

"외유내강이 아니라 외강내강이라고요. 왕사기꾼."

아영의 억울하다는 표정에 결국 상민이 웃음을 터뜨렸다.

"푸하하하."

"원래 결혼하고 나면 남편에 대한 환상이 깨진다고들 하던데 결혼식 첫날부터 이럴 줄은 몰랐다고요."

그녀가 무슨 소리를 하고 있는지 잘 알면서도 상민이 능청스럽게 물었다.

"뭐가?"

"실크처럼 부드럽고 심장을 녹일 만큼 감미롭다는 환상을 도대체 어떻게 가지게 된 거지? 당신이 바위처럼 단단하고 심장을 터트려버릴 만큼 강렬하다는 건 이전에 알았지만요. 예의라고는 국 끓여 먹고, 섬세하고는 거리가 멀고, 매너랑은 담쌓은, 도대체가 자갈밭처럼 거칠고 심장이 경기를 일으킬 만큼 제멋대로라는 건 오늘 첨 알았다고요."

그녀의 말에 상민이 약간 초점 잃은 눈으로 그녀를 보았다.

"그래서? 지금 그 말은 앞으로 쭉 그러길 바란다는 건가?"

"엥? 무슨……. 그러니까 그게……."

상민이 머뭇거리는 아영의 머리를 쓸어 올려주고 한쪽 입가를 살짝 올리며 미소를 지었다.

"말했지? 머리가 아닌 몸이 시키는 대로 해보겠다고. 그런데 말이야, 그렇게 말해놓고는 한심하게도 그렇게 하지 못했어."

'뭐?'

아영이 눈을 동그랗게 뜨며 상민을 쳐다보았다.

"배려심이 너무 지나쳐도 따분한 남자가 되는 거거든. 가끔은 이런 것도 나쁘지 않아. 즐겨보라고."

그렇게 말하고는 상민이 일어서며 아영도 일으켜 세웠다. 그의 힘에 이

끌려 얼떨결에 침대에서 내려온 아영이 자신의 알몸을 의식하고는 얼굴을 붉히며 가슴과 아래를 손으로 부랴부랴 가리는데 상민이 아영의 손을 거칠게 휘어잡고는 그녀를 끌어다 벽으로 세게 밀어붙였다. 그 와중에도 그녀가 벽에 머리를 부딪치기라도 할까봐 마음을 졸이는 상민은 겉으로 어떻게 행동하고 있든, 아영이 그 사실을 알든 모르든, 배려심 깊은 늑대임에는 틀림없었다. 시원한 물도 마시고, 함께 샤워를 하고 나서 야경을 보며 와인이라도 한잔 하려던 상민의 생각이 사기 당했다는 그녀의 멘트에 깡그리 사라져버렸다. 불씨가 벌겋게 남아있던 그의 가슴에 잘도 기름을 들이붓고는 얼떨결에 벽 쪽으로 밀쳐 세워진 아영이 그의 날카로운 눈빛을 보고는 기가 팍 죽는 순간, 확 하고 달려든 상민이 그녀의 한쪽 다리를 들어 올리며 다른 한 손으로는 그녀의 허리를 휘어잡았다. 불응기에서 완전히 벗어난 그의 분신이 또다시 그녀의 안으로 거칠게 파고들었다.

"흐어억."

아영이 놀라 소리를 지르며 그의 가슴을 손으로 밀어보았으나 이미 컨트롤 불가능이었다. 상민이 그녀를 강하게 끌어안아 들어 올리다시피 하고는 그녀의 안으로 더욱 깊게 집어넣었다. 상민이 다리를 벌려 그녀와 맞게 키를 조절했지만, 그래도 아영은 까치발을 서고 한쪽 다리는 그에 의해 추켜 올라간 채 몸 안으로 들어오는 그를 받아들여야 했다. 잘하면 정신줄을 놓겠다 싶을 만큼 아찔한 쾌감이 아래를 무겁게 강타하는 순간 상민이 그녀의 귓불을 입술로 제법 세게 깨물고는 그녀에게 뜨거운 숨결을 불어넣으며 말했다.

"거부하지 않는다는 건 아영이 너도 행복하다는 거겠지?"

그의 말에 아영은 아니라고 소리치지 못했다. 죽도록 행복했던 건 사실이었기 때문이다. 지금도 안으로 들어와 가만히 있어주는 그의 분신 때문에 야릇한 충만감에 황홀한 기분이 드는 그녀였으니까.

아영의 표정을 읽고 머리로 계산을 하는 상민은 여전히 몸이 시키는 대로 하지 못하고 그녀의 눈치를 살피고 있었다. 단지 그녀가 그 사실을 모르고 있었을 뿐이다. 막무가내로 들어와놓고는 그 상태에서 등줄기를 타고 전율이 쫙 일만한 소리를 하는 그를 보고 그녀는 상민이 진짜 온전히 본능에 몸을 맡겼다고 생각했으니까 말이다. 농염한 아영의 낯빛을 보고 상민의 심장이 두근거린다. 싫지 않다고 순순히 속내를 드러내는 그녀의 솔직한 눈빛, 붉게 상기된 그녀의 두 볼과 미세하게 떨리는 그녀의 속눈썹, 벅찬 쾌감 때문인 게 확실한 좁아진 미간, 키스를 부르고 있는 사랑스러운 그녀의 입술을 보고 이미 그녀가 허락했음을 알겠는 그였다. 과격하게 덤벼든 자신에게 밀려 벽에 등이 닿은 채 꼼짝도 못 하는 아영의 안으로 더욱 깊숙이 자신을 밀어 넣으며, 아영의 얼굴 옆으로 팔을 뻗어 손바닥으로 소리가 날 정도로 터프하게 벽을 짚은 상민이 입을 열었다.

"잘 들어. 지금부터는 아무것도 기억하지 않아도 돼. 무슨 소리를 해도 나를 멈출 수는 없을 테니까."

알고 하는 소릴까? 아마도 머리 좋은 상민은 알고 하는 소리일 것이다. 약간의 불안한 심리가 더욱 큰 쾌감을 일으킨다는 사실을, 그리고 멈출 수 있는 방법이 있다는 것보다 그럴 수 있는 방법이 없다는 이런 협박의 소리가 그녀를 더욱 흥분시킨다는 사실을 말이다. 선 자세에서 적당히 경직된 근육들이 더욱 강도 높은 자극을 만들어냈고, 그녀의 아래에서 전해지는 강하게 조여드는 힘 때문에 상민의 심장은 다시금 전력 질주를 시작했다.

'너는 스타일이 너무 뚜렷해서 아영을 놀라게 하기란 아주 쉽지. 소프트한 네가 아주 거칠게 돌변한다면 그것만으로도 심장 뛰는 이벤트가 되고도 남을 거야.'

유리가 했던 이벤트에 대한 조언이 상민의 뇌리를 스치고 지나갔다. 가끔은 강렬함의 마력에 빠져드는 것도 나쁘지 않다고 생각하며 아영을 있는 힘껏 안는 상민이었다. 상민과 아영은 그렇게 불같이 활활 타오르는 신혼 첫날밤을 보내고 있었다.

굶어 죽은 늑대

　시간이 흘렀다. 윤희는 여전히 하루에도 수십 번 욕실로 뛰어 들어갔고, 적어도 이틀에 한 번, 어떤 때는 매일 준혁이 놓아주는 정맥주사를 맞으며, 새 생명을 몸속에 받아들인 대가로 생겨난 입덧이라는 고비를 사랑하는 그와 함께 넘기고 있었다. 아영은 코앞으로 다가온 시험을 위해 밤낮 없이 책들과 싸워야 했고, 그런 그녀의 옆을 지키는 상민은 언제나 든든한 버팀목이 되어주고 있었다.

　그리고 11월 초가 되었다. 어느새 5개월 초반으로 들어선, 즉 16주를 넘기고 난 윤희의 얼굴에는 확실히 생기가 돌기 시작했다. 아직 완벽히 깨끗한 속이라고 할 수는 없었어도 말이다. 윤희가 오랜만에 화장대 앞에 앉아서 치장을 하고 있다. 사실 오늘이 시아버지의 생신이 되는지라 시댁에 가보아야 했기 때문이었다. 이미 지난 주말에 성대한 파티가 열렸고 정계나 재계의 여러 인사들이 참석한 자리에서 윤희는 언제나처럼 준혁의 옆자리를 지키며 예쁘게 인사를 하고 서있었었다. 물론 임신 중이고 윤희의 컨디션이 100점이라고는 할 수 없었기 때문에 한 30분도 안 되어 준혁이보다 한 술 더 뜨시는 시아버님의 등쌀에 못 이겨 집으로 쫓겨 왔었지만 말이다. 그의 아버지는 처음부터 혼수로 아기를 원할 만큼 손주를 많이 기다려왔다. 더군다나 원래도 예뻐하는 윤희가 임신까지 했으니 어찌 애지중지하지 않을 수 있겠는가! 아무튼 윤희가 공들여 화장을 하고, 제법 나오기 시작한 배 때문에 임부복을 챙겨 입고는 거실로 나갔다. 윤희가 준비를 마쳤다는 걸 알기라도 한 듯이 그때 준혁이 펜트하우스로 돌아왔다. 안으로 들어선 준혁이 밝은 얼굴로 윤희를 보며 인사를 했다.

"다녀왔어."

"왔어요?"

옆으로 다가와 서는 윤희를 보고 준혁의 표정이 살짝 굳어지며 물었다.

"그냥 앉아있지 왜 기다리고 서있던 거야?"

그의 말에 윤희가 웃으며 대답했다.

"텔레파시가 통했나보죠. 저 지금 막 준비 끝내고 침실에서 나온 거거든요."

윤희가 그렇게 말해주자 준혁이 안도하는 얼굴을 했다.

"그래? 그럼 괜찮고. 일단 손부터 씻을게."

준혁이 욕실로 들어가 깨끗이 손을 씻고 나와서는 눈앞에 서있는 세상에서 가장 사랑스러운 아내인 윤희를 살며시 안아주며 이마에 키스를 해주었다.

"사랑해."

언제 들어도 절대 건성으로 하는 말 같지 않은 그의 진심이 팍팍 느껴지는 한마디에 이번에도 윤희의 가슴은 그에게서 전해지는 따뜻한 기운으로 가득 채워졌다.

"바로 나가야겠지?"

"네, 시간이 그렇게밖에 안 될 것 같아요."

"우리 아강 보러 가는 거 한 달만이지?"

"네."

준혁이 기분 좋게 웃으며 한마디 했다.

"떨리네."

"저도요."

자신에게 팔짱을 끼는 윤희를 데리고 준혁이 퇴근을 하자마자 대한병원으로 향했다. 사실 오늘은 정기 진찰이 있는 날이라 오후 3시경에 집으로 돌아온 준혁이었다. 평소에는 아침 일찍 유리에게 진료를 보았지만 오늘은 병원에 들렀다가 바로 본가로 들어가기 위해 이 시간에 움직이기로 한 것이다.

아강, 아강이란 강한 아기라는 뜻으로 지은 준혁과 윤희의 소중한 아기의 태명이었다. 그렇게 둘은 행복한 마음으로 아강을 보러 가고 있었다. 차 안에서 멀미도 하지 않고 편해 보이는 윤희를 보고 준혁이 정말 다행이라는 얼굴을 하며 조용히 말했다.

"드디어 윤희로 돌아온 것 같네."

뜬금없는 그의 말에 윤희가 궁금하다는 듯이 물었다.

"무슨 소리에요?"

"아강 생기고 나서 한 번도 제대로 웃는 너의 얼굴을 본 적이 없는 것 같아. 이제야 비로소 너의 웃음을 볼 수 있으니 나는 뛸 듯이 기뻐."

"헤헤."

윤희가 그녀다운 해맑은 미소를 보이며 준혁의 볼에 살짝 입술을 댔다. 순간 준혁의 심장에서 짜릿한 전율이 일어나더니 순식간에 손끝까지 저릿 저릿하게 퍼져나갔다. 입덧으로 너무 힘들어 하는 윤희 때문에 그녀의 옆에서 준혁의 남성본능은 온전히 죽어있었다. 그녀를 안고 싶어 안달나지도, 견디기 힘들지도 않았다. 그런 사치스러운 생각을 할만한 정신이 없었었다. 너무도 애처롭고 안쓰러운 모습으로 쓰러져 죽을 듯 토하고 고통스러워 하는 그녀를 보며 그런 사심이 생긴다는 건 아무리 정력 넘치는 준혁이라해도 말이 안 되는 일이었다. 그런데 제법 멀쩡해 보이는 그녀의 입술이 볼을 살짝 터치한 것만으로도 그 안의 깊은 곳에서 오랜 시간 잠들어있던 야수가 꿈틀대기 시작했다. 두근거리는 심장의 움직임이 느껴지고 기분 좋은 긴장감에 사로잡힌 준혁이 옆에 앉아있는 윤희의 어깨를 손으로 감싸며 그녀의 귀에 대고 속삭이듯 물었다.

"이제는 조금 좋아진 거야?"

"네? 뭐가요?"

"입덧 말이야."

"많이요. 이제 좀 살 것 같아요."

그렇게 대답하며 웃는 윤희를 보고 준혁이 의미심장하게 들리는 질문을 하나 했다.

"그럼 이제 무슨 일인가에 기쁘다거나 행복하다는 걸 느낄 수 있는 건가?"

"그럼요."

지난 두 달 반 동안 사실 윤희는 그 어떤 일에도 진심으로 웃을 수가 없었다. 기뻐한다는 건 불가능했다. 진짜 힘들었기 때문이다. 그리고 그걸 잘 알고 있는 준혁이었다.

대한병원 산부인과 외래의 한 진찰실에서 유리가 초음파를 보고 있다. 윤희의 옆에서 함께 초음파 화면을 보고 있는 준혁의 입꼬리가 그야말로 귀에 걸려있다. 태아의 상태에 대해 이것저것 자세히 설명하던 유리가 그런 준혁을 슬쩍 한 번 쳐다보고는 당연한 질문을 했다.

"그렇게 좋아?"

"그래."

"아빠가 된다는 거 실감이 나니?"

그녀의 질문에 준혁이 피식하고 웃으며 대꾸했다.

"실감이 나지. 그 녀석이 보통 엄마를 못 살게 굴었어야 말이지. 그 덕에 나도 같이 죽을 맛이었으니까."

그의 말에 유리가 누워있는 윤희를 보며 물었다.

"이제는 입덧 좀 나아졌지?"

"네."

"다행이네."

간호사가 윤희의 배에 묻은 젤리를 닦아내주고, 윤희가 옷을 갖춰 입고 나오는 사이 초음파를 끝내고 나온 유리를 따라 준혁도 진료실 책상 앞에 앉았다.

"아강이 태어나면 훈련은 누가 시킬 거야?"

뜬금없는 그녀의 소리를 둔탱이 준혁은 제대로 알아듣지 못했다.

"그게 무슨 소리야?"

"개인적으로는 너보다 윤비서님께 배웠으면 하는 바람이 있는데……."

"뭐라고?"

"못 알아들었음 말고."

그때 윤희가 나와 준혁의 옆자리에 앉았다.

"주수에 맞게 아주 잘 자랐어. 이제 17주 되었는데 혹시 태동 느끼니?"

유리의 질문에 윤희가 곰곰이 생각하는 표정을 짓더니 대답했다.

"안에서 아주 살짝살짝 노크하는 느낌이랄까, 조금 밀치는 느낌이랄까, 그런 걸 느껴봤어요."

"언제부터?"

"오늘 아침부터요."

"아마 그 느낌이 맞을 거야. 책에는 송어가 뛰는 듯한 느낌이라고도 되어 있는데 보통 20주에 느낀다고 하지만 빠르면 17주 초에 느끼는 사람들도 좀 되거든."

유리의 말에 준혁이 신기해 하며 물었다.

"그럼, 내가 만져도 느껴지려나?"

"밖에서 만져서 알려면 약 22주쯤 되어야 한다는 게 교과서 내용이지."

"그랬었나?"

흐뭇한 얼굴을 하고 있는 준혁을 보던 유리가 이번에는 윤희에게 생긋 웃으며 말했다.

"우리 아빠가 정말 펄쩍펄쩍 뛸 듯이 좋아하시는 모습을 보겠는걸. 윤희 네가 생신 선물을 제대로 해드리는구나."

"아, 네……."

'임신을 한 줄은 이미 알고 계시는데…….'

역시 둔탱이 부부답게 윤희도 유리의 말을 알아듣지 못했다. 그런 둘을 보며 유리가 속으로 생각했다.

'멋들어진 스카이블루컬러의 침구 세트를 사주면 알아들으려나?'

그렇게 혼자 생각한 유리가 오늘 있을 혈액 기형아검사와 다음번 정밀 초음파 예약과 관련된 설명을 해주었다.

일단 준혁과 윤희가 먼저 본가로 가고, 유리는 진료를 마치고 그녀의 남편 지성과 함께 가기로 했다. 언제 봐도 정말 으리으리하다는 말밖에 안 나오는 웅장한 규모에 화려하기 그지없는 GK그룹의 대저택에서 준혁의 아버지인 이전 김회장의 생일을 축하하기 위해 가족들끼리 저녁 만찬을 즐겼다. 함께 모여 담소도 나누고 맛있는 식사도 하면서 행복한 시간을 보냈다. 무엇보다 입으로 무언가를 맛있게 먹고 있는 윤희의 모습에 준혁은 감동의 눈물이라도 흘릴 만큼 기뻤고 그런 둘을 보는 김회장과 유리 역시 기분이 좋기는 마찬가지였다. 손녀 지유의 재롱에 녹아나면서도 김회장은 윤희의 뱃속 태아인 아강에 대한 애정과 관심을 잊지 않았다. 그리고 처음 만났을 때부터 이유 없이 많은 사랑을 주고 있는 시아버지에게 윤희는 그저 감사한 마음이 들 뿐이었다.

"아가야, 뭐 갖고 싶은 거나 받고 싶은 선물은 없느냐?"

그의 질문에 아무 생각도 나지 않는 윤희였다. 신데렐란데, 그것도 왕자님 만나 잘 살고 있는 신데렐란데 물질적으로 무슨 부족함이 있겠는가! 윤희가 그저 예쁘게 웃으며 공손히 대답했다.

"없습니다, 아버님."

"하하하, 욕심이 없나보구나."

"이미 너무 과하게 받았습니다. 아버님께서 약혼 선물로 주신 펜트하우스만으로도 저는 충분합니다."

"그래도 원하는 게 있으면 뭐든지 말해보거라. 들어줄 테니."

김회장의 이 말에는 윤희가 잠깐 준혁의 얼굴을 쳐다보았다. 잠시 고민스러운 표정을 짓던 윤희가 조심스럽게 입을 열었다.

"저, 외람된 말씀이지만, 그이가 내년에 병원에 복귀하기를 원하고 있습니다."

윤희의 말에 김회장의 얼굴이 차갑게 굳어졌고, 준혁과 유리가 약간 걱정스럽게 윤희를 바라보았다. 예리하지 못한 윤희지만 그래도 김회장의 심기를 건드렸다는 것을 모를 리는 없었다.

"아버님……, 그이가 많이 원하는 일입니다. 허락해주십시오."

"아가야, 그건…….."

김회장이 무언가를, 아니 반대의 목소리를 내려는 찰나 유리가 그의 아버지를 보며 서둘러 말을 꺼냈다.

"아빠, 저기요!"

갑자기 큰소리로 자신을 부르는 유리를 김회장이 돌아보며 물었다.

"왜 그러느냐?"

"윤희의 소원 들어주세요. 가문의 대를 이어주는 예쁜 며느리의 청인데 무얼 못 들어주겠어요? 안 그래요?"

"그게 무슨 소리냐?"

김회장이 놀란 눈으로 묻자 유리가 웃으며 대답했다.

"요즘에는 초음파라는 기계가 발달해서요. 물론 아직 이 나라 법으로는 불법이라 대놓고 말하기는 그래요."

그제야 김회장은 딸인 유리의 얘기를 이해할 수 있었다.

"허허허허허."

통쾌하게 웃는 그를 보고 거기 모인 모두가 안심하는 얼굴을 보였다. 그리고 준혁도 유리의 말을 알아들을 수 있었다.

'흠, 훈련을 누가 시키겠냐고? 그 뜻이었군.'

준혁의 얼굴에도 미소가 가득 번졌다. 한참을 웃던 김회장이 준혁을 보며 물었다.

"병원으로 복귀하게 되면 CEO 자리를 내놓아야 할 게다. 그럼 역시 윤사장을 그 자리에 앉힐 생각이냐?"

"네, 당연히요."

"흐음, 그래. 경영에 있어서는 따라갈 자가 없다고 들었다. 그럼 회장직에는 남아있을 예정인 것이냐?"

"네."

김회장이 천천히 고개를 끄덕이며 말했다.

"정 네 생각이 그렇다면 할 수 없구나."

김회장이 준혁과 마주앉아있는 딸 유리를 쳐다보았다.

"유리야, 한 번도 너에게는 제대로 물어본 적이 없었다. 너는 GK그룹의 후계자리가 탐나지 않는 거냐?"

그의 질문이 끝나기가 무섭게 유리가 대답했다.

"네, 아빠. 전 지금 이대로가 좋아요. 대한호텔의 오너로도 벅차요. 제 그릇은 여기까지예요."

김회장이 예상했던 대답이라는 듯한 표정을 보이며 이번에는 그녀의 남편인 이지성을 보고 물었다.

"이서방, 자네는 어떻게 생각하는가? 이전에도 몇 번이나 물었었지만 다시 한 번 고민해볼 생각은 없는 게야?"

"저는 경영을 배운 적도 없고 알지도 못합니다. 저는 지금 이대로도 만족합니다."

"허허, 하나같이 욕심이라고는 없는 녀석들이군."

김회장이 유리를 똑바로 응시하며 조금은 미심쩍다는 듯이 물었다.

"그 윤사장이란 자에게 온전히 맡겨도 된다고 믿느냐?"

김회장의 질문에 유리가 조금의 머뭇거림도 없이 단호히 대답했다.

"네, 그분 이상의 적임자는 절대 없습니다."

"어째서 그리 확신하느냐?"

"그분은 준혁이를 진심으로 아끼고 계시니까요."

별로 내키지는 않는 일이었지만 윤희의 부탁과 준혁의 의지, 그리고 유리의 동조에 결국 김회장은 마음을 돌렸고 준혁의 병원 복귀를 허락해주었다. 그렇게 한참은 더 이런저런 이야기를 나누고 나서 그들은 각자의 방으로 돌아가 잠자리에 들었다.

그날 밤 2층 한쪽에 위치한 아름답게 꾸며진 준혁의 신혼 방에서 윤희의 비명 소리가 들렸다. 원래 방음 처리가 잘 되어있는 저택인지라 그 소리는 다행히 방문턱을 넘지는 않았다.

"아아악!"

윤희가 인상을 쓰며 자신의 다리를 부여잡고 소리를 질렀다.

"아악, 아파. 아!"

윤희의 신음 섞인 그 소리에 준혁이 깜짝 놀라 눈을 떴다. 반동적으로 침대에서 튕기듯 일어나 앉은 준혁이 눈을 뜨기도 전에 윤희의 다리부터 잡아챘다. 그리고는 윤희의 다리가 쭉 펴지도록 발목을 구부렸다. 발등이 앞쪽으로 꺾이도록, 다시 말해 발레 할 때와는 정반대 방향으로 발목을 밀어주었다. 누운 채 잦아든 신음소리를 흘리고 있는 윤희를 보고 준혁이 다급히 물었다.

"괜찮아?"

"아아아, 자꾸 뭉쳐요……."

준혁이 미친 듯이 윤희의 종아리를 주무르고 발목을 꺾어보는 등 정신없이 움직였다. 연신 딱딱하게 경직을 일으키던 다리 근육은 한참이 지나서야 풀어졌다.

"후우."

어느새 쓰러진 채 다시 잠이 든 윤희를 보고 한숨을 내쉰 준혁이 조용히 침대를 빠져나가 밖으로 나갔다.

2층에 위치한 응접실로 물을 한 잔 먹으러 가는데 웬일인지 응접실에 불이 켜져 있었다. 준혁이 들어서자 혼자 와인을 마시고 있던 유리가 그를 보며 물었다.

"어? 자고 있지 않았어?"

"자다가 깼어."

"그래? 한잔 할래?"

"응."

준혁이 유리와 마주앉아 와인을 한 잔 받아들었다.

"뭐야? 왠지 지쳐 보이는 거 같다, 너."

"역시 넌 예리해."

"무슨 문제 있어?"

"지겨워서 말이야."

그의 말에 유리가 깜짝 놀라 물었다.

"뭐가? 도대체 뭐가?"

"그놈의 쥐가 지긋지긋하다고."

준혁의 열 받는다는 말투에 유리가 피식 웃으며 말했다.

"윤희 다리에 쥐 나서 깼구나."

"그래, 무슨 방법 없어? 저렇게 심하게 경직되고 나면 아무리 열심히 마사지해줘도 거의 일주일을 아파한다고."

"어쩔 수 없어. 임신하면 자주 나타나는 현상이야. 예전에 생리학 시간에 근육 수축과 관련된 내용을 배울 때 교수님들께 여쭤봤었는데 정확한 원인을 완벽히 찾을 수가 없다 하셨어."

"저 녀석은 너무 심하고 자주 그래. 내가 못살겠다고."

유리가 준혁을 빤히 쳐다보며 말했다.

"너 진짜 죽겠다는 얼굴이구나. 왜? 자다가 자꾸 깨서? 힘들게 마사지해 줘야 해서? 아빠가 되려면 그 정도는 감수해야지."

유리의 말에 준혁이 어이없다는 듯이 한마디를 툭 뱉었다.

"멍청이!"

늘 자신이 그에게 해오던 말을 하고 있는 준혁을 보며 유리가 살짝 눈살을 찌푸렸다.

"왜?"

"왜긴! 내가 못 살겠다는 건 자다가 깨야 해서도, 죽어라 주물러줘야 해서도 아니라고."

"당연히 아니겠지. 네가 못 살겠다는 건 윤희가 아파하는 모습을 보고 가슴이 찢어질 것 같아서 아니야? 대신 아파주지 못하는 게 속상해 미칠 것 같은 거, 틀려?"

준혁이 대답 대신 유리를 쳐다보았다.

"뭐야? 알면서 아까 한 소리는?"

"그냥, 네 얼굴에서 묻어나는 복잡한 심정들을 그냥 무심히 넘겨보려고 해본 말인데 네가 이렇게 나오니 내가 헤아린 네 심정을 무시하기가 그러네."

"무슨 소리야?"

"물 마시러 나온 거지?"

"응."

"그냥 잠들지 못할 만큼 답답해서?"

"그래."

준혁이 유리가 따라주었던 와인을 한 모금 삼켰다. 목안을 적시는 부드러운 맛과 향을 음미하며 준혁이 잠시 가만히 있는데 유리가 조용히 입을 열었다.

"이제 안아도 돼."

뜬금없는 유리의 말에 준혁이 눈을 크게 뜨며 유리를 응시했다.

"무슨 소리야?"

"이제 윤희 안아도 된다고."

무슨 뜻인지 알아들은 준혁의 얼굴이 순간 빨갛게 달아올랐다. 헛기침을 여러 번 하는 그를 보고 유리가 말을 이었다.

"지금만큼은 네 누나가 아닌 윤희의 주치의로서 말하는 건데 윤희는 이제 입덧도 제법 가라앉았고 특별한 유산기도 없으니까 임신 중에 정상적인 성생활은 나쁘지 않아."

준혁은 여전히 아무 말도 하지 않고 멋쩍어 하며 괜히 시선을 다른 곳에 두었다. 그런 동생을 보며 유리가 자세한 설명을 시작했다.

"물론 임신 중에 사랑을 나누려면 각별한 주의가 필요하지. 배를 압박해서도 안 되고 너무 깊게 삽입해서도 안 돼. 관계 도중에 윤희가 아파하거나 혹시라도 출혈이 비치면 그때는 바로 중단해야 해."

준혁이 묻기에는 곤란할만한 질문에 대한 대답을 알아서 말해주는 유리였다.

"정상위는 가장 흔하고 안정적인 자세인 듯하지만, 다리를 벌리는 각도에 따라 의외로 깊게 삽입될 수 있어서 그리 선호되는 자세는 아니야. 만일 한다면 윤희 무릎을 세우고 너무 깊어지지 않도록 유의해야 해."

다소 붉어졌던 준혁의 얼굴이 어느새 평상시처럼 돌아와 있었다. 그리고는 능청스럽게 물었다.

"그리고?"

"임신 초기에는 신장위라고 아내가 다리를 쭉 뻗은 채 눕고 그 위로 남편이 팔꿈치를 굽혀 바닥에 대고 몸을 낮추어 삽입하는 자세가 좋은 것으로 되어 있어. 복부도 압박하지 않고 삽입도 깊이 안 되고. 참, 윤희는 이제 초기는 아니구나."

준혁이 누나인 유리가 하는 말을 흥미롭다는 듯이 듣고 있었다. 같은 의사이기는 하지만 전공이 아니다 보니 이런 디테일한 정도까지는 당연히 모르고 있었으니까 말이다.

"바람직한 체위는 아내가 다리를 벌리고 그 사이에 남편의 다리를 하나만 놓고 남편의 양팔을 아내의 몸 한쪽에 놓아 서로 몸이 약간 엇갈리게 하는 교차위라는 자세야."

"흐음."

"임신 때 주로 하게 되는 다른 체위에는 질 내로 깊이 삽입이 안 되고 체력 소모도 적은 옆으로 누워서 하는 자세인 측위가 있어. 전측위는 서로를 마주 보고 하는데 아내의 엉덩이 부분에 베개를 받치고 약간 비스듬히 옆으로 누운 채 삽입을 하는 거고, 후측위는 둘 다 한쪽 방향을 보고 옆으로 나란히 누워 남편이 뒤에서 얕게 삽입하는 자세야."

한밤중에 자다 깨 갑자기 성교육을 받는 듯한 기분이 되는 준혁이었다. 그러나 지금 그에게는 무척이나 중요한 말들이었기 때문에 열심히 듣지 않을 수가 없었다.

"그 외에 남편이 무릎을 꿇고 앉은 자세에서 아내가 그 위로 앉아 서로 마주 보고 하는 전좌위와 남편이 다리를 양반 다리로 앉고 그 위에 아내가 등을 남편 쪽으로 돌리고 앉는 후좌위를 해볼 수 있는 데 그런 좌위를 하게 될 경우 삽입 정도를 조절해 얕게 하도록 하면 돼."

"그럼 안 되는 자세는?"

"어때? 뭘 것 같아?"

"후배위?"

준혁의 대답에 유리가 싱긋하고 웃어주었다.

"맞아, 후배위는 깊이 삽입될 뿐 아니라 삽입 후에도 질 수축이 잘 일어나거든, 그리고 여성상위 체위로 알려진 승마위 역시 자궁을 깊이 자극하기 때문에 임신 중에는 피해야 해."

"……."

"참, 여성이 양다리를 남편의 어깨 위에 올리는 굴곡위 역시 피해야 할 체위야."

유리의 일대 강연을 듣고 난 준혁이 조금 고민스러운 표정을 지으며 물었다.

"그런데 윤희도 나를 원할까?"

"임신 중 성욕은 개인차가 심해서……. 골반 부분의 혈액이 증가하고 자극에 민감해져 성욕이 왕성해지고 임신 호르몬 영향으로 질 분비물이 증가해서 오히려 여성이 더 원하기도 하지. 반면에 통증을 느끼거나 흥미가 없거나 피곤하다는 이유로 성욕이 감퇴되는 경우도 있고. 그러니까 윤희의 마음을 잘 헤아려야 하는 게 우선인데 둔탱이 네가 과연 그럴 수 있을까?"

"그러게."

조금 시무룩해 보이는 그에게 유리가 웃으며 말했다.

"네가 윤희를 사랑해주면 엔돌핀을 비롯한 여러 물질들이 나와 엄마와 아기 모두 행복할 수 있게 된대."

약간 어두운 표정을 보이던 준혁이 그 소리를 듣고는 금세 미소를 지었다.

"평소 네가 쓰던 에너지의 10분의 1만 써."

유리의 그 말에는 준혁이 씩 웃으며 속으로 생각했다.

'아니, 100분의 1만 써야할 것 같아.'

"유용한 정보 고맙다고 해야겠네."

"그래, 이제 그만 가서 자라."

준혁과 유리가 함께 일어나 응접실에서 나왔다.

반대 방향에 위치한 자신들의 방으로 헤어지기 전에 준혁이 유리를 보며 물었다.

"그런데 너는 왜 안 자고 나와 있던 거야?"

"너한테 그 말 해주려고."

"뭐? 그랬다가 내가 안 나왔으면?"

"그랬음 그냥 자러 갔겠지."

"훗, 잘 자라."

"너도."

그렇게 둘은 각자의 방으로 돌아갔다.

준혁의 아버지 생신 파티 때문에 본가에 다녀온 다음 날 밤, 준혁은 언제나처럼 윤희를 욕조에 앉혀놓고 샤워를 시켜주었다. 뜨거운 탕 속 목욕은 아기의 뇌 발달에 좋지 않을 수 있기 때문에 욕조에 물은 받지 않은 채, 앉아있는 윤희의 몸을 정성 들여 거품제로 닦아주고 샤워기 물로 깨끗이 헹구어주었다. 마음을 비우면서, 사심을 버리면서, 이제는 티가 날 정도로 나와 있는 윤희의 아랫배를 바라보면서 말이다. 치골과 배꼽의 중간보다 더 위에까지 자궁이 올라와 있는 시기, 윤희의 체형 변화가 그저 신비롭다고 느껴질 뿐이었다.

그리고 샤워를 마친 윤희의 머리를 말려주고, 빗겨주고, 잠옷으로 갈아 입혀주는 준혁의 손길은 진정 부드럽고 따뜻했다. 그의 이런 지극 정성 대우를 받다가도 문득 2년 전 치프였던 그의 모습이 떠오르면 윤희는 잠깐씩 멍해진다. 얼음처럼 차가웠던 김준혁이란 사람과 눈앞의 그가 정말 같은 사람인가 아직도 믿기지가 않았기 때문이다. 아무튼 이제껏 항상 그가 해주던 일이었는데도 비로소 지금에서야 행복한 감정이 드는 윤희였다. 너무 심한 입덧에 시달릴 때는 도저히 다른 어떤 생각도 들지 않을 만큼 힘들었기 때문이다.

잠자리에 들기 전에 준혁이 따뜻한 물수건을 가지고 침실로 들어왔다. 편안한 잠옷을 입고 침대에 누워있는 윤희에게로 다가온 준혁이 윤희의 종아리를 열심히 마사지해주었다. 따뜻한 물수건을 대고 말이다. 지금 그가 하고 있는 이 일도 이제는 익숙해진 일상 중 하나였다. 그렇다고 해도 윤희는 매번 그의 정성 어린 손길에 감동을 하고 그에게 감사하는 마음을 가졌다. 한참을 그렇게 해준 후 준혁이 윤희의 옆으로 다가와 누웠다. 윤희에게 팔베개를 해주고 그녀의 머리를 쓰다듬으며 준혁이 물었다.

"왜? 잠이 안 와?"

"네?"

"내가 다리 주물러주면 항상 잠이 들곤 했잖아."

"그게……."

뭔가 할 말이 있는 것 같으면서도 머뭇거리는 윤희를 보고 준혁이 다시 한 번 물었다.

"뭐야? 왜 그래? 할 말 있으면 해봐."

윤희가 잠시 고민하는 듯하다가 입을 뗐었다.

"저, 그게……."

준혁이 윤희의 눈을 들여다보았다. 참 맑고 순수한 눈이라는 생각이 들었지만 거기까지였다. 그 이상을 알아내지는 못했다. 준혁이 윤희의 생각을 읽지 못하고 있자 한참을 입술만 오물거리던 윤희가 간신히 용기를 내어 한마디를 했다.

"안 날아요?"

너무 오랜만에 들어보는 둘만의 은어에 잠시 멍해졌던 준혁이 눈을 동그랗게 뜨며 윤회를 보았다.

"뭐?"

"스카이다이빙 안 하냐고요?"

윤회의 질문에 준혁의 심장이 쿵쾅거리기 시작한다.

'아…….'

"제 하늘로 뛰어내리지 않을래요?"

노골적으로 유혹하는 윤회의 말에 준혁의 정신이 벌써 아득해지고 가슴이 벅차오르고 호흡이 가빠지기 시작했다. 그녀의 따뜻하고 촉촉한 안을 상상하는 것만으로도 준혁은 완벽한 흥분기에 접어들어버렸다. 약간 상기된 준혁의 얼굴 위로 윤회가 손을 올렸다. 그의 그윽한 눈동자를 들여다보며 손가락으로 그의 콧날과 입술과 턱을 훑어 내렸다. 순간 준혁이 침을 꼴딱 삼켰다. 움직이는 그의 목선이 윤회의 눈에는 무척이나 섹시하게 보였다. 윤회가 그 목선을 미끄러지듯 어루만지고 계속해서 아래로 손을 움직였다. 그의 가슴이 어쩐지 훨씬 더 탄탄해졌다고 느껴졌다. 그도 그럴 것이 준혁은 윤회를 안지 못하는 욕구불만을 체력 단련과 격투 훈련으로 해소해왔기 때문이다. 사실 그런다고 해소가 될 리는 없었지만 넘치는 에너지를 발산해야만 했다. 그러니 윤회를 안지 못한 채 거의 3개월이라는 시간이 지난 지금, 준혁은 이전에 억류되어있었을 때와 비슷할 만큼의 단단한 근육을 가지고 있었다. 윤회가 그의 가슴 근육을 조금씩 꼭꼭 눌러보며 웃었다.

"왜?"

그가 묻자 윤회가 조금 쑥스럽다는 듯이 입을 열었다.

"대단히……."

"대단히 뭐?"

궁금하다는 듯이 묻는 준혁에게 윤회가 예쁘게 웃어주고는 아주 작은 목소리로 말을 했다.

"대단히 맛있어 보여요."

'뭐? 아……'

준혁이 멈칫하는 사이 윤회가 그녀의 입술을 준혁의 가슴으로 가져갔다. 그리고는 장난을 치듯 혀로 그의 작고 귀여운 유두를 건드렸다.

'흡.'

너무 오랜만의 자극이라 준혁의 몸은 큰 반응을 일으켰다. 그때 놀라고 있는 준혁의 머릿속에서 갑자기 스파크가 일어났고 그의 호흡이 턱 멈추었다. 그녀의 손이 아래로 내려가 그의 남성을 어루만지기 시작했기 때문이다. 그의 눈빛이 흔들렸다. 윤회는 그걸 보는 게 좋았다. 그가 자신의 손끝에 행복하다고 호소하는 눈을 하는 게 정말이지 좋았다.

"그 전에는 매일 안겠다고 졸랐었는데 어떻게 아무 말도 없을 수 있죠?"

"네가 너무 심하게 힘들어 해서 말도 꺼낼 수가 없었지."

"요 며칠 전부터는 저 좀 나아졌었잖아요. 그런데도 오빠는 날 전혀 원하지 않았단 말이에요."

투정을 부리는 듯한 그녀의 소리에 준혁의 기분이 뛸 듯이 좋아졌다. 그녀가 자신을 원한다는 생각에 말이다. 귀여우면서도 무척이나 농염해 보이는 이중적인 얼굴을 하고 있는 윤회를 보며 준혁이 장난스럽게 한마디 했다.

"죽었어."

알 수 없는 그 소리에 윤회가 무슨 소리냐는 듯 물었다.

"네?"

"내 안의 늑대들이 모조리 굶어 죽었다고."

준혁의 표현에 윤회가 웃음을 터뜨렸다.

"푸홋."

"왜 웃어?"

"굶어 죽은 늑대라니 너무 웃겨서요. 그런데 여기는 전혀 그런 것 같지가 않아요."

윤희가 손으로 만지작거리고 있는 준혁의 분신은 이미 아까 아까부터 그의 가슴 근육보다도 더욱 단단히, 아니 터지기 직전처럼 그야말로 제대로 경직되어 있었다. 그의 남성 아래에서 뒤쪽으로 이어진 여성의 회음부에 해당하는 그곳을 윤희가 자극적인 손놀림으로 훑듯이 만져주자 준혁의 몸이 꿈틀거렸다. 역시 보편적 남자의 성감대라는 것이 맞았다고 생각하며 윤희가 그곳을 손가락으로 왔다 갔다 하면서 애무를 해주었다. 그러면서 준혁을 쳐다보던 윤희가 정말 작정하고 그의 심상을 떨어드릴만한 소리를 했다.

"사랑해, 여보. 그런데 여기를 혀로 핥아주면 더 좋아하려나?"

윤희의 도발적 언사에 준혁의 안에서 인내의 끈이 툭하고 끊어져 나갔다. 그리고 그의 눈은 이제 초점을 잃었다 정도가 아니라 욕정으로 들끓기 시작했다. 그러나 준혁은 심호흡을 하며 마음을 한 템포 가라앉혔다. 윤희와 그녀의 안에서 자라고 있는 자신의 소중한 아기를 위해서 말이다.

"사랑해."

부드러운 음성으로 그렇게 속삭인 그가 윤희의 입술에 살며시 자신의 입술을 포개었다. 윤희의 입술 감촉에 몸 안의 세포가 살아남을 느끼며 준혁은 윤희의 안으로 천천히 들어갔다. 서로 입술을 미끄러뜨리기도 하고 입안에 머금기도 하면서, 서로의 혀를 밀치고 건드리고 살며시 감아도 보면서, 실로 오랜만에 느끼는 희락의 한 자락을 잡고 둘은 서로를 원하는 강렬한 마음을 표현하기에 바빴다. 딥키스이기는 하나 호흡 곤란이 올 정도는 아니게 그녀의 숨소리에 신경을 써가며 그녀를 배려하는 그였다. 아직 주수가 어리기는 하나 가슴 애무는 조기 진통과 같은 위험성을 야기할 수 있기 때문에 피하는 것이 좋다고 생각한 준혁이 윤희의 사랑스러운 유두는 건드리지 않았다.

대신 윤희의 아래를 살짝 만져보는 준혁이었다. 그와의 키스에 어느새 윤회의 아래는 촉촉이 젖어있었고 그를 유혹하기 시작했다. 전날 밤에 들었던 유리의 강의를 생각한 준혁이 윤회의 뒤로 건너가 누웠다. 그리고는 윤회의 뒤에서 옆으로 누운 채 윤회의 비밀스러운 문을 조심스럽게 두드려보았다. 조금 긴장한 듯 엉덩이를 앞으로 뺐던 윤회가 진정해야 한다고 생각하며 다시 그에게로 몸을 놓았다. 최대한 편안하게 말이다.

준혁은 생전 처음 윤회를 안을 때보다도 더욱 조심스럽게, 그리고 아주 천천히 그녀의 아래에 자신을 들이기 시작했다. 아주 조금 그녀의 안으로 들어갔을 뿐이지만 준혁은 황홀할 정도의 짜릿함을 맛보았다. 아무래도 긴장되고 마음이 복잡한 윤회는 준혁이 느끼는 만큼의 전율을 느끼진 못했어도 그래도 확실히 기분은 좋았다. 둘 다 옆으로 누운 채 준혁이 뒤에서 윤회를 안는 후측위 자세에서 준혁이 조금씩 그녀의 안을 탐하기 시작했다. 그러나 그녀의 안으로 전부 들여놓을 수는 없는 그였다. 그렇게 윤회가 입덧의 길고 긴 터널을 빠져나온 어느 날 밤 둘은 오랜만에 스카이다이빙을 했다. 서로의 하늘에게로 말이다. 자유낙하의 짜릿함을 충분히 즐기지 못하고 처음부터 낙하산을 펼치고 내려오는 것처럼 적당한 정도의 자극이라고는 해도 역시나 그들의 하늘은 아름다웠다. 지극히 깊지 않아도 충분히 행복했고, 완벽히 채우진 못했어도 온전히 살아있는 충만감을 느꼈다.

이벤트는 어려워!

11월 중순의 어느 날, 대학 입시를 위한 아영의 시험이 끝난 그 주 주말의 일이었다. 금요일에 당직을 섰던 상민이 전임의실에서 가운을 벗어놓고 재킷을 챙겨 입고 있었다. 그때 상민의 핸드폰 벨이 울렸다. 발신인이 사랑하는 아영이라는 사실을 알고 상민의 입가에 미소가 그려졌다.

"여보세요."

전화를 받는 그의 음성이 어느 때보다도 부드러웠다.

"끝났어요?"

"응."

"그럼 곧바로 집으로 올 거지요?"

오랜 시간 그와 함께 고생한 보람이 있게 만족스러울 만큼 시험을 잘 본 아영의 목소리는 정말이지 밝았다. 그런 그녀의 목소리를 듣는 상민도 따라서 행복해졌다.

"그래야겠지? 아영인 뭐하고 있어?"

"대학교 입시 요강 자료집 좀 읽고 있어요."

"한동안 실기시험 준비는 제대로 못 했잖아? 내일모레 월요일부터는 선생님들과 무용 실기시험 준비해야 해."

"알고 있어요."

시험 끝난 지 며칠도 되지 않았는데 벌써부터 빡빡하게 구는 상민 때문에 밝던 아영의 목소리가 다소 처졌다. 그녀의 목소리 변화를 바로 알아챈 상민이 아영의 기분을 맞춰주기 위해 다른 말을 했다.

"대신 오늘이랑 내일은 아영이 원하는 대로 다 해줄게."

"쳇, 됐어요. 전 피곤해요. 잠이나 잘래요."

방방 뜨며 좋아서 여기저기로 놀러 가자고 조를 줄 알았던 아영이 이렇게 나오자 상민은 조금 실망스러운 기분이 들었다. 사실 수요일에 시험이 끝나고 나서 아영은 그간 쌓인 피로 때문에 완전히 잠에 빠져버렸었고 상민은 그런 아영과 데이트조차 하지 못했다. 더군다나 어제는 당직이라 병원에서 근무를 하느라고 아영의 잠든 얼굴조차 보지 못했던 것이다. 결혼식을 올리고 얼마 지나지 않아서부터 상민은 윤희의 입덧 때문에 도를 닦는 준혁만큼이나 인내심의 한계를 경험해야 했다. 중요한 시험이 코앞이라 정신없는 아영을 방해할 수가 없었기 때문이었다. 누구보다도 이성적이고 냉철한 상민이었으나 참으로 힘든 시간이었다. 그러니 시험을 본 아영이보다 상민이 더 큰 해방감을 느끼는 것은 어쩌면 당연한 일이었다. 그런데 약간은 삐친 음성으로 잠이나 자겠다는 그녀, 상민은 빨리 집으로 달려가 아영의 기분을 맞춰주어야겠다고 생각했다.

"금방 갈게. 기다리고 있어."

그렇게 말하고 전화를 끊은 상민이 서둘러 도심 외곽에 위치한 전원 속 둘만의 낙원으로 향했다. 수십 분간 평소의 그보다 훨씬 더 세게 액셀을 밟으며 집으로 돌아온 상민이었다. 그가 도착하자 메이드 두 명이 달려 나와 깍듯하게 인사를 했다. 상민은 거실을 한 바퀴 돌아보고는 아영의 모습이 보이지 않자 이상하다는 듯이 물었다.

"아영이는요?"

"아가씨께서는 잠깐 일이 있다고 나가셨는데요?"

그렇게 말하고 있는 메이드를 상민이 똑바로 쳐다보았다. 아영이 국정원장의 집에서 살 때부터 그녀를 모셔오던 제법 연륜이 있는 메이드였다. 언제나 아영의 입장에서 그녀를 이해하는 친이모 같은 느낌의 사람, 결국 아영이 결혼을 하고 이곳에서 살게 된 후에도 아영을 위해 따라와준 매우 고마운 사람이었다. 성품이 올곧고 언제나 필요 없는 말을 하지 않는 과묵한 스타일의 여성이었다.

"어디를 간다고 했죠?"

"실기시험 준비로 과외 선생님을 만나 뵈어야 한다고 하셨습니다."

"음, 알겠습니다. 그리고 특별한 일 없으시면 이제 돌아가셔도 됩니다."

"예."

상민이 침실로 들어와 옷을 벗는데 침대 옆 테이블 위에 놓인 종이가 한 장 눈에 들어왔다. 그것은 아영이 적어놓은 것이었다.

입시 요강을 읽다보니 마음이 급해졌어요. 아무래도 월요일이 아니라 오늘부터 연습을 다시 해야 할 것 같아서요. 이기사님 불러서 갈 거니까 걱정하지 마세요. 이따가 밤에 봐요. 과외 받는 친구들이랑 시험이 끝나고도 만나지 못해서 함께 식사해도 될 것 같아요. 그럼 저녁 꼭 챙겨 드세요. 사랑하는 허니. 쪽.

착하다는 그녀의 표현에 상민이 허탈하게 웃었다. 잔뜩 기대에 차서 돌아온 그를 버려두고 친구들과 만나기 위해 나가버린 건, 연습도 하고 모임도 갖기 위해서란 건 알겠지만 미리 말도 안 하고 간 건 아무리 생각해도 그리 착한 행동은 아니었기 때문이다. 그렇다고 어쩌겠는가! 그저 사랑스러운 그녀인 것을 말이다. 샤워를 하고 나온 상민이 침대 위에 드러누우려는 순간 노크 소리가 들렸다.

"들어오세요."

침실의 문을 열고 아까 그 메이드가 들어왔다.

"왜 안 가보셨어요?"

"식사 준비를 해놓았습니다."

점심도, 저녁도 아닌 어중간한 시간인지라 상민이 메이드를 한 번 쳐다보았다. 그러자 그녀가 다시 입을 열었다.

"아영 아가씨가 부탁하고 나가셨어요. 분명히 점심도 안 드시고 들어오실 거라고, 꼭 챙겨 드리라고요."

아영이 자신을 생각해 거듭 부탁을 하고 나갔다는 그 말에 상민의 가슴 속에 따뜻한 기운이 채워졌다. 결국 상민은 내키지는 않았지만 혼자 식사를 했다. 아영의 부탁대로 상민의 옆에서 성심껏 시중을 들어준 후에야 그 메이드는 집으로 돌아갔다. 식사를 마치고 잠시 텅 빈 거실에 앉아있던 상민이 자리에서 일어섰다. 아영을 찾아 나서고픈 마음이 굴뚝같았으나 아영을 그렇게까지 구속하는 건 옳지 못하다고 생각한 상민이 애써 마음을 돌리고 침실로 들어갔다. 상민이 침대 위로 몸을 날렸다. 잠시 그렇게 누워있던 그가 어느새 잠이 들었다. 아무래도 어젯밤 응급 상황 때문에 제대로 잠을 자지 못했으니까 말이다. 얼마나 잠들어있던 걸까. 상민이 눈을 떠 주변을 둘러보았다. 완전히 어두워진 창을 보고 상민이 침대에서 일어나 앉았다. 시계를 보니 9시가 넘어 있었다.

"후우."

상민이 깊은 한숨을 내쉬었다. 그리고는 침대에서 빠져나와 거실로 나가보았다.

'역시.'

거실은 캄캄했다. 그 넓은 저택을 가득 메운 적막감에 상민의 가슴이 무겁게 가라앉았다.

"아직 돌아오지 않은 건가?"

상민이 자신의 핸드폰을 확인했다. 부재 중 통화도, 메시지조차도 와있지 않다는 걸 알고는 상민의 눈빛이 더욱 어두워졌다. 시곗바늘은 9시 반을 향해 달리고 있었다. 그리 늦은 시간이 아닐 수도 있겠지만 상민은 아영이 걱정되었다. 그녀를 방해하고 싶지 않다고 생각하면서도 결국 상민은 그녀에게 전화를 걸었다. 하지만 아영은 전화를 받지 않았다. 상민의 미간이 살짝 찌푸려졌다. 연거푸 전화를 걸던 상민이 결국 핸드폰을 테이블 위에 내려놓으며 혼잣말을 했다.

"도대체 전화도 안 받고 어딜 간 거야?"

억지로 마음을 가라앉히며 전화가 오기를 기다리던 상민이 자리에서 일어서서는 안절부절못하고 거실을 여러 바퀴 돌았다. 도저히 안 되겠다고 생각한 상민이 그녀의 운전기사에게 전화를 해보기로 했다. 그런데 그 역시 전화를 받지 않았다. 이쯤 되자 그의 마음은 더욱 심하게 애타기 시작했다. 왔다 갔다 하던 상민이 결국 그녀를 찾아 나서기로 결심을 하고 침실로 뛰어들어 갔다. 드레스룸에서 바지와 셔츠를 꺼내 입은 상민이 서둘러 거실로 나오려고 문을 열고 침실의 불을 끄는 순간 무언가가 등 뒤에서 움직였다는 것을 느꼈다.

'뭐……?'

상민의 등줄기를 타고 섬뜩한 기운이 쫙 흘렀다. 재빨리 돌아서는 상민의 손목을 누군가 확 잡아채버렸다. 그 순간 상민의 눈에 힘이 팍 들어가며 상민은 있는 힘껏 몸을 날렸다. 정상적인 공격이 아닌, 온몸을 무턱대고 달려드는 무모한 공격에 부딪친 상대가 상민의 손목을 놓치며 뒤로 물러섰다. 이런 경우 뒤에서 공격하고 있는 자가 무기를 가지고 있었다면 상민은 영락없이 큰 부상을 당했을 것이다. 하지만 냉철하고 예리한 상민은 그의 손목이 잡히는 순간 자신을 공격하는 자의 힘이 만만치 않다는 것을 간파했고 무모하더라도 상대가 예상하기 어려운 행동을 할 수 밖에 없었다.

뒤로 물러선 자는 얼굴을 완전히 가리는 검은 복면을 쓰고 있었다. 순간 상민의 머릿속이 시끄러워지기 시작했다. 국정원장인 그녀의 아버지가 따로 설치하여 관리하고 있는 이 저택의 방범 시스템은 결코 평범하지 않다는 것을 그는 잘 알고 있었기 때문이다. 상민의 눈동자가 빠르게 움직였다. 눈앞에 서있는 괴한의 정체를 파악하기 위해 그 짧은 시간에 많은 것들이 뇌리를 훑고 지나갔다. 몇 초의 시간 동안 상황 파악을 끝낸 상민이 다소 안심하는 얼굴을 하는 순간 매섭게 달려드는 그가 몸을 틀어 피하는 상민의 등을 장악하고 다시 한 번 그의 팔을 잡아챘다. 어두운 방안에서의 검은 그림자라 상대의 눈을 똑바로 살펴보지 못한 상민은 엄청난 힘으로 자신의 팔을 잡고 등을 찍어 누르는 그를 자신이 알고 있는 누군가라고 여긴 게 잘못인건가 하는 생각이 들었다.

"도대체 이게 무슨 짓이야?"

상민이 소름이 끼칠 정도의 차가운 음성으로 소리쳤으나 뒤를 덮쳐 팔을 제압하고 있는 자는 아무 말도 하지 않았다. 단지 더욱 세게 상민의 몸을 억누를 뿐이었다. 상체가 앞으로 구부려진 채 억압당하고 있는 상민이 어떻게든 빠져나오려 안간힘을 쓰자 오른팔을 뒤로 꺾고 상민의 좌측 어깨를 쥐고 있던 그자의 손에 더욱 강한 힘이 들어갔다.

"이거 놓으래도?"

있는 힘껏 소리치는 상민의 이마에서 식은땀이 흘러내렸다. 상대의 태도가 절대 호락호락하지 않고 그자에게 잡힌 몸이 꼼짝달싹할 수 없게 되자 상민은 적잖이 긴장을 할 수밖에 없었다. 상민이 심호흡을 하고는 다시 한 번 입을 열었다. 최대한 위엄 있는 목소리로 말이다.

"힐이냐?"

상민은 이런 일을 꾸밀만한 자는 힐밖에 없다고 확신을 했다.

"힐, 자네인지 이미 알고 있다고! 그러니까 당장 손을 놓으란 말이다."

상민이 열심히 소리를 쳤으나 그자는 더욱 세게 상민의 팔을 꺾었다.

"윽."

상민의 입에서 작은 신음소리가 새어 나왔다. 그 순간 등 뒤의 상대가 상민의 무릎 뒤를 공격했다. 정확하게 가해진 강력한 타격에 결국 상민의 무릎은 굽혀졌고 그는 순식간에 상민을 넘어뜨려 바닥에 밀착시켰다. 그리고는 나머지 한쪽 팔도 잽싸게 가로채버렸다.

"으, 도대체 원하는 게 뭐야? 힉! 놓으라고, 안 들려?"

다급해진 상민이 자신을 놓아줄 것을 명령했지만 상민의 등 위에 올라탄 그자는 굉장한 손아귀 힘으로 그의 손목을 꼼짝도 할 수 없게 휘어잡았으며 곧바로 상민의 두 팔을 단단히 묶어 고정했다.

"으하악!"

상민이 거의 괴성에 가까운 소리를 지르며 몸을 틀고 일어서려는 바람에 등 위를 제압하던 그자가 한쪽으로 쏠리게 되었고, 그 순간 상민은 있는 힘을 다해 괴한의 손아귀에서 벗어났다.

"허억, 허억."

사력을 다해 빠져나온 상민이 호흡을 가다듬으며 어두운 침실 안에서 두 팔을 등 뒤로 묶인 채 주저앉아 눈앞의 침입자를 응시했다. 도대체 정체가 누군지 감을 잡을 수 없는 제대로 보이지도 않는 검은 옷에 검은 복면을 쓴 그자가 자세를 고쳐 앉는가 싶더니 갑자기 상민을 향해 저돌적으로 달려들었다. 반항하는 상민을 강압적으로 일으켜 세우는 그자를 다시 상민이 날카로운 발차기로 공격을 했다. 간신히 급소는 피했지만 위력적인 발차기에 복부를 강타당한 그자의 자세가 잠깐이지만 흐트러졌다. 그 틈을 타 또다시 가해진 공격을 검은 복면의 사내가 가까스로 막아냈다. 이후로도 두세 번의 공격을 더 가했지만 번번이 그자의 방어에 가로막히고 말았다. 잠깐 멈칫했던 그자가 상민을 다시 바닥으로 쓰러트렸고, 두 손이 자유롭지 못한 상민은 속수무책으로 당할 수밖에 없었다. 상민을 쓰러트린 그는 결국 상민의 두 다리까지도 움직이지 못하게 묶어버렸다. 그리고는 완전히 행동을 제압당한 상민을 번쩍 들어 올리더니 침실 안에 놓여있는 커다란 침대 위로 던지듯 내려놓았다.

안간힘을 다해 일어나려고 하는 상민을 조용히 다가선 그자가 일으켜 앉혀주었다. 침대 헤드 쿠션에 몸을 기댄 채 상민이 그자를 매서운 눈으로 쳐다보았다.

"자, 네가 원하는 대로 나를 묶어놓았으니 말해. 도대체 내게 이러는 이유가 뭐야?"

상민이 물었으나 그자는 아무 소리도 없이 뒤돌아서서는 몇 발자국을 걸어갔다. 그때 상민이 걱정스러운 표정을 지으며 소리쳤다.

"아영인, 설마 아영이에게 무슨 짓을 하려는 건 아닐 테지? 어?"

그 질문에 침실 문손잡이를 잡던 그가 몸을 돌려 상민을 쳐다보고 섰다. 그리고는 천천히 그가 쓰고 있던 검은 복면을 벗어버렸다. 그 모습을 쳐다보던 상민의 눈동자가 점점 커졌다. 너무 기가 막혀 할 말을 잃은 듯 넋을 놓고 있는 상민을 보고 그가 먼저 입을 열었다.

"결혼 선물이야."

그렇게 말하며 악동 같은 얼굴로 서있는 준혁을 보고 아무런 대꾸도 못한 채 강력한 무언가로 머리를 얻어맞은 표정을 짓고 있는 상민이었다.

"그럼, 난 이만 가볼게."

돌아서려는 준혁에게 상민이 어이없어 하며 소리를 질렀다.

"너 이게 갑자기 무슨 말도 안 되는 짓이야?"

"아직 멀었어."

"뭐?"

"뒤에서 기습을 당했을 때 빠져나오기란 생각보다 어렵지. 그러니까 당하기 전에 움직였어야 옳았어."

얼마 전 윤비서가 배신을 할 때 본인에게 했던 말을 한마디도 틀리지 않게 고대로 뱉는 준혁이었다.

"뭐야? 대련 연습이라도 하겠다는 거야? 할 거면 이거 풀고 제대로 해."

"아니, 결투 연습을 할 거면 정정당당하게 하지. 내가 미쳤다고 뒤에서 기습을 했겠냐?"

준혁의 소리에 상민이 몸을 억지로 움직여보며 소리쳤다.

"그럼, 이건 도대체 뭐야?"

"말했잖아. 결혼 선물이라고."

"뭐?"

"입덧 심한 윤희 때문에 내가 미처 경황이 없었거든. 진짜 근사한 선물 하나 해주고 싶었는데. 때마침 의뢰가 들어왔어."

준혁의 말을 들으면서 도저히 무슨 소린지 이해를 할 수 없는 상민이 인상을 쓰며 물었다.

"대체 무슨 말을 하고 있는 거야, 너? 당장 이거 풀란 말이야."

"죽어도 잊지 못할 선물이 될 거야."

그대로 문을 열고 거실로 나가는 준혁의 등 뒤에서 상민이 다시 한 번 목청껏 소리쳤다.

"야! 이런 장난이 무슨 선물이라는 거야? 나 당장 아영이 찾으러 나가봐야 해. 야!"

상민이 목이 터져라 질러대는 그 소리에 준혁이 할 수 없이 멈춰 섰다. 아무리 예리한 상민이라고 해도 이런 상황을 제대로 파악하고 예측할 능력을 가지고 있지는 못 했다. 준혁이 그의 심정을 헤아리기라도 한 듯 그를 보고 돌아섰다. 그리고는 한쪽 입꼬리를 추켜올리고 착하지 않은 미소를 지으며 입을 떼었다.

"잘 들어. 내가 선물한 그 로프는 네 힘으로 절대 풀 수 없을 거야. 그러니까 쓸데없는 힘을 낭비할 필요 없어. 절대로 풀지 못하게 묶었으니까."

준혁이 여기까지 말했을 때도 상민은 역시 알 수 없다는 얼굴이었다. 준혁이 계속해서 말을 이었다.

"지옥 불을 껴안고 천국행 기차를 타게 될 거야."

"뭐?"

"이 일을 부탁한 사람은 한아영이야. 그러니까 너는 그냥 이곳에서 가만히 그녀를 기다리기만 하면 돼. 아영일 찾아 나설 필요가 없다는 거라고."

그렇게 말하고는 준혁이 진짜 그 방을 나가버렸다. 불 꺼진 침실에서 구속당한 채 앉아있는 상민이 그의 뛰어난 두뇌를 회전시켰다. 상민은 예전에 아영이에게 자신이 했던 말을 떠올렸다.

'그 녀석은 내가 구해주지 않아도 혼자 빠져나올 거야. 아마 돌덩이에 묶어서 바다에 던져도 금세 빠져나올 걸. 내가 널 구하는 시간보다 훨씬 빠르게 확실해.'

'상민씨보다 강해요?'

'응, 나보다 많이 강해.'

'쳇, 뭐예요? 슈퍼맨이라도 되는 사람이에요?'

'비슷할 거야. 아니 어쩜 더 강할지도 모르겠다.'

그녀의 질문들에 준혁이 자신보다 무척이나 강하다고 대답했던 기억이났다. 그리고 요 얼마 전 넥타이로 자신의 손목을 묶었던 그녀의 행동도 생각이 났다.

'만일 정말 꽁꽁 묶여 절대로 빠져나오지 못하는데 내가 약 올렸다면요?'

'오늘부터 좀 더 연습해놔야겠는걸? 탈출시도 방법을 말이야.'

'그 소리는…….'

'그런 상황을 만들지 말아야지.'

어느 정도의 해답을 찾아낸 상민의 표정이 완전히 굳어져버렸다.

'아…….'

이미 여러 번 팔과 다리를 움직여보았으나 윤비서에게 전수 받은 준혁의 실력은 완벽했다. 그의 말처럼 도저히 풀거나 할 수 있는 수준이 아니었다.

이제야 상민의 뛰어난 예리함이 돌아왔나보다. 상민은 앞으로 일어날 일을 상상하지 않을 수가 없었다. 말도 못 할 만큼의 긴장감이 서린 곱지 않은 흥분이 그의 온몸을 휘감아 돌았다.

　어젯밤의 일이었다. 당직인 상민이 병원에서 근무를 하고 있는 사이 아영의 집에는 오경민이 방문해 있었다. 윤희의 친구인 경민과 아영은 그새 여러 차례 함께 만나며 꽤나 많이 친해져버렸고, 이번에 둘이 만난 이유는 아영이 시험 보기 전부터 꾸며왔던 거사를 제대로 치르기 위해 조언을 받으려고 경민을 초빙했기 때문이었다. 아영이 미리 준비해놓았던 옷을 꺼내 보이며 의심스럽다는 듯이 물었다.

　"언니, 정말 이걸 입으면 좋아한다고?"

　"흠음, 아마도. 내가 윤희한테 사주었던 바니걸 복장이나 윤희가 준비했던 섹시한 가죽 원피스, 아직 아무도 시도하진 않았지만 유명한 전신 망사옷, 뭐 그런 것보다도 훨씬 더 고전이라고 보면 된다고."

　"고전? 그건 구닥다리란 말 아니야?"

　"당연히 아니지. 고전은 오랜 시간 전해진 만큼 가치가 있고 많은 이들한테 통하는 위대한 거란 말이야."

　"아하."

　"더군다나 너의 장점 중 가장 큰 장점이 뭔데? 예쁘고 몸매 좋고 스타일 죽이는 건 물론이지만 그보다 젊잖아? 누구도 흉내 낼 수 없는 풋풋한 그 기운, 그걸 한층 올려줄 수 있는 복장이란 말이야."

　경민의 말을 주의 깊게 듣던 아영이 씩 웃으며 말했다.

　"한번 입어볼까?"

　"응."

　"그런데 인터넷 보니까 이런 비슷한 거 정말 많던데 이렇게 입던 걸 준비한 건 너무한 거 아닌가?"

"바보, 리얼리티 몰라? 리얼리티! 네가 직접 입던 게 가장 효과가 좋지."

아영이 반신반의하는 얼굴로 대답하며 그녀가 고등학교 때 입던 교복을 입기 시작했다.

"그런가? 그렇담 이거 버리지 않고 두길 잘했네……."

화장도 하지 않은 민낯에 교복으로 갈아입은 아영은 영락없이 길 가다 어디로든 스카우트 제의를 받을 만한 무지하게 예쁜 고등학생이 맞았다. 경민이 놀라움과 부러움이 뒤섞인 눈으로 아영을 보며 감탄의 소리를 연발했다.

"대단해, 정말 끝내준다. 너처럼 예쁘게 생긴 애 처음 봐. 너 보다가 연예인들 보면 자꾸 비교된다니까. 진짜 상민샘 복도 많구나."

입에 침이 마를 정도로 경민이 칭찬하자 아영이 기분 좋게 웃으며 대꾸했다.

"언니도 매력이 철철 넘친다고. 일단 이런 모든 걸 세심하게 코치할 수 있을 만큼 이 방면으로 뛰어나다는 것도 대단한 거 아닌가?"

"그래? 그럼 이제 본격적으로 코치 좀 시작해볼까?"

경민의 말에 아영이 두 눈을 반짝이며 그녀에게로 얼굴을 들이밀었다.

"응. 어서 어서 말해봐, 언니."

"일단 첫 번째는 no comment!"

"응?"

"그러니까 한마디도 하지 말라고."

"어째서?"

"상민샘 무지하게 머리가 좋거든. 그러니까 상민샘 입에서 나오는 말에 귀를 기울였다가는 어느새 끈을 풀어주고 있는 네 모습을 발견할 거라고."

그 말에 아영이 살짝 고개를 갸우뚱하며 물었다.

"그가 무슨 말을 할까?"

"음, '이런 짓 하는 건 옳지 않아'와 같은 훈계조의 말로 시작하겠지. 설마 '지금 당장 못 풀어?'라고 엄포를 놓는 건……. 아니다, 상민샘은 무지 부드러운 사람이니까……."

경민의 이 말에 아영이 속으로 외쳤다.

'쳇, 부드럽기는 무슨? 완전히 왕사기꾼, 컨트롤 불가능한 늑대에, 초특급 야수라고.'

첫날밤의 거칠었던 그를 떠올리며 아영이 속으로 어떤 생각을 하고 있는 줄도 모르고 경민은 말을 이었다.

"어쨌든 그가 어떤 말을 어떻게 하든 끝까지 입 다물고 대꾸하지 말고 못 들은 척하라고. 그래야 말려들지 않는단 말이야."

"흐음, 좋아. 그렇게."

"그리고 두 번째는 no touch!"

이 말에 아영이 이해할 수 없다는 듯이 물었다.

"엥? 건드리지 말라고? 그럼 뭐로 자극해?"

"윤희나 내가 썼던 방법은 그를 직접 애무하는 거였지. 하지만 더 극도로 상대를 자극하는 방법은 애무하는 게 아니야."

"그럼……?"

"그러니까……."

아영은 한참 동안이나 경민에게서 많은 노하우를 전수 받았다. 내일 밤 그를 활활 태우고도 남을만한 비법들을 말이다. 경민의 남편인 소아과 의사 박현진도 당직이었기 때문에 경민은 그날 밤 아영과 함께 잠을 잤고 이른 새벽에 아영의 운전기사가 그녀를 병원까지 모셔다주었다.

사실 얼마 전 아영은 윤희를 통해 부탁을 할까 하다가 직접 Gk그룹 본사 건물로 준혁을 찾아갔었다. 왠지 모를 거리감이 느껴지고 무척이나 차가워 보이는 준혁에게 직접 부탁을 하기란 좀 껄끄러웠지만 얼굴도 보지 않고 부탁을 전하면 단번에 거절을 할 것이라고 생각했기 때문이었다. 보디가드들 중에서도 월등히 실력이 좋았던 상민을 제압하려면, 그것도 다치지 않게 조심스럽게 일을 진행하려면 무척이나 강한 누군가가 필요했고 아영은 결국 준혁을 떠올렸던 것이다.

아영이 둘의 결혼 선물로 상민을 묶어줄 것을 요구했을 때 예상과는 달리 준혁은 쉽게 수락했다. 하지만 그가 부탁을 들어주겠다고 한 이유가 지독히 힘들면서도 행복에 겨웠던 경험을 떠올리며 너도 당해보라는 심리와 친구를 위하는 일종의 양가감정이 작용했기 때문이란 건 미처 알지 못했다.

대망의 날 밤, 일을 꾸민 아영은 위층의 게스트 룸에 숨어있었다. 준혁이 상민을 잡아놓기를 기다리면서 숨을 죽이고 있는데 아영의 폰에 문자가 들어왔다.

저항이 심해서 다리도 묶었으니 알아서 해.

아영은 팔만 뒤로 묶어줄 것을 요구했으나 상민이 반격을 하는 통에 하는 수 없이 다리도 묶어버린 준혁이었다. 힘들게 묶었으니 쉽게 풀어주지 말고 즐거운 시간을 보내라는 등의 낯 뜨거운 멘트를 남기지 않은 것에 아영은 오히려 다행이라고 생각했다. 그래도 다른 말없이 달랑 그렇게 메시지를 보낸 준혁을 역시 무척이나 무뚝뚝하고 차갑고 재미없는 남자라고 생각했다. 문자를 받은 아영이 고맙다는 간단한 답장을 쓰고는 상민이 기다리고 있을 마스터베드룸으로 향했다. 한 발짝씩 걷고 있는 아영의 심장이 미친 듯이 요동치기 시작했다.

"아후."

아영이 한숨을 내쉬었다. 교복을 챙겨 입은 아영의 두 볼이 발그스름하게 상기되어있었다.

"나나 윤희는 못 했어도 너라면 할 수 있어. 당돌하고 도도하게."

경민이 했던 말을 떠올리며 아영이 얼굴 근육을 풀기 시작했다. 언제나 당당한, 어디서도 주눅 들지 않는 그녀답게 어느 정도 마인드 컨트롤을 끝낸 아영이 침실 문을 열 때는 이제 손도 떨고 있지 않았다. 전쟁터에라도 들어가듯 비장한 표정을 짓고 안으로 발을 들여놓는 그녀였다.

침실의 문이 열렸을 때 팔과 다리를 구속당한 채 침대 위에 얌전히 앉아 있던 상민이 아영을 쳐다보았다. 무지하게 담담해 보이는 얼굴을 하고서는 말이다. 그의 눈과 마주쳤을 때 아영이 먼저 시선을 피했다. 뭔지 모르게 아늑하고 고요하기까지 한 깊은 눈빛으로 그가 자신을 꿰뚫어 보는 듯했기 때문이다. 잠시 멈칫하며 눈싸움에서 이미 져버린 아영이 다시 한 번 심호흡을 했다.

'뭐야? 놀라지도 않는 거야? 경민언니는 교복 입은 내 모습을 보면 상민씨 눈이 두세 배는 커질 것이 확실하다고 했는데…….'

처음부터 경민의 예상과는 빗나간 상민의 표정에 조금 실망을 하면서도 아영은 침실 안에 미리 준비해두었던 야릇하게 흥분되는 음악을 틀어놓았다. 그리고는 그의 앞으로 다가갔다.

'아영아! 이런 말도 안 되는 일을 부탁하면 되겠어? 얼른 풀어.'

차분하게, 위엄있게, 어느 때보다도 유상민답게 그의 입이 열리고 나올 그 말을 아영이 기다리고 서있었다. 그러나 아영을 가만히 쳐다볼 뿐 그의 입술은 움직이지 않았다.

'엥? 아무 말도 안 하네?'

아무래도 뭔가 맞지 않는 그의 반응에 아영은 조금 사기가 떨어지긴 했지만 그래도 그녀는 꿋꿋이 계획한 일을 실전에 옮기리라 마음먹고는 침대 위로 올라가 앉았다. 발목이 묶인 채 다리를 쭉 펴고 침대 헤드에 기대어 앉아있는 상민이 침대 위로 올라온 그녀를 따라 시선을 움직였다.

'본다, 본다. 오케이, 날 쳐다보고 있어.'

아영은 그의 앞에서 엉덩이는 든 채 무릎을 침대에 대고 앉았다. 그리고는 최대한 요염하게 보이려고 노력하며 표정 관리에 들어갔다.

'침착해라.'

스스로에게 주문을 걸며 아영은 자신의 목 아래로 두 손을 움직였다. 천천히 단추를 풀기 시작하는 아영의 손끝이 아무리 노력해도 미세하게 떨리기 시작했다. 그러나 아영은 주눅 들지 않고 단추를 하나하나 풀어나갔다. 여러 개의 단추가 풀리자 아영의 깊게 파인 가슴골이 적나라하게 드러났다. 고교생의 그것처럼 레이스도 달리지 않은 심플한 화이트컬러의 학생용 브래지어가 꽤 글래머스한 그녀의 가슴을 받쳐주고 있기에는 상당히 부담스러워 보였다.

그런데 서구적이면서도 풍만한 그녀의 가슴이 절반 이상 드러나 있고 그녀의 앙증맞은 배꼽이 보이는 아찔할 정도로 매혹적인 모습을 보면서도 상민의 표정 변화는 일어나지 않았다. 그리 크게 뜨지 않은 눈, 무심히 쳐다보는 듯한 시선, 실룩거리지조차 않는 입가, 별 감흥 없다는 듯한 딱 그 표정에 아영의 얼굴이 살짝 일그러졌다.

'엥? 뭐야? 역시 상민샘은 이런 거 취향에 안 맞아 하는 거라니까. 봐, 아직 한마디도 안했잖아?'

'상민씨, 날 좀 보라고요! 네? 예쁘지 않아요? 섹시하지 않아요? 확 덮치고 싶어서 미치겠지 않느냐고요?'

그렇게 다그치려다가 목구멍까지 올라온 말들을 간신히 안으로 삭히는 아영이었다. 아무 말도 하지 말라고 세뇌에 가까운 교육을 받았던 그녀였으니까, 어떤 말이든 말을 하는 순간부터 그의 페이스대로 끌려갈 것이라고 배웠으니까 말이다. 그래서 아영은 예상과는 전혀 다르게 한마디 말도 하지 않는 답답한 유상민을 앞에 놓고 그저 애초에 계획했던 일들을 해나가기 시작했다. 귀여우면서도 여성스러운 이미지의 교복 블라우스 단추를 모조리 풀었으나 완전히 벗지는 않은 상태에서 아영이 자리에서 일어섰다. 침대에서 일어선 그녀가 한두 발자국을 움직여 상민의 코 앞으로 다가가 섰다. 쭉 펴고 있는 그의 다리를 양다리 사이에 놓아두고 어깨 넓이 정도로 다리를 벌리고 선 아영의 교복 치마가 그의 눈앞에 놓이게 되었다. 아영은 아래를 내려다보지 않았다. 그의 표정을 살피지도 않았다. 그의 얼굴을 보면서는 이런 행동을 하기가 여간 쑥스러운 게 아니었기 때문이다. 아영이 옆구리 쪽의 후크에 손을 가져다 댔다. 후크를 풀 듯 말 듯 한 손놀림을 보이던 그녀가 후크는 풀지 않고 치마 안으로 손을 집어넣었다. 그러더니 치마 속 새하얀 팬티를 그녀의 뽀얗고 쫙 뻗은 허벅다리로 내리기 시작했다. 역시나 한 템포 느리게 방 안에 퍼지고 있는 마음을 간질이는 에로틱한 선율에 맞춰서 말이다. 한쪽 다리를 들어서 빼고는 한 다리에만 속옷을 대충 걸쳐놓은 그녀의 행태는 정상적인 남자들의 숨겨진 욕정을 끌어 올리고도 남을 만큼 대단히 뇌쇄적이었다.

그러나 그녀의 도발은 이제 시작일 뿐이었다. 아영이 여전히 그의 머리 위를 내려다보며 아무렇지 않은 듯 그녀의 앞쪽 치맛자락 가운데를 집어 들었다. 그리고는 그녀의 허리춤에 그 스커트 끝을 꽂아 넣었다. 그의 얼굴 앞 가까이에 속옷도 벗어버린 그녀의 부끄럽지만 신비로운 부분이 고스란히 드러났다.

뜨거운 숨결을 내뿜는 그가 그녀의 여성을 혀로 훔치기 위해 상체를 앞으로 숙이며 달려들면 잽싸게 한 발짝 뒤로 물러서며 그를 잔뜩 약 올리려는 준비를 하고 있던 아영이 살짝 고개를 기울였다.

'어?'

그는 이번에도 미동조차 하지 않았다.

'뭐야? 자나?'

심지어 이 남자가 잠이 들었나 하는 생각까지 드는 아영이었다. 생각해보라. 스커트 자락이 들려진 사이로 드러난 그녀의 여성이 유혹의 손길을 흔드는데 자석의 양극이 붙듯이 그녀에게로 몸이 쏠림은 당연히 일어나야만 하는 자연의 섭리가 아니겠는가! 아영의 심기가 심히 불편해졌다.

'내가 그렇게 매력이 없는 건가?'

아영은 오기가 머리끝까지 치솟았다. 매력으로 치자면 세상에 둘째가라도 서러운 자신의 이런 도발적 행동에 꿈쩍도 하지 않는 뭐 이런 사람이 다 있나 생각하면서 다리를 벌리고 서있던 아영이 그대로 쪼그리고 앉았다. 그의 앞에 다리를 벌리고 쪼그리고 앉은 아영의 아래가 그의 다리에 닿고 말았지만 아영은 애써 아무렇지 않은 척 그를 보았다. 그런데 유상민 이 무심한 남자가 눈을 감고 있는 게 아닌가!

'으씨, 어쩐지 아무런 반응이 없다 했어.'

이제는 오기가 아닌 화가 치민 아영이 그를 보고 소리쳤다. 결국 먼저 입을 여는 아영이었다.

"눈 안 떠요?"

그녀가 소리치자 상민이 마지못해 눈을 떠주었다. 그리고는 착 가라앉은 나지막한 음성으로 한마디 했다.

"왜?"

그의 그 한마디에 아영의 심장이 벌렁거렸다. 지독히 까만 눈으로 그 한마디를 뱉는 눈앞의 남자가 그의 앞에서 혼자 쇼를 하고 있는 자신보다 훨씬 더 섹시해 보였기 때문이다. 가슴이 내려앉을 만큼 충분히 사랑스러운 그에게 아영이 볼멘소리로 말했다.

"지금부터는 내가 하는 거 다 쳐다보고 있어요."

"그럴게."

그의 대답이 끝남과 동시에 아영은 자신의 오른손 검지를 입술에 가져다 댔다. 공들여 칠한 립스틱과 그 위에 4D 연출이 가능하다고 선전해대는 립글로스를 듬뿍 발라 도톰하게 반짝이는, 그야말로 입체적으로 섹시한 그녀의 입술에 말이다. 그녀가 입을 살짝 벌리고 입술 위를 손가락으로 매만지기 시작했다. 그렇게 움직이던 손가락을 조금 벌어진 그녀의 입술 사이로 밀어 넣는 아영이었다. 아주 천천히, 조심스럽게. 그러면서 그의 얼굴을 보았다. 그의 눈빛을 살폈다. 기운 빠지게도 별 반응이 없는 그였다.

'뭐야? 원맨쇼도 분수가 있지. 그만둘까?'

잠깐 고민을 하던 아영이 눈살을 찌푸리며 입술로 손가락을 꼭 물었다.

'이대로 질 순 없어.'

매력 덩어리라고 스스로를 자부하며 살았는데 이대로 무너질 순 없다고 생각한 아영이 다시 오기를 부려보았다. 입안으로 들여놓은 손가락을 넣었다, 뺐다, 살살 굴렸다, 혀로 할짝거리며 장난을 쳤다. 그러던 아영이 최대한 섹시한 눈웃음을 흘리며 자신의 머리를 위로 쓸어 올렸다.

'시작해볼까?'

아영이 자리에서 일어섰다. 그의 눈앞에서 아영이 입술과 혀로 음미하듯 빨아보던 손가락을 자신의 비밀스러운 부분에 살포시 내렸다. 배운 대로 하려면, 물론 가르친 인간도 차마 하지 못한 짓이라고는 했지만, 아무튼 제대로 하려면 예쁜 꽃잎 사이를 살며시 벌리고 그 사이의 어디쯤을 사랑스럽게 애무해야 맞았다. 하지만 이건 여간해서는 할 수 있는 행동이 아니었다. 더군다나 그의 코 앞에서라니…… 평소의 당당한 그녀답지 않게 어린 소녀처럼 수줍게 붉어진 얼굴을 한 아영이 그냥 꽃잎이 모이는 곳쯤을 손가락으로 쓸어주는 척을 했을 뿐이다. 사실 그리 자극이 된다거나 흥분이 되지는 않았다. 그도 그럴 것이 온몸이 긴장되고 창피해 죽겠다는 생각뿐인데 어떻게 즐길 겨를이 있겠는가! 그래도 아영은 음향 효과를 위해 되지도 않는 신음소리를 흘렸다.

'최대한 섹시하게.'

속으로 주문을 외우면서 말이다.

"으음, 아항, 아, 흐음, 아."

손은 별로 움직거리지도 않으면서 엉거주춤하게 서가지고는 에로 영화 주인공이라도 된 듯 서툰 연기를 하던 아영은 왠지 더 이상은 못하겠다는 생각이 들었다. 여전히 반응 없는 그 때문에 사기가 완전히 꺾인 그녀가 항복을 할까 생각하는 찰나 그가 입을 열었다.

"저려……."

'엥?'

그의 말뜻을 알아들을 수 없는 아영이 하던 일을 멈추고 그를 내려다보았다. 선 채로는 그의 얼굴이 보이지 않았기 때문에 아영이 그의 앞에 앉으며 물었다.

"뭐라고요?"

"저리다고!"

'하아!'

아영이는 무척이나 기분이 좋았다.

'지성이면 감천이라고 역시 나의 섹시한 모습에 반했나봐. 으히히, 가슴이 저릴 만큼 감동적이었다는 거잖아, 지금?'

그렇게 아영이 좋아하고 있는데 상민이 다시 한 번 입을 열었다.

"이것 좀 풀어줘."

'꺄악! 만세! 역시 조르기 시작했어.'

화색이 도는 얼굴을 한 귀여운 아영이 속으로 환호성을 지르는데 상민이 말을 이었다.

"손목하고 발에 피가 안 통해서 너무 저리다고! 빨리 풀어줘."

아주 차갑지도, 그렇다고 오버해서 부드럽지도 않은 그냥 평소의 느낌과 조금도 다르지 않은 그런 음성으로 찬물을 끼얹는 말을 잘도 하는 상민이었다.

'아……'

멍하니 있는 아영을 보고 상민이 말했다.

"이제 하고 싶은 거 해본 거면 풀어달라고. 손발에 피가 안 통해서 무척이나 갑갑해."

"네?"

"이런 식으로 강하게 동여매면 손가락, 발가락의 혈관들은 다른 쪽에서 오는 순환 혈관들이 없는 말단 혈관이라서 처음에는 창백해지다가 나중에는 문제가 생긴다고."

진지한 표정으로 의학적 이야기를 하고 있는 상민을 보고 아영이 살짝 인상을 썼다.

"진짜예요?"

"그래."

"……."

여전히 풀어줄 것인지를 망설이는 아영에게 상민이 못마땅하다는 듯이 말했다.

"그 녀석한테 부탁한 게 잘못이야."

"네?"

"말했잖아, 준혁이는 굉장히 힘이 센 녀석이라고. 손아귀 힘만으로는 윤 비서님도 당할 수 없단 말이지. 그런 녀석이 너무 사력을 다해 묶었어. 혈류 장애를 일으킬 정도로 말이지."

아영이 약간 걱정스러워하며 물었다.

"얼마나 시간이 있어요?"

"글쎄, 이대로는 10분도 어려울 것 같은데……."

그의 말에 침대에서 뛰어내린 아영이 서둘러 침대 밑에 숨겨놓았던 전용 칼을 집었다. 그리고는 그의 발목을 묶은 특수 로프에 그 칼을 가져다 댔다.

그 순간 경민의 말 한마디가 그녀의 뇌리를 스치고 지나갔다.

'속지 마!'

바로 옆에서 지르는 것 같은 그 소리가 아영의 귀에서 메아리치자 칼을 들고 있던 아영이 조용히 손을 치웠다. 그러자 상민이 물었다.

"왜?"

"한 가지만 더 해보고요."

뭔가 의미심장한 말을 한 아영이 칼을 다시 바닥에 내려놓고는 그의 허리 벨트를 풀기 시작했다.

'무슨 짓이야? 이봐, 한아영! 그만 두지 못해? 으윽, 저리 비켜봐.'

뭐 이런 말을 해대며 저항의 몸짓이라도 해주었다면 훨씬 더 아영이 신났을 텐데 상민은 또다시 입을 다물었다. 그의 바지 지퍼를 내리고 그의 팬티 중앙을 헤집고는 그의 심벌을 꺼내는 동안에도 상민은 조금도 움츠러들거나 당황하는 내색을 하지 않았다. 오히려 손이 움츠러들고 어쩔 줄 몰라하는 건 그가 아니라 그녀였다. 그의 속옷에 있는 틈새로 고개를 내민 그의 분신을 본 아영은 숨이 턱 막혔다.

'허억.'

한껏 혈액이 머물고 있는 그의 분신도 그처럼 아무 말 없기는 마찬가지였지만 보는 것만으로도 놀랍고 입이 다물어지지 않았다. 시험 때문에 그렇게 자주 그에게 안기지는 못 했어도 가끔씩 자신을 죽도록 벅찬 쾌감 속으로 빠트리던 정체를 눈으로 확인하자 아영의 심장박동이 주체할 수 없이 빨라졌다. 본 적이 없다고 하면 거짓말이겠지만 이렇게 대놓고 밝은 곳에서 직접 보는 건 아무래도 처음인 것 같았다. 아영은 오랄이라는 것을 한다는 다른 여인네들이 참으로 존경스럽다는 생각까지 들었다. 도저히 잘할 수 있으리라는 자신은 없었지만 그가 좋아할 거라는 생각 하나만으로 용기를 내보았다.

'술을 마실 걸……'

살짝 후회가 되기도 했다. 술을 마셨다면 더 대담해지는 게 쉬웠을 텐데 라고 생각하며 아영은 고개를 숙였다. 그녀가 자신의 분신으로 달려드는 모습을 바라보면서도 상민은 그녀를 부르거나 멈춰 세우는 소리를 하지 않았다. 손안에 담기에도 벅찰 만큼 위용을 과시하고 있는 상민의 분신에 아영이 조심스레 혀를 가져다 댔다.

'뭐, 괜찮네……'

잔뜩 겁먹고 긴장했던 그녀는 그곳 또한 그저 그의 몸의 일부고 입에 닿는 건 피부의 감촉일 뿐이라고 생각하자 한결 마음이 편해졌다. 아영이 혀를 그의 위에서 움직여보았다. 위로 아래로 조금씩 천천히, 그러다가 한 바퀴 빙그르르 돌려보았다. 그의 몸은 아니더라도 그의 분신은 미세하게 꿈틀거려지고 움직거린다는 느낌이 전해졌다.

'상민샘이야 어떻든 얘는 느끼네.'

그렇게 생각한 아영이 입술로 한입을 베어 물듯이 했다. 진한 키스라도 하듯이 빨아올려보았다. 입술로 꾹꾹 눌러도 보고 혀로 뱅뱅 돌려도 보고 손으로 아래를 휘어잡아보며 좀 더 깊이, 좀 더 능숙하게 그의 일부를 사랑해주었다. 붙들고 핥아 올리며 이가 직접 닿지는 않게 조심하면서 입천장과 혀를 가지고 신나게 장난치듯 그를 애무하던 아영이 그에게서 떨어지며 그를 바라보았다. 차분해 보이는 그의 변함없는 모습에 아영이 의심의 눈초리로 그를 쏘아 보았다.

'뭐야? 불감증 아니야, 불감증?'

진짜 답답해 돌아가실 것 같다고 생각했던 아영이 침대에서 내려갔다. 화장대로 달려간 아영이 서랍에서 사탕 두개를 꺼내 쥐고는 다시 침대 위의 상민에게로 돌아가 그를 보며 물었다.

"어떤 색이 좋아요?"

"뭐?"

"블루와 블랙 중에 골라보라고요."

상민은 영문을 알 수 없다는 듯이 그녀를 한 번 쳐다보고는 대답했다.

"난 블루컬러를 더 좋아해."

아영이 화한 느낌이 드는 푸른 빛깔의 목캔디를 입안에 넣고는 빨아 먹기 시작했다. 그러면서 속으로 생각했다.

'이게 더 약한 거라고 했는데도 센데? 그럼 블랙은 도대체 무슨 맛이야?'

열심히 사탕을 빼는 아영과 그런 아영을 그저 조용히 바라보는 상민이었다. 잠시 후 준비를 끝낸 아영이 물고 있던 작아진 사탕을 종이에 뱉어내고는 다시 그의 분신을 입안에 품었다. 저돌적으로 달려들어 그야말로 확 말이다. 너무 갑작스럽게 행동해서인지 그가 몸을 움직였다. 움찔하며 약간 뒤로 밀리는 듯한 느낌을 받은 건 착각인가라고 생각하며 아영은 아까처럼 그의 분신과 은밀한 대화를 나누기 시작했다. 혀를 부딪치며 입술을 문지르며 그의 분신에게 사랑의 감정을 토해내며 말이다. 입안의 화한 느낌이 다 가시기 직전 사탕을 입에 머금고 하는 게 더 나으려나 생각하는 찰나 그가 입술을 뗐다.

"혈액순환이 너무 안 돼. 어지러워……."

그 말을 끝으로 눈을 감는 상민의 몸이 한쪽으로 기울어졌다. 그러고 보니 그는 침대 가장자리에 앉아 있었다. 침대의 중앙에 몸을 두고 그의 분신을 간질이던 아영이 그의 말에 놀라 몸을 일으키는데 그가 속절없이 침대 아래로 떨어져버렸다. 그대로 바닥으로 나뒹굴어지는 광경을 보던 아영의 눈동자가 휘둥그레졌다.

"으씨, 무식하게 힘만 세가지고. 도대체 사람을 어떻게 묶어놓은 거야?"

아영이 준혁을 원망하는 소리를 지르며 쓰러진 상민에게로 달려들었다. 그리고는 그가 말했던, 피도 흐르지 못할 만큼 단단히 묶었다는 이상하고 괴상한 로프를 전원을 켜야 하는 특수 칼로 잘라내기 시작했다.

준혁이 상민을 꽁꽁 묶어서는 침대 위로 던져놓고 나가버리자 상민이 혼잣말을 내뱉으며 미간을 찌푸렸다.

"진짜 어이가 없군."

타고난 예리함으로 하기 싫어도 되고 마는 상황 파악에 상민은 적잖은 긴장이 되었다. 상민이 열심히 팔과 다리를 움직여보고는 한숨을 내쉬었다.

"풀 수가 없구나."

무모하게 도전해봤자 풀 수 있는 스타일의 로프도 아니거니와 너무 완벽히 결박을 했기 때문에 빠져나갈 방법은 어디에도 없었다.

"준혁이 자식, 실력을 써먹을 데가 없어서 나한테 써먹냐? 그나저나 미치겠군."

언제나 냉철하고 여유만만인 상민이 초조해 하며 머리를 굴려보았다. 하지만 이 상황을 헤쳐 나갈 뾰족한 방법이 떠오르지 않았다. 그 역시 예전에 준혁이 그랬던 것처럼 아무런 작전도 전략도 전술도 없이 전쟁을 치러야 하는 상황에 직면했다. 그때였다. 상민의 머릿속에 기막힌 방법 하나가 떠올랐다. 아주 간단한, 효과도 탁월할, 그러나 결코 만만치 않게 어려울 게 뻔한 그런 묘수가 말이다.

'아무 반응도 보이지 말자.'

아영이 원하는 것은 그녀가 미리 말했던 것처럼 구속한 채 간질이고 애무하고 약 올리고 사랑하는, 뭐 그런 것일 게 뻔했다. 사랑하는 이성에게 그런 짓을 하는 이유는 자명했다. 상대가 극도의 쾌감을 느끼며 행복해 하는 걸 보고 만족하려는 마음, 사랑하기에 보고 싶은 게 당연한 그런 모습 때문이었다. 하지만 인간의 마음이란 간사하여 못 견뎌 하는 모습을 보게 된다면, 그리고 그 이유가 견딜 수 없는 욕망에 빠져 허우적거리기 때문이라면 더더욱 강한 자극을 주고 싶어질 거라고 상민은 판단했다. 그의 생각은 틀리지 않았다. 해결책은 찾아냈다. 그러나 그녀가 대충 어떤 식으로 나올지 짐작이 가는 상민으로서는 자신이 없었다. 무반응, 그건 그의 얼굴을 걱정으로 일그러뜨리고도 남을 만큼 어려운 방법임에 틀림없었다. 이미 흥분되어진 몸과 마음 위로 그가 이성의 칼날을 갈아 세우고 있는데 침실의 문이 열렸다. 그리고 그녀가 들어왔다.

상민은 눈동자를 최대한 움직이지 않으려고 노력하면서 그녀를 바라보았다. 둥근 피케와 가슴 포켓이 레드와 그린이 어우러진 체크 문양으로 되어있는 흰색 블라우스, 허벅다리가 다 드러날 만큼 짧은 체크무늬 주름 스커트, 교복에 잘 어울리는 무릎 아래까지 오는 양말을 신고 있는 그녀는 영락없는 고등학생 소녀의 모습이었다. 자신의 아내인 아영이 맞나 싶어 놀라지는 마음을 상민이 억지로 다잡았다. 놀라면 눈동자가 커질 것이고 그녀가 그리 예리하지는 않다고 해도 이런 상황에서는 의외로 자신의 마음을 잘 읽을지도 모른다는 불안감이 들었기 때문이었다. 팔, 다리를 구속당한 채 침대 위에 가만히 앉아있는 상민의 머릿속이 폭발이 일어난 것처럼 시끄러운데 그걸 아는지 모르는지 아영이 상민을 쳐다보았다. 상민은 그녀와 시선이 마주쳤으나 최대한 침착하게 평정심을 유지했다. 교복 입은 그녀의 모습에, 분명히 소녀티가 나는데도 불구하고 훨씬 더 섹시하게 느껴지는 매혹적인 그녀의 모습에, 몇 번이고 나가떨어지는 이성을 추스르고 고개를 드는 본능을 찍어 누르며 담담하게 보이려고 사력을 다하고 있었다. 결국 그의 눈을 바라본 아영이 먼저 시선을 피했다.

'하아.'

상민이 깊은 한숨을 속으로 내쉬었다는 것을 그녀를 모를 것이다. 잠시 멈춰 섰던 아영이 조금 실망한 표정을 하고는 침실 안에 미리 준비해두었던 음악을 틀었다. 상민의 이성 조절에 방해가 될 만큼 나름 끈적거리는 야시시한 리듬감을 가진 음악을 말이다.

'아영아! 이런 말도 안 되는 일을 부탁하면 되겠어? 얼른 풀어.'

정말이지 그렇게 말하고픈 마음이 굴뚝같았다. 그러나 영리한 상민은 알고 있었다. 그런 말을 한다고 호락호락 풀어줄 바보는 세상에 없다는 걸, 말해봤자 눈곱만큼의 도움도 되지 않을 거란 걸, 상황을 최악으로 치달아가게 만들고도 남을 거란 걸 말이다. 상민은 결국 입을 꾹 다문 채 가만히 있었다.

'참아보자. 무슨 일이 일어나도.'

상민이 그렇게 마음을 다잡는데 아영이 침대 위로 올라와 앉았다. 침대 헤드에 기대어 앉아있던 상민이 침대 위로 올라오는 그녀를 쳐다보았다.

'으.'

쳐다보지 않으려고 했으나 이성의 통제에서 벗어나 제멋대로 그녀를 따라 움직이는 시선 때문에 상민이 속마음으로만 인상을 쓰고 있는데 그녀가 몸을 움직였다. 무릎은 침대에 댄 채 엉덩이를 들고 앉은 그녀의 표정이 변했다. 약간 실망한 듯한 얼굴이었던 그녀가 어쩌나 요염한 표정을 보이는지 상민의 심장이 철렁하고 내려앉았다.

'침착해라.'

상민이 속으로 수천 번은 같은 말을 되뇌며 아영의 행동을 주시했다. 그녀가 자신의 목 아래로 두 손을 움직였다. 그리고는 스스로 단추를 풀기 시작하는 게 아닌가!

'허걱.'

숨이 턱 멈추었다. 사랑하는 이성이 옷을 벗고 있는 모습이란, 그것도 꼼짝 못하는 상황에서 벌어지는 그런 일이란 가히 상상하기조차 어려운 일이었다. 블라우스 단추를 풀어나가는 아영의 손끝이 미세하게 떨리는 것이 더욱더 상민을 흥분되게 만들었다. 여러 개의 단추가 풀리고 아영의 어여쁜 두 가슴 사이에 깊게 파여 있는 가슴골이 고스란히 드러나자 상민의 머릿속에서 불꽃이 튀었다. 엄청난 고압 전류가 그의 척수를 타고 쫙 뻗쳐나갔다. 어지럽다고 느껴지는 건 어쩌면 너무도 당연했다.

'하아, 하아.'

죽기 살기로 내색하지 않으려고 노력했지만 상민의 이성은 가해진 일격에 쓰러져 일어나기조차 어려웠다. 여학생용 브래지어가 전부 감싸지 못해 튀어나올 듯이 몰린 그녀의 풍만한 가슴을 보며 상민의 머릿속에서 메아리 쳐지는 소리는 오로지 단 한가지였다.

'만지고 싶다.'

그녀의 배 한가운데 자리한 배꼽까지 보일 정도로 앞쪽이 다 트여버린 교복차림의 그녀. 아찔할 정도의 그 모습에 상민의 심장이 아리기 시작했다. 사르르 녹고 있다는 착한 표현으로는 그가 느끼고 있는 애가 타 죽을 것 같은 심정을 제대로 표현할 수가 없었다. 크게 뜨지 않으려고 노력하는 눈, 무심히 쳐다보는 척하려고 있는 힘을 다하는 시선, 실룩거리지 않고 그대로 있어보려고 발악하고 있는 입가 등 쓰나미처럼 몰려드는 엄청난 감흥을 아닌 척 보이기 위해 안간힘을 쓰고 있는 가엾은 그에게 아영이 속았는지 그 예쁜 얼굴을 살짝 일그르렸다.

'아영이 표정을 보니 내가 잘하고 있기는 한 것 같군.'

불만 가득한 얼굴을 했던 그녀가 정작 아무 소리도 하지 않고는 침대 위에서 일어섰다. 상민의 코 앞으로 다가와서는 그의 다리를 사이에 두고 어깨 넓이 정도로 다리를 벌리고 선 아영이었다. 아영이 치마의 옆구리 쪽 후크에 손을 가져다 댔다. 스커트의 후크를 풀고 지퍼를 내릴 줄 알았던 그녀의 손이 잠시 동안 후크를 풀 듯 말 듯하면서 그의 애간장을 녹였다. 결국 후크를 풀지는 않은 그녀가 대신 치마 속으로 손을 집어넣었다.

'흐어억.'

이성적이기로는 둘째가라도 서러운 천하의 유상민이 숨넘어가는 소리를 낼 뻔했다. 전형적인 여학생 팬티를 입고 있던 아영이 새하얀 그 속옷을 매끈한 그녀의 다리 아래로 내렸기 때문이었다. 심장 안 작은 방에서부터 발끝의 모세혈관에 이르기까지 순식간에 불을 지펴버리는 그녀의 행동에 상민은 호흡을 조절하기가 무척이나 힘들어졌다. 한쪽 다리에만 돌돌 말린 팬티를 대충 걸쳐놓은 그녀의 미치도록 뇌쇄적인 모습에 상민의 욕정은 끓어넘치고 그의 눈빛에서 초점이 지워지기 시작했다. 그때 아영이 그녀의 치맛자락 가운데를 집어 그녀의 허리춤에 스커트 끝을 꽂아 넣었다. 그러자 그의 눈앞에 그녀의 눈부신 여성이 있는 그대로 노출되었다.

'하악, 으아악.'

저절로 소리를 내지르려는 입을 그가 꺼져가는 이성으로 틀어막았다. 그녀의 아래를 혀로 탐하고 싶어 뛰어들려는 몸통을 상민이 죽기 살기로 막아세웠다.

'유상민! 정신 차려! 여기서 움직였다가는 끝장이야.'

그렇게 했다가는 그녀를 안는 시간이 더뎌질 뿐이라고 자기 자신에게 소리치며 상민이 이를 악물었다. 상민이 극도의 정신력으로 버텨내고 있는데 다리를 벌리고 서있던 아영이 쪼그리고 앉기 시작했다. 상민은 흔들리는 눈빛을 그녀에게 보이고 싶지 않았다. 방금 전까지처럼 담담해 보이는 거짓된 눈빛을 보일 자신이 절대 없었다. 그는 결국 눈을 질끈 감아버렸다. 아영이 다리를 벌린 채 쪼그리고 앉자 그녀의 보드라운 살결이 상민의 다리 위에 닿고 말았다.

'미치겠네.'

다리에서 전해지는 촉감에 상민이 견디기 어려울 만큼 괴로워하고 있는데 아영이 소리를 질렀다.

"눈 안 떠요?"

'제발 들키지 말길……'

그렇게 주문을 외우며 상민은 마지못해 눈을 떠주었다. 어떤 말을 하게 되든 목소리가 떨릴 것이 분명했기 때문에 상민은 한 음절의 소리를 내었다.

"왜?"

정염에 이글거리는 야수의 눈으로 아영을 보고 상민이 묻자 그녀가 무척이나 불만 가득한 음성으로 말했다.

"지금부터는 내가 하는 거 다 쳐다보고 있어요."

"그럴게."

대답이 끝나기가 무섭게 아영은 자신의 오른손 검지를 입술로 가져다 댔다. 그녀의 살짝 벌어진 반짝이는 입술 위에서 춤을 추는 손가락이 상민의 눈에는 무척이나 선정적으로 보였다. 하긴 이 상황에서 뭔들 안 섹시해 보이겠는가! 아영이 조금 열려있는 그녀의 입술 사이로 손가락을 밀어 넣고 굴리고 핥고 넣었다 빼는 상징적인 동작들을 했다. 그 모습은 상민의 가슴 속 바다에 또 한 번의 커다란 해일을 일으켰다.

'빨리 끝내야 한다.'

상민은 이렇게 난감하고 대책 없는 불리한 상황을 빨리 종결시키고 자신의 욕구를 분출시켜야 한다고 생각했다. 그 순간 아영이 심장을 흔들어놓을 만큼 섹시한 눈웃음을 지어 보이고는 머리카락을 위로 넘기며 자리에서 일어섰다.

'뭐야?'

상민은 그녀의 표정만으로도 앞으로 일어날 일이 심상치 않을 거라고 예측할 수 있었다. 온몸에 긴장이 되었다. 그때였다. 아무리 머리 좋고 예리한 상민이어도 감히 상상도 못 한 그녀의 행위에 그는 그만 정신이 아득해졌다. 그녀가 자신의 손으로 자신의 비밀스러운 그곳을 어루만지는 것이 아닌가! 그것도 바로 눈앞에서 말이다. 그녀의 사랑스러운 꽃잎이 모아지는 자리를 손가락으로 미끄러뜨리듯 애무하고 있는 그녀의 자극적인 모습에 이미 흥분의 늪에 빠져있던 그가 직격탄을 얻어맞고는 숨이 멎을 만큼 고통스러워 했다. 묶인 팔을 안 되는 줄 뻔히 알면서도 온 힘을 다해 움직여보았다. 꿈쩍도 하지 않자 상민은 팔짝팔짝 뛸 만큼 심장이 타들어갔다.

'으, 준혁이 자식.'

정신도 못차리겠는 상민의 귀로 그녀의 야릇한 신음소리가 들어와 박혔다.

"으음, 아항, 아, 흐음, 아."

이제는 준혁을 원망하고 있을 겨를이 없었다.

'만지고 싶다, 만지고 싶다고. 으아아! 안 되면 차라리 죽여!'

앉아있는 그의 코앞에서 다리를 쩍 벌리고 서서는, 자신의 여성을 사랑해주는 놀랄만한 행위를 여과 없이 보여주고 있는 용감한 그녀에게 상민은 치졸한 방법을 쓰기로 마음먹었다. 살아남기 위해서 말이다.

"저려⋯⋯."

그렇게 말하자 아영이 하던 행동을 멈추고 그의 앞에 앉으며 물었다.

"뭐라고요?"

"저리다고!"

아무 말 없이 얼굴에 미소를 짓는 그녀를 보고 상민이 말했다.

"이것 좀 풀어줘."

대꾸도 없이 계속 웃고만 있는 그녀에게 답답하다는 듯이 상민이 재촉했다.

"손목하고 발에 피가 안 통해서 너무 저리다고! 빨리 풀어줘."

갑자기 멍한 표정을 보이는 아영에게 상민이 다시 한 번 말했다.

"이제 하고 싶은 거 해본 거면 풀어달라고. 손발에 피가 안 통해서 무척이나 갑갑해."

"네?"

"이런 식으로 강하게 동여매지면 손가락, 발가락의 혈관들은 다른 쪽에서 오는 순환 혈관들이 없는 말단 혈관이라서 처음에는 창백해지다가 나중에는 문제가 생긴다고."

진지한 표정으로 단호하게 말하는, 말도 안 되는 소리를 의학적으로 그럴싸하게 들리게 말하고 있는 상민을 보고 아영이 살짝 인상을 썼다.

"진짜예요?"

"그래."

"……."

조금 망설이는 듯한 아영을 보고 상민의 심장이 튀어나올 것처럼 요동쳐 댔다.

'좋아, 조금만 더 밀어붙이면 되겠어.'

"그 녀석한테 부탁한 게 잘못이야."

"네?"

"말했잖아, 준혁이는 굉장히 힘이 센 녀석이라고. 손아귀 힘만으로는 윤 비서님도 당할 수 없단 말이지. 그런 녀석이 너무 사력을 다해 묶었어. 혈류 장애를 일으킬 정도로 말이지."

아영의 얼굴이 조금 전보다 더 어두워졌다.

"얼마나 시간이 있어요?"

"글쎄, 이대로는 10분도 어려울 것 같은데……."

그렇게 말하자 침대에서 뛰어내린 아영이 침대 밑에 숨겨둔 칼을 집었고 그걸 보는 상민의 얼굴에는 회심의 미소가 비쳤다. 아영이 그의 발목에 묶인 로프에 칼을 가져가자 상민이 속으로 생각했다.

'다행이다. 피가 안 통하는지, 창백해지는지, 차가워지는지 확인하려 들지 않아서…….'

상민은 그녀가 의사가 아니라서 정말 다행이라고 가슴을 쓸어내렸다. 이제 그녀가 풀어주면 들끓는 욕정을 분수처럼 뿜어내리라고 그의 본능은 외치고 있었을 것이다.

그 순간 아영이 들고 있던 칼을 치우고 말았다. 그 모습을 보고 상민이 다급히 물었다.

"왜?"

"한 가지만 더 해보고요."

그 소리에 상민은 직감적으로 손발이 오그라짐을 느꼈다.

'뭔가 심상치 않다.'

또다시 긴장의 소용돌이 속으로 상민을 내던져버린 아영이 칼을 바닥에 내려놓고는 그의 허리 벨트를 풀기 시작했다.

'무슨 짓이야?'

당연히 튀어나오는 그 소리를 간신히 막아냈다.

'이봐, 한아영!'

그렇게 불러봐야 얻을 것이 없었다.

'그만 두지 못해?'

그만 두기는커녕 더 해보라는 말밖에 안 되는 의미 없는 말이었다.

'으윽, 저리 비켜봐.'

이 소리는 비키지 말라는 소리보다 효과가 좋을 것이 확실했다. 결국 상민은 입을 꾹 다물 수밖에 없었다. 그의 몸을 직접 공격하기 시작한, 절대 착하지 않은 그녀의 손길에 이끌려 밖으로 드러나진 그의 남성. 사실 아까부터 고통스럽다는 표현이 딱 맞을 만큼 터질 듯이 경직되어 있던 그의 분신에 그녀의 손끝이 닿자 저릿저릿하게 온몸을 타고 전율이 흘렀다.

'설마……'

상민은 이미 기대하기 시작했다. 이미 상상하기 시작했다. 흥분에 몸을 떨 만큼 느끼기 시작했다. 아직 그녀의 입술이 닿지도 않았는데도 말이다.

아영이 고개를 숙였다. 그녀가 자신의 분신으로 달려드는 모습을 바라보면서 상민은 호흡을 멈추었다. 아영의 혀끝이 그곳에 닿았을 때 상민은 몸이 붕 떠오르는 듯한 착각이 들었다. 처음으로 입술과 혀를 움직여 극도의 쾌감을 만들어내고 있는 그녀였다. 위로 아래로 감질날 정도로 천천히 움직이던 혀가 한 바퀴 빙그르르 돌았을 때 상민은 나오는 신음을 삼켜야 했다. 딥키스를 하듯 강하게 빨아올리자 상민의 눈앞이 흐려진다. 혀로 감아 애무하고 손길로 어루만지는 그녀의 행위에 상민의 심장이 고속 주행을 하고 있다. 밀어 넣어진 가장 예민한 부분이 입천장에 박힐 때마다 상민은 한계를 넘나들었다. 좀 더 깊이, 좀 더 강하게 입술로 베어 물고는 훑듯이 감싸며 그녀가 그의 분신을 머금을 때마다 상민은 견딜 수 없이 괴로웠다. 꿈틀거리고 움직거리는, 미처 날뛰지 못해 안달 난 그의 아래 때문에 말이다.

괴성이라도 내질러야 할 것 같은 심정으로 입을 열려는 찰나 그를 애무하던 아영이 그에게서 떨어져 앉으며 그를 바라보았다. 티를 안내려고 노력하며 숨을 고르고 있는 자신을 아영이 곱지 않은 시선으로 노려보고는 침대에서 내려갔다. 그녀가 무슨 생각으로 펠라치오를 멈췄는지 그건 중요치 않았다. 숨을 쉴 수 있는 공간이 생겼다는 것에 감사해 하면서도 계속해서 자극을 원하는 탐욕스러운 욕망에 상민은 타는 듯한 갈증을 느껴야 했다. 그때 준혁이 했던 소리가 상민의 뇌리를 스쳤다.

'지옥 불을 껴안고 천국행 기차를 타게 될 거야.'

상민이 미간을 있는 대로 좁히며 생각했다.

'으이그, 원수 녀석. 이건 그야말로 지옥 불을 삼키고 천국을 향해 뛰는 거로군. 이 상태로는 죽었다 깨나도 천국의 문턱에 발을 들일 수 없다는 사실을 알기는 한 건가?'

잠깐 딴 생각을 할 수 있었던 그의 앞으로 화장대 근처로 갔던 아영이 돌아와 물었다.

"어떤 색이 좋아요?"

뜬금없는 그 질문에 상민이 되물었다.

"뭐?"

"블루와 블랙 중에 골라 보라고요."

묻는 이유가 뭔지는 알 수 없었지만 상민은 평소 좋아하는 컬러를 선택했다.

"난 블루컬러를 더 좋아해."

그러자 아영이 갑자기 들고 있던 사탕을 하나 입안에 집어넣었다.

'어?'

이상하다는 듯이 그녀를 보던 상민의 머릿속에 불이 번쩍 일었다. 그의 얼굴이 살짝 질리기 시작했다.

'이, 이 녀석……'

아직 마음의 준비가 다 되지 않은 상민의 분신을 아영이 부드럽게 감싸 물었다. 좀 전까지 목캔디를 물고 있던 그녀의 입안에 들어가진 그의 남성은 걷잡을 수 없는 격한 자극에 휩싸였다.

'아, 아아……'

싸하다, 시원하다 등 그런 단순한 표현들로는 설명이 안 되는 위력적인 자극이 그를 강타했다. 입안을 화한 느낌으로 무장한 그녀의 공격에 상민은 몸을 움찔하며 약간 뒤로 움직였다. 그녀의 혀와 입술이 닿을 때마다 상민의 분신에게 감당 못 할 황홀감을 선사했다.

'내가 틀렸었어, 천국을 볼 수 있다는 그 녀석 말이 맞았어. 천국임에는 틀림없는데 문제는 속에서 타고 있는 지옥 불을 끌 방법이 없다는 거군.'

마구 새어 나오려는 신음소리를 안으로 삼키는 것이 거의 불가능하다는 것을 깨달은 그가 극단의 조치를 취하기로 마음먹고는 간신히 입을 열었다.

"혈액순환이 너무 안 돼. 어지러워……"

그렇게 말끝을 흐리며 눈을 감은 상민이 침대 아래로 몸을 날렸다.

'원래 죽은 척을 하면 가끔은 살 수 있는 희망이 보이기도 하니까……'

그를 애무하던 아영이 그의 소리에 잠깐 몸을 일으킨 순간 그가 속절없이 침대 아래로 떨어져버렸고 그대로 바닥으로 나뒹굴어졌다. 너무 놀란 그녀가 상민에게 달려들며 소리를 질렀다.

"으씨, 무식하게 힘만 세가지고. 도대체 사람을 어떻게 묶어놓은 거야?"

아영이 준혁을 원망하며 쓰러진 상민의 손발을 묶고 있는 로프를 잘라냈다.

"괜찮……"

괜찮냐고 묻기도 전에 기절한 것처럼 보였던 그가 확 하고 달려들면서 반 바퀴 몸을 돌렸다. 바닥에 눕혀진 그녀의 손목을 잡으며 상민이 아영의 입술에 입술을 맞댔다. 그녀의 입술을 자신의 안으로 빨아들이며 그녀의 달콤한 숨결을 단숨에 빼앗았다. 그가 혀로 그녀의 안을 있는 대로 어루만졌다. 그녀의 탐스러운 붉은빛 입술과 감미로운 혀를 만족스러울 때까지 맛보았고, 그녀의 사랑스러운 혀와 뒤엉켜 돌며 마음껏 그녀를 탐했다. 거칠고 과격하게 숨도 못 쉴 정도로 딥키스를 퍼붓던 그가 한참 후 멈추었다. 그가 잠시 틈을 허락하자 아영이 완전히 흐트러져버린 호흡을 가다듬기에 바빴다. 정신없이 숨을 몰아쉬는 그녀의 귓가에 그의 음성이 들렸다. 여전히 흥분을 가라앉히지 못한 그의 무척이나 섹시한 음성이었다.

"사랑해."

"저도요."

"그러니까 보여줄게."

"네?"

"그러니까 느끼게 해줄게."

"뭘요?"

정말 모르겠다는 듯이 두 눈을 동그랗게 뜨고 묻는 아영을 보고 그가 입꼬리를 한쪽만 살짝 올리며 대답했다.

"내가 생명의 위협을 느껴가며 경험한 걸 말이야."

그렇게 말하며 상민이 아영을 안고 일어섰다.

"저기 뭐, 뭐에요?"

"네 안에 들어가려면 이 녀석을 닦아야 하니까."

"그럼 닦고 나오면 되지, 왜 날……."

"내가 씻고 나오는 사이 도망쳐버릴까봐 혼자 둘 수가 있어야 말이지."

발버둥치는 그녀를 안고 상민이 욕실로 들어갔다.

"안 도망쳐요."

소리치는 아영을 상민이 욕조에 앉혔다. 그리고는 입고 있던 셔츠 단추를 뜯기 시작했다. 그 모습에 놀라 아영이 상민을 보며 물었다.

"무슨 짓이에요? 단추를 풀지 않고."

"아직 그런 세밀한 동작을 하고 있을 만큼 진정이 되지 않아서 말이야."

"네?"

아무래도 아니다 싶은 아영이 자리에서 일어섰다.

이미 바지를 벗어버린 그가 짓궂게 말을 했다.

"나 샤워 끝내기 전에 움직이면 내가 당했던 것처럼 묶어버릴 거야."

장난 같지 않은 그의 협박에 졸아서 아영이 얌전히 다시 앉았다.

강하게 쏟아 내리는 차가운 물줄기 아래에서 그녀가 남겨준, 몸서리쳐질 정도로 짜릿한 쾌감을 선사했던 위력적인 사탕의 흔적을 지워내고는 가볍게 샤워를 마친 그가 반항하지 않고 자신을 기다려준 그녀에게로 달려들었다. 그녀의 블라우스를 벗기고 속옷들을 그녀의 몸에서 제거하고는 순식간에 알몸이 된 그녀를 보고 그가 웃으며 말했다.

"두 손으로 내 어깨를 잡아."

뜬금없는 그의 요구에 아영은 그를 한 번 쳐다보았으나 의외로 부드러운 그의 말투에 안심을 하며 그가 하라는 대로 해주었다. 마주 보고 선 아영이 상민의 양쪽 어깨에 각각 손을 올려놓자 그가 단호하게 말했다.

"꽉 잡아. 절대로 놓지 마."

그렇게 말하고는 기마 자세 비슷하게 다리를 굽히고 선 상민이 아영의 다리 사이로 두 팔을 넣어 그녀의 무릎 뒤를 잡아들었다.

다리가 벌려진 채 들려진 그녀의 안으로 자신의 분신이 파고들 수 있게 팔의 힘을 이용하여 그녀를 가까이 밀착시켰다.

"하아아악."

두 팔을 쭉 뻗어 그의 어깨에 매달리듯 된 아영이 갑작스레 밀고 들어오는 그가 만들어내는 격한 쾌감에 교성을 지르며 머리를 뒤로 젖혔다. 웬만한 남성들은 꿈도 꾸기 어렵다는, 몸 좀 단련해놓은 파워풀한 그들만이 즐길 수 있다는 여성을 아예 공중으로 들어 올려 관계를 맺는 특별한 자세에 별로 어렵지 않게 성공하는 역시 강한 남자 유상민이었다. 우람하고 탄탄한 두 다리로 턱 버티고 서서 그녀의 무릎 뒤를 안쪽 팔뚝으로 받치고 그녀의 허벅다리를 두 손으로 감싸 쥔 자세에서 사랑을 나누기 시작하는 둘이었다.

약 5개월의 시간이 흐른 4월 초의 일이었다.

"으악, 아파. 아파 죽겠다고. 으……."

대한병원 응급실에서 한 환자가 가슴을 부여잡고 못 견디겠다는 듯이 소리를 지르고 있었다. 중년 남성으로 보이는 이 환자의 곁으로 흰 가운을 입은 의사만 대여섯이 보였다. 환자 상태에 대해 다급하게 보고하는 사항을 차가운 표정으로 듣고 서있는 준혁이었다.

"찢어질 듯하다는 강한 흉통으로 내원한 48세 남환으로 Hypertension고혈압이 있는 상태였으며 평소 PO medication경구로 약 복용 중이었으나 제대로 복용하지 않았다고 합니다. chest x-ray흉부 방사선 사진상 aortic dissection대동맥 박리 의심 소견 보여 시행한 CT입니다."

준혁이 CT 사진을 보고 살짝 미간을 좁히며 입을 열었다.

"당장 응급수술 준비해."

"네."

신의 손이라 불리었던 외과계의 전설인 황중택 교수의 외손주로서, 그의 뛰어난 능력을 고스란히 물려받은 준혁은 외할아버지와 같은 길을 걷고 있었다. 혈관 이식 파트 전임의로 대한병원에 복귀한 준혁이 급성 대동맥 박리증 환자의 응급수술을 결정했고, 그 지시에 따라 외과 레지던트들이 분주히 움직이기 시작했다. 그때 누군가 준혁의 어깨에 손을 얹었다. 곧바로 수술실로 향하려던 준혁이 뒤를 돌아보았다. 여전히 웃는 얼굴은 적응이 안 되는 그가 살짝이지만 미소를 지어보이며 서있었다. 준혁이 그다지 반갑지 않은 듯 물었다.

"무슨 일이죠?"

당직이 아닌 천혈성이 가운까지 걸치고 응급실에 있는 것을 보고 준혁은 약간 의아하다는 얼굴을 했다.

"이 수술 내가 들어가지."

갑자기 수술을 대신 들어가겠다는 그를 보고 준혁의 눈썹이 꿈틀거려졌다. 다른 이들이 가까이 붙어 서있지 않다는 것을 알고 준혁이 입을 떼었다.

"왜? 내가 커버 못할 것 같나?"

"수술은 나한테 맡기고 산모 응급실 쪽으로 가봐."

"뭐?"

준혁이 놀란 표정으로 묻는 순간 준혁의 폰에서 벨이 울렸다. 윤비서의 전화였다.

"접니다, 도련님. 윤희 아가씨께서 지금 막 분만실로 입원하셨습니다."

윤비서의 소리에 준혁은 잠시 멍한 표정이 되었다. 사실 4월 5일이 예정일이었지만 3일이나 지난 상태라 뭔가 소식을 기다리고 있는 입장이었다. 하지만 원래 초산들은 흔히들 늦어진다고 하고 아침에만도 윤희에게 아무런 증상이 없어 준혁은 예상치 못한 일이었다.

"알았어."

준혁이 전화를 끊고 천혈성을 쳐다보며 말했다.

"부탁합니다. 천혈성샘."

그렇게 말하고는 준혁이 분만실 쪽으로 뛰기 시작했다. 그때 또다시 준혁에게 전화가 왔다. 이번에는 누나 유리의 전화였다.

"윤희 입원했어."

"알고 있어. 가는 중이야."

"그래? 그럼 얼굴 보고 얘기하자."

준혁은 서둘러 윤희에게로 달려갔다.

대한병원 LDR (Labor · Delivery · Recovery), 진통실 · 분만실 · 회복실을 일체화한 분만 시설 중 한 곳의 침대 위에 환자복으로 갈아입은 윤희가 누워있고, 그 옆에 준혁이 초조한 빛이 역력한 얼굴을 하고 서있다.

"왜 나한테 바로 연락 안 한거야?"

"그게, 오빠 수술 들어갔을지도 모르니까."

"들어갔어도 전화했으면 수술실 간호사가 대신 받아서 귀에 대줬을 것 아니야? 통화할 수 있다는 거 알잖아."

"그렇지만 하필 내가 전화했을 때 중요한 부분을 하고 있으면 어떡해? 방해될까봐 걱정됐어."

"그래도 수술 들어가기 전이었는데, 다른 사람한테 부탁하고라도 내가 가서 함께 왔어야지?"

"나기사님이 잘 데려다……."

말을 하다 말고 윤희가 몸을 웅크렸다. 아파서 찡그린 얼굴을 준혁에게 보이지 않으려고 고개를 있는 대로 숙이는 그녀였다.

"왜……?"

왜냐고 바보처럼 묻다가 준혁이 입을 다물었다. 왜냐니, 아파서 그러는 게 뻔한데 말이다. 입술을 꼭 깨물며 신음소리를 안으로 삼키는 윤희의 이마에 진땀이 맺혔다. 1분 남짓 배와 허리를 훑고 지나간 강한 진통에 윤희의 하얀 얼굴이 더욱 하얗게 질렸다. 자신을 쳐다보지 않는 윤희의 얼굴을 보려고 준혁이 침대 옆에 쪼그리고 앉아 그녀와 눈을 맞추었다. 순간 준혁의 눈빛이 몹시도 흔들렸다. 고통으로 일그러진 윤희의 얼굴을 적나라하게 본 것도 아니면서, 그리 예리하지도 않은 둔탱이라는 말이 잘 어울리는 그였으면서도 윤희의 표정에 남아있는 고통의 잔상을 읽어내는 것은 그리 어렵지 않았다.

"많이 힘들어?"

"아니요……."

자신을 위해 뻔한 거짓말을 하고 있는 아내 윤희의 손을 그가 꼭 잡아주었다. 그러자 윤희가 입을 떼고는 나지막이 속삭였다.

"그러고 있지 말고 저곳에 앉아요."

방의 한쪽에 마련되어 있는 소파를 가리키며 말하는 윤희를 보고, 그녀가 아파서 몹시도 속상한 그가 억지로 웃어 보였다.

"옆에 있고 싶어."

"저기 앉아있어도 옆에 있는 거예요."

"싫어, 최대한 가까이 있고 싶어."

그녀의 곁에서 떨어지지 않는 준혁을 보고 옅은 미소를 짓던 윤희의 얼굴이 일순간 완전히 찌푸려졌다. 그녀가 다시 한 번 몸을 굽히며 준혁이 잡고 있는 손을 파르르 떨었다. 만만치 않은 고통이 그녀를 휩쓸고 있다는 것을 말하지 않아도 알 수 있는 준혁의 얼굴이 무겁게 굳어져버렸다.

그때 가족 분만실의 문이 열리고 유리가 들어왔다. 아파하는 윤희의 모습에서 시선을 떼지 못한 채 바닥에 한쪽 무릎만 세우고 쪼그리고 앉아 어쩔 줄 몰라 하는 동생 준혁을 보고, 유리가 조용히 옆으로 다가와 섰다.

"윤희 많이 아플 거야. NST^{무자극 검사, 태아의 안녕을 확인하는 검사로 자궁 수축의 강도도 함께 알 수 있다} 한 거 봤는데 진통이 꽤 세게 있어."

윤희의 진통이 지나가고 나자 준혁이 자리에서 일어서 유리를 보았다.

"어떻게 병원에 있어? 당직 아니잖아?"

"오늘 지유 아빠가 당직이야. 잠깐 볼일이 있어서 들렀다가 윤희가 응급실에 왔다는 연락 받고 왔지."

"상태가 어때?"

"자궁 경부는 2센티미터 정도 열렸고, 양수가 먼저 터진 상태야. 문제는 nuchal cord^{태아 목을 감고 있는 탯줄}인데."

"심각해?"

"원래 한 번 감는 아가들은 20~25퍼센트나 되지. 그런데 지금 아강은 두 번을 감고 있어. 두 번 감은 태아들은 2퍼센트로 드문 편인데……."

준혁이 몹시 걱정스러운 얼굴로 물었다.

"그럼 제왕절개술을 하는 게 어때?"

"아니야. 어떤 애들은 세 번 감고도 자연분만 잘하는 경우도 있어. 윤희가 골반이 비정상인 것도 아니고. 조금 더 상황을 지켜보자. 아기가 잘못 내려오거나 심장박동수가 감소하면 그때 수술을 결정하는 게 옳아."

그사이 다시 윤희가 아파하기 시작했다.

"너무 자주 아픈 거 아니야?"

"원래 아기 낳으려면 1~2분마다 아파."

"하아……."

초조한 얼굴의 준혁이 윤희의 머리카락을 쓸어 올려주며 말했다.

"그냥 수술시키는 게 나을 것 같아. 너무 아파하잖아."

"바보, 수술은 뭐 안 아프냐? 수술도 아파. 단지 분만은 낳기 전까지 많이 아프고 수술은 낳고 나서 많이 아프다는 차이라고."

딱 잘라 말하는 유리의 소리에, 그리고 아무 소리도 안 내고 속으로만 참고 있는 윤희를 보고 준혁이 깊은 한숨을 내쉬고는 입을 다물었다. 유리가 진통이 지나간 윤희에게 웃으며 말했다.

"엄마가 된다는 건 정말 어려운 일이야. 혼자서 다 겪으려고 하지 말고, 이 녀석한테 아프다고 소리도 지르고 투정도 부리고 하란 말이야."

유리의 말에 윤희가 입을 조금 움직여 웃는 시늉을 하면서 고개만 힘없이 끄덕였다. 투정을 부리고 말고 할 만큼의 여력이 없었다. 그야말로 아파 죽겠기 때문이었다.

그 시간 서울 대한 프레스티지 호텔 지하에 위치한 클럽 헤븐리 월드에 무척이나 돋보이는 예쁜 여대생 대여섯이 모여 앉아있었다.

"여기 정말 대단하네."

"그러게 인테리어 진짜 짱이다."

"우리나라 최고라더니 역시."

다들 감탄의 소리를 뱉느라고 정신이 없는데, 그들 가운데 그저 별 감흥이 없다는 얼굴로 앉아있는 아영이 보였다.

옆에 있는 친구가 아영을 툭 건드리며 물었다.

"뭐야? 너는 여기 와본 적 있어?"

"어? 아, 아니."

사실 이곳에서 잠깐이긴 해도 밤무대 가수로 활동도 했던 그녀였지만 솔직히 말하고 싶지는 않았다. 그저 별말 없이 친구들 사이에 앉아 술잔에 들어 있는 예쁜 칵테일이나 할짝대고 있었다. 몇 번 스테이지에 나가 춤도 추고 다시 들어와 술을 마시고 있는데 웨이터가 그녀들에게 다가와 말했다.

"저쪽에 멋진 킹카 분들이 합석하기를 바라신다고 하는데 미녀 분들, 어떠십니까?"

능글능글한 웨이터가 가리키는 방향으로 일제히 시선을 돌린 그녀들의 눈 안에 잘빠진 귀공자 스타일의 남자 여럿이 앉아 있는 것이 보였다. 그들이 룸 안에 있었기 때문에 유리를 통해 본 거라 확실진 않아도 꽤나 있어 보이고 물 좋은 녀석들임에는 틀림없다고 느껴졌다.

"좋아요."

"뭐, 나쁘지 않겠어요."

"다들 그렇다면야……."

"재밌겠네."

그녀들 중에는 싱글도 있었고 애인이 있는 사람도 있었다. 하지만 아영이처럼 유부녀는 없었다. 대학교에 입학한 지 이제 겨우 한 달밖에 되지 않은 아영은 좀 더 대학생다운 삶을 즐겨보고 싶어서 친구들에게는 결혼 사실을 숨긴 상태였다.

"이렇게 쉽게 오케이 하면 너무 가벼워 보이지 않을까?"

아영이 조심스레 반대의 의견을 내보았지만 전혀 먹혀들지 않았다.

"야, 야, 아직 밤이니까 저런 인물들이 손짓을 하지. 좀 더 지나서 자정 넘으면 멋들어진 녀석들은 다들 어디론가 사라져버린다고."

"그래, 괜찮아 보이는데 뭐. 난 남친도 없다고."

"내 친구가 엊그제 여기서 한 남자를 만났는데 정말 집안 죽이고 매너 끝내주고 완전 최고더라고."

"이곳이 원래 고가라서 여기 올 정도면 다들 장난이 아니지. 우리만 봐도 그렇고."

그 때 룸 안에 있던 자들 중 가장 스타일 괜찮은 녀석 하나가 그녀들의 곁으로 다가왔다. 그리고는 정중하게 자신의 소개를 했다. 멋지게 생긴 데다가 음성도 무척이나 호감을 불러일으키는 그가 그녀들의 양해를 구했다.

"함께 이야기를 나누려면 홀보다는 아무래도 룸이 나을 것 같아 모시기를 청했는데 혹시 불쾌하셨다면 사과드립니다."

그의 부탁에 모두들 자리에서 일어서는데 혼자만 앉아 있는 아영을 보고 그가 아영의 손목을 잡으며 말했다.

"함께 가시죠. 즐거운 추억이 될 거에요."

온몸에 긴장이 돼서 불편한 표정으로 앉아있는 그녀를 억지로 일으켜 세우는 그였다.

"일어서봐요. 친구들은 벌써 다 들어갔는데……."

웨이터의 안내에 따라 그가 나왔던 룸으로 아영의 친구들이 어느새 들어가버렸다. 그쪽을 보고 잠시 고민스러운 얼굴을 하던 아영이 그의 손을 뿌리치고는 다시 자리에 앉았다.

"저는 그냥 여기 있을래요. 그러니까 돌아가세요."

아영이 나름 단호하게 말했지만 그가 씩 하고 웃으며 아영의 옆자리에 앉
으며 입을 열었다.

"정말 예쁘게 생겨서 왜 그렇게 빡빡해? 이런데 처음 와봐? 그럼 오빠가
제대로 노는 법을……, 으윽."

아영에게 작업을 걸며 그녀의 어깨 위로 팔을 뻗던 그가 손목을 강하게
붙잡히고는 신음소리를 흘렸다. 깜짝 놀라 뒤돌아보던 아영의 얼굴이 사색
이 되어버렸다.

'아……'

그때 팔을 잡힌 그가 연신 신음소리를 내며 자리에서 일어섰다.

"이, 이거 놔!"

손을 빼지 못하고 아파서 어쩔 줄 몰라 하던 그자의 손이 풀리자 자신의
손목을 부여잡고는 한참을 고통스러워 했다.

"으으윽, 너 이 자식. 도대체 뭐하는 놈이야?"

이를 박박 갈며 묻고 있는 그자를 보고 아영의 뒤에 서있던 검은 양복에
선글라스를 끼고 있는 그가 입을 열었다.

"이분의 보디가드죠."

"뭐? 보디가드 따위가 어디서 감히 끼어들어, 어? 조용히 밖에서 찌그러
져 있어."

"한마디만 더 지껄이면 어디 한군데 으스러질 각오하는 게 좋을 거야."

그의 기에 눌려서 그자는 노려보면서도 더 이상 허튼 소리를 뱉지 못했다.
그때 룸 안에서 이 광경을 보고 있던 그와 아영의 친구들이 몰려나왔다.

"무슨 일이야?"

"어떤 자식이 껴들고 난리야?"

"괜찮은 거야?"

하나같이 그자의 눈치를 보는 듯 한마디씩 건네며 그의 옆으로 가서 섰고, 그들을 좇아 나온 그녀들도 괜히 아영을 걱정하는 듯한 말들을 건넸다.

"왜 그래, 아영아?"

"무슨 일인데?"

"저 사람은 누구야?"

아영의 뒤에 서있는 그를 가리키며 친구가 묻자 아영이 마지못해 입을 열었다.

"그게 그러니까, 내……."

그녀의 입에서 남편이라는 소리가 나오려는 찰나 그가 먼저 입을 열었다.

"한아영 아가씨의 보디가드입니다."

"보디가드?"

"뭐야? 영화 같아."

"하긴 국정원장님 따님이니."

상민이 가만히 서있는 아영을 보며 아주 정중하게 말했다.

"아가씨, 그만 가보셔야 할 시간입니다."

그의 말에 아영이 상민을 똑바로 쳐다보았다. 원래의 마음도 읽기 어려운 그가 검은 선글라스 뒤에 가려져 있으니 그녀는 더욱 이 남자의 심중을 알 수가 없었다. 그러나 화가 났을 것은 자명했다. 그녀는 순순히 상민을 따라 그곳에서 나왔다. 클럽에서 빠져나와 그와 함께 엘리베이터에 탄 아영은 로비에서 내릴 줄 알았는데 계속해서 위로 올라가자 놀란 눈으로 상민을 보며 물었다.

"집에 안가요?"

"네."

아무도 없는데 정말 보디가드이기라도 한 듯이 경어를 쓰는 그를 보고 아

228
229

영이 이상하다는 듯이 말했다.

"왜 존대하고 그래요? 이상하게."

"지금은 보디가드로 옆에 서있는 중이니까요."

그의 음성이 무척이나 서늘하다는 사실을 눈치 채고는 아영이 그를 한번 훑어보았다. 예전 자신의 보디가드로 있을 때와 똑같은 차림으로 곁을 지키고 서있는 그였다. 정말 멋진 그 모습에 아영은 무척이나 설레기 시작했다. 그녀가 조금 전보다 밝아진 얼굴을 하고는 웃으며 물었다.

"왜 보디가드 놀이를 하는 건데요?"

그녀의 천진난만한 질문에 엘리베이터에서 내리며 그가 말했다.

"보디가드로 있는 편이 마인드 컨트롤을 하기에 좀 더 쉬우니까요."

그 소리에 아영의 가슴이 철렁하고 내려앉았다. 그의 옆에서 따라 걸으며 아영이 조용히 입을 열었다.

"그럼 내일 아침까지는 계속 보디가드로 남아 있어줘."

스위트룸 앞에 도착한 상민이 그녀의 요구를 듣고는 문을 열기 전에 대답을 했다.

"이 안에 들어가면 놀이는 끝입니다, 아가씨."

선글라스 속에 숨겨진 그의 날카로운 눈매를 보지 못했어도 아영은 왠지 서늘한 기운을 느끼고 말았다.

그 시간 대한병원 분만실 밖 대기실에는 윤희의 입원 소식을 듣고 달려온 윤희의 어머니, 아버지와 동생 윤후가 앉아 있었다. 방금 전 도착한 윤후가 초조한 표정으로 앉아 있는 부모님께 물었다.

"누나는 만나보셨어요?"

"그래, 잠깐 면회 시간에 봤다."

"어머니도요?"

"응, 나도 보고 나왔어."

"가족 분만실에 누나가 들어갔다고 매형이 그러던데 그러면 함께 들어가 있어도 되는 거 아닌가요?"

윤후가 묻자 어머니가 한숨을 내쉬며 대답을 했다.

"한 명은 더 들어갈 수 있는데 네 누나가 나가 있으라고 난리다. 김서방도 나가라고 하는데 간신히 붙어있는 것 같아."

"에? 누나가요?"

"그래."

"무슨 소리에요? 안 들어가겠다고 해도 힘든 거 함께 느껴야 한다고 남편에게 들어오라고 난리치는 게 요즘 추세라는데."

"그러게 말이다. 그런데 내가 봐도 안쓰러울 정도로 김서방 표정이 말이 아니더라고. 진통이 지나가고 정신이 들 때 윤희가 김서방에게 나가 있으라고 하는 건 어쩌면 맞는 말일 수도 있어. 어떻게 진통 중인 녀석보다 더 얼굴이 안 됐는지."

윤희의 어머니가 걱정스러운 얼굴로 말하자 옆에 앉아있던 아버지가 조금 전보다는 긴장이 풀린 모습으로 입을 열었다.

"김서방이 딱 나를 닮아서 그렇지. 내가 당신 윤희 낳을 때 옆에서 죽을 뻔했던 거 기억 안 나?"

"글쎄요, 당신은 진통실에 들어오지도 않았었던 걸로 아는데요?"

"그 시절에는 못 들어오게 했으니까 그랬지. 하지만 밖에서 왔다 갔다만 수천 번 했었다고. 당신 아이 낳고 만나자 마자……."

말끝을 흐리는 윤희의 아버지를 쳐다보고 윤희 어머니가 고개를 숙이며 나지막이 말을 했다.

"그러고 보니 부모님 돌아가셨을 때 빼고 당신이 눈물을 흘리는 걸 본 건 그때뿐이었던 것 같네요."

옛 생각을 하는 윤희의 부모님이었다.

분만실 스테이션에 유리가 앉아서 논문을 읽고 있는데 옆에 있던 간호사 하나가 의아하다는 듯이 물었다.

"선생님이 왜 계속 지키고 계세요?"

"그게, 아무래도 내가 더 진정이 안 돼서. 나한테는 첫 조카거든."

"에이, 조카가 아무리 예쁜들 지유만 하겠어요?"

"그치만 아강인 남자애잖아? 내가 고모가 되는 거고. 그러니까 막 설레고 그래."

"그런가요?"

그때 유리의 폰 벨이 요란하게 울렸다.

"네."

"아직이냐?"

"네, 아빠. 윤희 초산이에요. 이제 시작이고요. 아직도 아주 많이 멀었어요. 내일 아침에나 되어야 친손주 보실 수 있으실 거예요."

"나도 가보는 게 좋지 않겠느냐?"

"아빠, 아빠가 오시면 윤희 부담스러워서 안 돼요. 그냥 푹 쉬고 계세요. 이제 11시 다 되가는데 얼른 주무셔야 내일 아강일 보죠."

"하하, 녀석. 내가 어찌 잠을 청할 수 있겠냐? 준혁이 녀석은 괜찮고?"

"숨은 쉬고 있어요."

"무슨 소리냐?"

"살아는 있다고요."

유리의 소리를 알아들은 김회장이 껄껄 웃는 소리가 전화기 너머에서 들렸다. 가족 모두가 보내는 마음으로부터의 응원을 받으며, 새 생명을 보기 위해 전쟁을 치르고 있는 한 쌍의 아름다운 예비 부모인 준혁과 윤희였다.

언제부턴가 파랗게 자국이 남을 만큼 아랫입술을 세게 깨물기 시작하던 윤희가 급기야 신음소리를 내기 시작했다.

"으으으윽윽."

얼굴을 있는 대로 찡그리고 고통에 몸서리를 치고 있는 윤희를 보며 그녀의 이마보다 더 많은 땀방울이 맺혀버린 준혁이었다. 준혁이 윤희의 두 손을 꼭 잡아주고 있는데 진통이 올 때마다 윤희는 그의 손을 으스러질 정도로 세게 쥐었고, 그것만으로도 그는 윤희가 감내해야 하는 진통이 얼마나 심하게 고통스러운 것일지 굳이 말하지 않아도 알 수 있었다. 진통이 지나가고 나서 윤희가 지친 눈으로 준혁을 바라보았다. 자신보다 훨씬 더 아파하고 있는 그의 표정에 윤희가 또다시 같은 말을 했다.

"나가 있어요."

"싫다고. 안 된다고 했잖아."

"하지만 오빠가 곁에 있으면 맘 놓고 아파할 수가 없어요."

"어째서? 그냥 아파하라고! 아니, 내가 대신 아플 수 있는 방법은 뭐 없는 거야?"

말도 안 되는 소리를 하는 준혁을 보고 윤희의 입가에 아주 옅은 미소가 스쳤다.

"우리 아강인 당신을 닮았겠죠?"

진통과 진통 사이에는 잠깐 휴식 시간이 지나간다. 산모도 태아도 숨을 쉬기 위한 시간이 말이다. 죽도록 고통스러워 하던 윤희가 던진 그 말에 준혁이 애써 웃음이란 걸 지어보며 대답했다.

"하나도 안 닮았어. 내가 널 이만큼 아프게 한 적은 단 한 번도 없었다고."

준혁의 소리에 대꾸도 하지 못하고 윤희가 또다시 배를 움켜쥐며 몸을 뒤틀었다.

"아아아아악."

'아, 정말 안 되겠다. 도대체 왜 이렇게 아파하는 거야?'

232
233

윤희보다 더 하얗게 질린 준혁이 보다 못해 뛰쳐나가려는 순간 LDR의 문이 열리고 유리가 들어왔다.

"왜? 어디 가려고?"

"너한테."

말도 못하게 초췌할 정도로 진이 빠진 그의 표정을 보고 유리는 그가 할 말이 뭔지 알 수 있었다.

"무통 안 놓아주냐고?"

"그래."

"무통 주사도 어차피 척추 마취인데 너무 초기에 하면 진통 중에 마취 기운이 풀려 다시 아파질 뿐이야. 게다가 밤에는 촉진도 못 하는데 그나마 있던 진통마저 사그라지면 아무래도 진행이 너무 느려지지. 그러니까 한 30퍼센트 진행되었을 때가 좋아."

"한번 봐봐. 80퍼센트는 되었을 것 같아."

그의 억지소리에 유리가 웃으며 대꾸했다.

"너 딱 아빠 같아. 초산에선 30퍼센트 열리고도 평균 진통 시간이 거의 여덟 시간은 걸려."

절망적인 그 소리에 준혁은 한숨밖에 나오질 않았다. 윤희의 내진을 해본 유리가 조금 굳어진 얼굴로 입을 열었다.

"열린 건 2.5센티미터지만 얇아질 건 다 얇아졌어. 이제 조금만 더 고생하면 무통도 할 수 있겠어. 그런데 너무 높은 편이네. 아기가 조금도 처지지 못하고 있어. 아무래도 nuchal cord가 신경 쓰여."

유리가 준혁에게 그렇게 말하고 윤희를 돌아보는데 갑자기 태아 심음을 감지하던 기계에서 신호음이 들렸다. 유리가 모니터를 쳐다보는데 태아 심박동을 나타내는 곡선이 아래로 향하기 시작했다. 순간 유리의 눈동자가 커지는가 싶더니 윤희를 재빨리 왼쪽을 보고 옆으로 돌아눕게 했다. 그때 밖의 중앙 모니터에서 경고음을 들은 간호사와 레지던트가 쫓아 들어왔다. 간호사가 윤희가 누워있는 침대 머리맡에 걸린 액자를 들어 올리고 액자 뒤에 숨겨져 있던 산소 연결 장치에 산소마스크 라인을 연결하고 산소 밸브를 틀고는 윤희의 얼굴에 마스크를 씌우며 말했다.

"자, 심호흡을 깊이 하세요."

윤희는 열심히 시키는 대로 했다.

유리가 수액 속도를 조절해 좀 더 빨리 떨어지도록 하고는 레지던트가 준비해준 비닐장갑을 끼고는 다시 내진을 했다. 준혁을 보며 말하는 유리의 음성이 미세하지만 떨리고 있었다.

"다행히 cord prolapse제대 탈출증는 아니야. 확실히 탯줄이 눌리는 사인인데……."

그때 다시 태아 심박동 소리가 빨라지기 시작했다. 다행히 위험한 정도는 아니게 회복된 것을 보고는 유리가 고민스러운 얼굴을 보였다.

"흐음."

유리의 표정을 살피던 윤희와 준혁의 입에서 동시에 말이 튀어나왔다.

"수술해주세요."

"수술할게."

수술을 원하는 둘이었다. 아기를 위하는 윤희가, 그리고 윤희와 아기 둘 다를 위하는 준혁이가 말이다. 같은 소리를 하는 둘을 보고 유리가 고개를 끄덕이며 입을 떼었다.

"조금 일찍 결정하는 것 같긴 해도 여러 가지로 승산이 없다. 윤희가 너무 일찍부터 죽어라 아파하는 걸 보니 아마 아강이 포지션도 좋지 않은 것 같아."

지금 막 밀고 들어가야 할 만큼 초응급은 아니었지만 고생만 하다가 수술을 하게 될 가능성이 높아지자 유리가 결국 수술을 결정했다.

"그래, 둘이 함께 원한다면 그렇게 하자. 그런데 자연분만을 못 해서 좀 아쉽……."

유리의 아쉽다란 소리를 쏙 들어가게 하려는지 또다시 태아 심음이 떨어지기 시작했다. 그러자 유리가 레지던트를 보며 준비하라는 오더를 내렸고, 레지던트는 서둘러 수술실로 연락해 응급수술을 준비시켰다.

스위트룸 문을 열고 들어온 상민이 거실에 놓여있는 소파에 앉자 아영이 그의 앞으로 가서 미주 보고 앉았다. 잠시 동안 둘 사이에 정적이 흘렀다. 먼저 침묵을 깬 건 선글라스를 벗어 탁자에 내려놓고 입을 연 상민이었다.

"미안해."

예상 밖의 그의 소리에 아영이 무슨 소리냐는 듯이 물었다.

"네?"

"미안하다고."

잠시 고민스러운 얼굴을 한 아영이 역시 알 수 없다는 표정을 보였다.

"어째서요?"

"일단 네가 친구들과 만나는 걸 미행했다는 거, 그리고 아직 모임이 다 끝난 것도 아닌데 내가 방해를 했다는 거."

아영의 눈동자가 조금 더 커졌다.

그가 이런 말을 할 거라고는 상상도 못 했기 때문이었다. 엄청 혼날 게 분명하다고 잔뜩 졸아있던 그녀였으니 말이다.

"마지막으로 다시는 그러지 않겠노라고 말할 수 없겠는 거."

그의 말에 아영이 조심스레 입을 떼었다.

"아까……, 보디가드로 남아있는 편이 감정을 컨트롤하기 쉽다고 했었던 건 그만큼 화났다는 거 아니에요?"

"음……."

"그런데……."

"이런 일에 기분 상한다는 게 한심해서. 난 너의 자유를 구속하고 싶지 않은데……."

'이성과 감정이 따로 노네.'

그의 표정을 보고 그만큼 예리하지 못한 아영이었지만 그가 여전히 화가 난 상태라는 건 알 수 있었다. 제 아무리 이성적이고 냉철한 성격의 소유자라 하더라도 이런 경우에는 화가 나는 게 당연한 일임에도 상민은 왠지 그러고 싶지 않았다. 하지만 내면의 본심은 아마 그렇지 못했나보다. 얼굴이 안 그러려고 해도 굳어져 있었으니 말이다. 그때 상민을 바라보고 있던 아영이 수줍어하며 입을 열었다.

"함께 샤워해요."

지금껏 한 번도 아영이 먼저 말한 적이 없는 소리였다. 항상 상민이 먼저 조르다시피 해야 했던 말이었다. 그녀가 처음으로 한 그 말에 상민의 심장에 박혔던 얼음 조각들이 스르르 녹아내렸다. 상민의 얼굴에 조금이지만 화색이 도는 것을 보고 아영이 그의 곁으로 다가와 앉았다. 그리고는 그가 입고 있던 셔츠의 단추를 손수 풀어주기 시작했다.

"사랑해요, 오빠……."

그녀는 언제나 그에게 상민씨라고 불렀었다. 그러니 오빠라는 호칭에, 그녀의 진심이 가득 담긴 눈동자에, 애교 넘치는 콧소리 섞인 그 음성에 상민이 결국 웃고 말았다.

"후훗, 하하하……."

웃고 있는 그에게 아영이 한 번 더 아양을 떨며 물었다.

"오빠, 이제 삐친 거 풀렸어요?"

'삐친……?'

삐쳤다니……. 자신에게는 너무너무 안 어울리는 소리라고 생각하던 상민이 결국 인정을 했다.

"아니, 아직 삐친 채로야. 풀어줘봐."

"삐치는 남자는 매력 없는데……."

"그런 건가?"

"오빠는 빼고요."

"어째서?"

"오빠는 무슨 짓을 해도 매력이 철철 넘쳐요."

작정하고 태우는 아영의 비행기에 결국 상민은 하늘을 날기 시작했다. 아영이 그의 셔츠를 벗기다 말고 그의 쇄골 위에 입을 맞추었다.

"취했나봐요."

"응?"

"먹고 싶으니까……."

붉어진 두 볼을 하고 도발적 언사를 숨김없이 뱉고 있는 아영의 반쯤 풀린 눈을 보고, 상민의 눈빛도 곧 정염에 휩싸였다. 그가 아영을 번쩍 안아 들고 침실로 향하는 동안에도 아영은 그의 가슴을 손가락으로 만지작거리는 걸 멈추지 않았다.

"삐쳐도 멋진 사람은 당신뿐이라고요……."

혼잣말처럼 나지막이 속삭인 그 소리가 상민의 귀에 똑똑히 들어와 박혔다. 아영을 안은 채 곧바로 욕실로 직행하는 상민의 얼굴에 미소가 드리워졌다.

띠띠띠띠띠띠. 윤희의 심장박동을 체크하는 기계음만이 조용한 수술실의 정적을 깨고 있었다. 메스를 잡고 있는 이지성도, 어시스트를 서주고 있는 유리도, 교수 두 명이 함께하는 유래 없는 제왕절개 수술에 세컨 어시스트로 들어와 있는 레지던트 3년차도 숨을 죽였다. 수술대 위에 누워있는 윤희의 얼굴 옆에 앉아 그녀의 손을 꼭 잡아주고 있는 준혁의 손이 미세하게 떨리고 있었다. 그때 윤희가 침묵을 깨며 입을 열었다.

"하아, 하아. 수, 숨을 못 쉬겠어요. 답답해요."

원래도 하얀 윤희의 얼굴이 더욱 하얗게 질렸다. 그러자 옆에 있던 마취과 선생님이 수술포로 덮여있는 윤희의 가슴 아래를 안쪽에서 알코올 솜으로 문질러보며 물었다.

"여기 차가워?"

"별로요."

"여기랑 비교하면?"

"안 차가워요. 하아, 하아."

"곧 괜찮아질 거야. 마취 레벨이 높아져서 그래."

"하아, 하아, 네."

윤희의 힘들어 하는 얼굴을 본 준혁의 가슴은 이미 까맣게 타버렸지만 또다시 무척이나 아파왔다. 완전히 일그러진 표정으로 준혁이 윤희를 보며 말했다.

"미안해……, 조금만 참아."

준혁은 그저 무척이나 미안한 생각이 들 뿐이었다. 아무것도 대신해줄 수 없었기 때문이다. 수술기구가 움직여지는 소리에만도 준혁의 손발은 오그라들었다. 직접 메스를 잡고 있는 것도 아니었지만 무척 긴장이 되어 입술이 바짝바짝 타들어갔다.

그렇게 수술이 시작된 지 10분도 지나지 않아 조용한 수술실에 아기 울음소리가 울려 퍼졌다.

"응애, 응애, 응애."

"진짜 좋은데! 괜찮아. 걱정 마."

아기를 꺼내자마자 유리가 큰소리로 둘에게 말해주었다. 수술 필드를 직접 보는 것은 그에게도, 수술을 하고 있는 이들에게도 그리 좋을 것이 없었기 때문에 윤희만을 보고 있던 준혁이 유리의 소리에 안도의 한숨을 내쉬었다.

"다행이네."

"처남, 축하해."

"감사해요."

아기의 우렁찬 울음소리에 숨쉬기 힘들어 하던 윤희의 입가에 미소가 번졌고 눈에서는 눈물이 흘러내렸다. 준혁이 애정 어린 손길로 그녀의 눈물을 닦아주고 있는데 그녀가 그를 보며 말했다.

"아기……, 오빠가 봐요."

궁금해 하는 그녀를 대신해 자리에서 일어선 준혁이 수술실 한쪽에 마련되어 있는 워머기에서 처치 중인 아강에게로 갔다. 울음소리도 강하고 반사 능력도 좋고 활발도도 뛰어나고 피부색도 흠잡을 데 없는, 딱 봐도 정말이지 건강해 보이는 준혁과 윤희의 사내아이였다. 아기를 바라보는 준혁의 가슴 깊은 곳에서 뭔가 뜨거운 것이 뭉클하고 올라왔다. 울지 않으려고 애를 쓰고 있었지만 감격에 겨워 어쩔 수 없이 눈시울이 붉어지는 준혁이었다. 준혁이 윤희의 곁으로 돌아와 그녀의 귓가에 대고 속삭였다.

"아강이 아주 건강해. 그러니 아무 걱정도 하지 마."

그의 음성에 윤희는 마음이 놓였다. 윤희의 눈물을 닦아주는 그의 눈가에도 결국 눈물이 맺혔다.

잠시 후 먹은 양수도 빼내고 간단한 처치를 마친 아기를 초록색 포로 감싸 안고 간호사가 윤희의 곁으로 다가왔다.

"윤희샘, 한번 봐요. 정말 귀여워요."

윤희가 고개를 돌려 아가를 보았다. 엄마의 눈에 예쁘지 않은 아가가 있겠는가! 진정 천사처럼 사랑스러운 아기를 보는 윤희의 심정은 뭐라 표현할 수 없을 만큼 대단히 감격스러웠다.

"아가야……, 고마워."

윤희는 자신에게 와준 아가가 건강하게 태어나준 것만으로도 눈물 나게 고맙고 또 고마웠다. 엄마인 윤희에게 아기를 보여준 간호사에게 유리가 말했다.

"나도 한번 보여줘."

"네, 선생님. 진짜 귀엽게 생겼죠?"

간호사가 유리를 향해 아기를 보여주었다. 실을 붙들어주던 유리와 봉합 중인 지성이 잠깐 아기를 쳐다보았다.

"히야, 정말 신기하다. 준혁이 아기 때 사진이랑 완전히 똑같아. 이럴 수도 있는 건가?"

유리의 감탄 섞인 소리에 윤희는 기분이 정말 좋았다. 아기를 품고 있는 내내 아강이가 사랑하는 준혁과 닮기를 간절히 소망했기 때문이었다.

"정말 귀엽게 생겼는데? 건강하고."

"하하하, 매형 덕분이죠."

마취과 의사와 수술실에 모여 있는 간호사들, 그리고 레지던트들이 준혁과 윤희에게 아낌없는 축하를 해주었다. 아기를 따라 보호자가 신생아실로 가야 하기 때문에 윤희의 곁을 끝까지 지키지 못하는 준혁이 수술실을 나가기 전에 윤희의 입술에 입을 맞춰주었다.

"사랑해. 너무 고마워. 조금만 참으면 금세 끝날 거야."

"네……."

윤희에게 수면 마취제가 투여되었다. 윤희가 잠이 드는 걸 확인한 준혁이 분만실로 가기 위해 이동용 인큐베이터에 탄 아기와 함께 수술실을 나갔다. 수술실 밖에서 기다리고 있던 준혁의 아버지와 윤희의 부모님, 그리고 윤희의 동생 윤후가 아강의 모습을 보고 크게 기뻐했다.

"하하하하하, 윤혁이는 너보다 열 배는 더 강하고 똑똑하게 키워야겠다."

준혁의 아버지가 유쾌하게 웃으며 하는 소리에 모두가 따라 웃었다. 준혁이 얼마나 강한지 과연 알고 하는 소리일까? 아무튼 김준혁과 차윤희의 소중하고 멋진 아들 김윤혁의 탄생의 순간이었다.

조금 전 윤혁이 태어나던 그 시간 대한 프레스티지 호텔 스위트룸의 마스터베드룸에서 아름다운 두 남녀가 사랑을 나누고 있었다. 서로를 원하는 마음으로, 더할 수 없을 만큼의 강렬한 몸짓으로 말이다. 진정 하나가 돼있던 상민과 아영이 함께 행복한 절정으로 빠져들었을 때 역시나 우월한 유전자를 지닌 유상민, 그의 분신들이 아영의 몸속으로 힘차게 헤엄쳐 들어갔다. 또 하나의 새 생명의 빛을 만들기 위하여……

[끝]

에필로그 — 잠에서 깨어난 늑대

김준혁과 차윤희의 아들 김윤혁이 태어난 4월 9일로부터 100일이라는 시간이 흘렀다. 7월 중순의 더운 여름날 오후, 대한병원 산부인과 주산기 외래 김유리의 진료실에 유상민과 한아영이 찾아와 있었다. 친절하게 초음파를 봐주며 유리가 설명을 했다.

"여기가 머리고 이쪽이 아기의 팔과 손이야. 잘 움직이고 있지?"

"네……. 너무 귀여워요."

유리가 아영의 머리맡에 앉아있는 상민을 쳐다보며 물었다.

"어때? 진짜 많이 컸지?"

"그래."

"너 학교 다닐 때 공부를 너무 잘했어서 산과도 다 기억나지 않니?"

유리의 소리에 상민이 웃으며 말했다.

"훗, 새로 집어넣은 혈종혈액 종양학 관련 내용들이 그전에 들어왔던 것들은 전부 밀쳐내버린 상태라서."

"천재가 무슨……."

"농담하지마."

"아무튼 얘는 너무너무 좋겠다."

아영의 뱃속에 있는 16주짜리 태아를 보고 유리가 그렇게 말하자 누워있던 아영이 궁금하다는 듯이 물었다.

"네? 어째서요?"

"객관적으로 내가 살면서 봐온 그 어떤 아기들보다도 가장 뛰어난 엄마, 아빠 조합을 가진 2세인 것 같아."

유리의 소리에 아영의 얼굴 가득 미소가 번졌다. 그 모습을 보고 덩달아 기분이 좋아진 상민이 유리를 보고 말했다.

"뭐 먹고 싶어?"

상민의 질문에 유리가 웃으며 대꾸했다.

"글쎄……, 네가 사준다면 엄청난 걸 얻어먹어야겠는데?"

"얼마든지."

"후훗. 좋아, 생각해볼게. 자, 우리 아기 심장 소리를 들어보자."

쿵쾅쿵쾅 힘차게 울리는 태아의 심장박동 소리를 들으며 아영과 상민은 더할 나위 없이 행복해졌다.

잠시 후 초음파 검사가 끝나고 유리가 차트에 소견들을 기록하다가 상민을 보며 넌지시 말을 꺼냈다.

"준혁이랑 너의 인연이 정말 특별하다면……."

뜬금없는 그녀의 소리에 상민이 의아하다는 듯이 물었다.

"특별하다면?"

"노년까지도 진짜 특별하게 얽힐 수도 있을 것 같다고."

상민의 눈동자가 살짝 흔들리더니 그가 기분 좋은 미소를 지으며 대꾸했다.

"그것도 좋겠는데? 그런데 사람의 일이란 게 우리 뜻대로 되겠어?"

"그러게, 그냥 말이 그렇다고. 그런데 넌 정말 예리하다. 준혁이 녀석 훈련은 누가 시킬 거냐, 아버지가 뛸 듯이 기뻐하시겠다, 이렇게 말해도 도통 못 알아듣던데."

"하하하. 그래서? 그 녀석은 언제 알았어?"

"내가 스카이블루컬러 이불 세트 사주면서 말해줬어."

둘의 대화를 듣던 아영이 궁금하다는 표정을 지었다.

"무슨 소리에요?"

"아, 윤혁이 태어나기 전 얘기야."

"네."

"그런데 태명이 설이라고?"

유리가 묻자 아영이 고개를 끄덕였다.

"네, '설'이요."

"어째서?"

"예정일이 1월 1일이라서……, 또 제가 눈을 무척 좋아하기도 하고."

"예쁜 태명이다."

"고마워요, 언니."

전자 차트에 기록을 끝낸 유리가 둘을 보며 물었다.

"저녁에 갈 거지?"

"당연하지. 윤혁이 백일인데."

"윤혁이 너무 귀여워서 자꾸 보고 싶어져요."

아영의 말에 유리가 생긋 웃으며 말했다.

"설이가 태어나면 훨씬 더 예쁠 거야. 너희 둘 다 너무 완벽한 비주얼을 가지셔서……. 후훗."

좋은 말만 해주는 유리에게 무척이나 고마워하며 둘은 진료실을 나와 혈액 검사를 하기 위해 채혈실로 향했다.

그날 저녁 대한 프레스티지 호텔 다이아몬드홀에서 국내 최고 기업인 GK그룹 김준혁 회장의 장남 김윤혁의 백일잔치가 열렸다. 명예 회장으로 남아있는 윤혁의 할아버지 입가에서는 웃음이 떠나지를 않았고, 돌잔치가 아님에도 일가친척들은 물론이거니와 정계나 재계의 인사들이 빠짐없이 자리해 축하를 해주었다.

아영이 윤희와 윤혁의 곁에서 함께 이야기를 나누는 동안 상민이 잠깐 준혁이 있는 곳으로 갔다.

"바쁘네."

"이제 대충 인사 끝났어. 괜찮아."

"네 아들 백일잔친데 윤 비서님이 왜 저렇게 바쁘신 거야?"

"CEO니까. 그거 무지하게 귀찮은 거거든."

딱 1년 불량 CEO 역할을 했던 준혁의 그 소리에 상민이 웃음을 터뜨렸다.

"푸훗, 남들이 들으면 한 10년은 해먹은 녀석인 줄 알겠다."

"1년이 10년보다 훨씬 길었어."

"그래, 넌 정장보다 수술복이 더 잘 어울려."

그 말에 준혁이 웃으며 대꾸했다.

"왠지 칭찬이 아닌 것 같은데?"

"그런 건가? 하하……."

"아영이는 입덧이 별로 없었나봐."

"응, 수월하게 넘어갔지."

윤희가 입덧으로 고생하던 때를 떠올리고는 준혁의 얼굴이 조금 어두워지자 상민이 바로 다른 말을 했다.

"정말 축하해. 윤혁인 진짜 네 판박이 같아."

"그래?"

"윤혁이 아주 잘 키워라."

"꼭 네 아들을 내주면서 하는 소리 같다."

"이럴 때 보면 둔탱이 같지는 않단 말이지."

하지만 준혁은 상민의 소리를 알아듣지 못했다.

"무슨 소리야?"

"훗, 뭐야? 눈치 채고 한 소리 아니었어?"

"도대체 뭐가?"

"사위도 아들이나 마찬가지니까."

"사위……?"

조금 머리를 굴려보고야 상민이 하는 소리를 알아들은 준혁이 그제야 웃으며 말했다.

"유리가 불법을 저질렀군."

"아니, 직접 언급한 적은 없어. 내가 넘겨짚은 거지."

"나한테는 훨씬 더 지나서 알려줬었는데."

"누가 훈련시킬 건지 물었다는데? 그럼 뻔한 거 아닌가?"

준혁이 말도 안 된다는 얼굴을 했다.

"무슨 소리야? 그게 어떻게 뻔해? 너는 그럼 설이 훈련 안 시킬 거야? 호신술이라도 가르칠 거 아니야?"

준혁의 소리를 들어보니 그의 말도 일리가 있었다.

"그러네. 쉬운 힌트를 너무 고지식하게 받아들였군."

그때 윤희와 아영이 함께 둘이 있는 곳으로 다가왔다.

멋들어지게 차려진 화려한 만찬을 천천히 즐기면서 모두들 여유로운 시간을 보냈다. 그렇게 아주 성대한 백일 축하파티가 거행되었다.

그날 밤 윤희는 펜트하우스에 돌아오자마자 윤혁이에게 젖을 먹이고는 완전히 곯아떨어졌다. 샤워를 마치고 나온 준혁이 잠든 윤희와 그녀의 품 안에 안겨있는 윤혁이를 번갈아 쳐다보았다.

"그 자리 원래 내 건데……. 큰맘 먹고 빌려주는 줄이나 알아라."

그렇게 속삭이듯 말한 준혁이 윤혁이를 안고 있는 윤희와 마주 보고 누웠다.

"사랑해……"

준혁도 눈을 감고 잠을 청했다.

따뜻한 햇살이 윤희의 눈가를 간지럽혔다. 미간을 찌푸리던 윤희가 간신히 눈을 떠보았다. 어젯밤, 아니 오늘 새벽 3시가 넘어서도 모유 수유를 했었기 때문에 수면이 부족한 윤희가 다시 눈을 감다가 깜짝 놀라며 눈을 동그랗게 떴다.

"어……?"

윤희가 누운 상태에서 주변을 살펴보았다. 바닥의 잔디, 작은 꽃들, 커다란 나무들, 하늘을 덮는 수많은 나뭇잎들, 그사이로 눈부시게 들어오는 햇살 등 나무로 둘러싸인 아늑한 숲속 공간에 누워있다는 사실을 알게 된 윤희가 옆에 엎드려서 잠들어있는 준혁을 흔들어 깨웠다.

"오빠, 여보, 일어나봐요."

윤희의 부름에 준혁이 몸을 돌리며 윤희를 꽉 끌어안았다.

"잠깐만요. 눈 좀 떠봐요. 여기가……"

준혁이 휙 몸을 일으키는가 싶더니 윤희를 위에서 안고 엎드렸다.

"몸살 나겠어."

"네?"

"하늘을 날고 싶어서."

'엥……?'

아직 상황 파악을 하지 못한 윤희에게 준혁이 투정 섞인 음성으로 말했다.

"계속 굶기면 죽을 것 같아. 살려줘."

그제야 알아들은 윤희가 준혁을 보며 예쁘게 웃어주었다.

"키스해줘요."

윤희의 말에 준혁이 그녀의 입술 위로 살포시 자신의 입술을 포개었다. 정말 오랜만이었다. 윤혁이를 낳고 나서 한 번도 사랑을 나누지 못한 건 아니었지만 아무래도 모유 수유 중인지라 자유롭게 스카이다이빙을 하지는 못하는 상태였다. 그러니 최근에 윤혁이 백일잔치 준비, 장모님의 방문 등 여러 가지 일들로 윤희를 안지 못했던 준혁은 달궈진 몸을 식혀보려는 몸짓을 시작했다. 그러나 그녀의 보드라운 입술에 혀를 대고 그녀의 따뜻한 안으로 혀가 미끄러져 들어가자 그의 몸은 조금 전과는 비교도 할 수 없을 만큼 더욱 뜨겁게 달아올랐다. 달콤한 무언가를 아끼며 먹기라도 하듯이 아주 천천히 조심스레 그녀를 핥고 쓸어보던 그의 입술과 혀가 조금씩 강하고 깊게 움직여갔다. 모유 수유 중이니 어느 정도 리비도가 감소되어 있다고 해도 준혁의 농밀한 키스에 그녀의 숨어있던 본능이 이끌려 나왔다. 뜨거운 숨결의 교차, 밀고 당기며 뒤엉켜 도는 혀에서 온몸을 타고 흐르는 짜릿한 자극을 느끼게 되었고, 그녀도 그만큼이나 하나가 되기를 원하고 있었다.

숲 속 한가운데 이름 모를 꽃들이 피어있는, 풀내음 가득한 야외에서 즐기는 사랑이라니, 그것만으로도 묘하게 흥분이 되는 둘이었다. 딥키스를 나누며 자연스레 윤희의 가슴으로 향하던 준혁의 손이 순간 멈칫했다. 수유 중인 윤희의 가슴을 지금 건드리게 되면 모유가 나오게 될 것이고, 그리되면 윤희의 흥이 깨지고 또다시 그녀의 마음을 아들 윤혁이에게 빼앗길 것이 뻔했기 때문이었다. 준혁은 그녀의 가슴을 건너뛰고 아래로 손길을 움직이며 윤희의 목에 정성 어린 입맞춤을 해주었다. 윤희의 성감대인 앞쪽으로 튀어나와 있는 골반뼈를 사랑스럽게 어루만지며 준혁은 윤희의 목선을 따라 연신 키스를 퍼부었다. 쇄골을 자극하는 혀의 움직임에 윤희의 몸이 조금씩 들썩여졌다.

준혁의 손끝이 어느덧 그녀의 비밀스러운 문 앞에서 노크를 시작했고, 키스와 애무로 촉촉이 젖어 윤활이 끝나있는 그곳은 움찔거리며 그의 손가락 움직임에 반응을 보였다. 손가락이 천천히 조심스럽게 들어왔으나 윤희의 엉덩이는 못 견디겠다는 듯이 뒤틀려졌다. 어느새 따라 들어온 그의 또 다른 손가락 하나가 윤희의 질 앞쪽 천장을 자극했기 때문이었다.

윤희의 얼굴이 참기 힘들다고 항의라도 하는 듯했지만 그 이유가 극도의 쾌감에 의한 것임을 아는 준혁은 그런 윤희의 모습에 회심의 미소를 지을 뿐이었다.

"하악, 하악…… 자, 잠깐만……!"

역시 적응이 전혀 되지 않는 윤희가 간신히 입을 떼어 부탁을 했다. 하지만 그렇다고 '응, 좀 쉬어'라고 말할 바보가 어디 있겠는가! 이리저리 비트는 그녀의 몸짓이, 그에 따라 출렁이듯 움직여지는 예전보다 훨씬 더 풍만한 그녀의 가슴이, 참지 못하고 흘리는 그녀의 색기 어린 신음소리가 준혁의 몸속 깊은 곳에 자리했던 욕망의 응어리를 풀어놓았다. 그녀의 가슴골에 얼굴을 묻고 그녀의 체취를 한껏 들이마시던 준혁이 만족스럽다는 얼굴이 아닌 감질나 죽겠다는 표정을 지으며 고개를 들었다.

"사랑해. 미치도록 사랑해. 더 기다리게 했다가는 사고 날 것 같아서 안 되겠다."

그렇게 말하며 그가 그녀의 안에서 손가락들을 천천히 빼냈다. 사실 준혁이 무슨 소리를 했는지 윤희는 똑바로 알아듣지 못했다. 온몸의 감각신경들을 일일이 일깨워 살아 숨 쉬게 만들어주는 그의 벅찬 느낌에 정신을 온전히 빼앗겼기 때문이다. 여린 안을 탐하던 그의 손이 거둬지자 윤희는 흐트러진 호흡을 가다듬기에 바빴다. 윤혁이를 가진 이후에는 사랑을 나누어도 준혁은 언제나 그답지 않은 배려 넘치는 행동을 보여주었었고, 한 달 이상의 산욕기가 지나고 나서 출산 후 첫 관계를 가졌을 때도 그는 가히 놀라울 만큼의 인내심을 발휘했다. 매우 부드럽게, 지극히 조심스럽게 말이다. 그랬던 그이니 얼마나 이 순간을 고대했겠는가. 그리고 윤희는 얼마나 이 시간이 아찔하고 황홀하겠는가. 싫다고 한다면 거짓말이겠지만 착하지 않은 공격이 시작될 것이 명백했기 때문에 그의 우람한 무기를 당해낼 것에 덜컥 겁이 난 윤희가 몸을 위로 움직이며 저항의 몸짓이란 것을 해보았다. 그러자 준혁이 정말 궁금하다는 표정으로 물었다.

"뭐하는 거야?"

"……."

아무 말도 하지 못하는 윤희를 보고 준혁이 웃음을 참으며 다시 물었다.

"설마 도망치려는 건 아니지?"

말끝을 흐리던 윤희가 잠깐의 틈을 타 재빨리 위로 몸을 움직였다. 실크로 된 부드러운 슬립이 바닥의 잔디와 마찰을 일으키며 야릇한 느낌을 만들어냈다. 그러나 윤희는 그런 상황에 신경을 쓸 여유가 없었다. 옴짝달싹 못하게 억누르고 있던 그의 품 안에서 간신히 벗어나기 시작한 윤희가 몸을 돌려 엎드려서는 포복 자세로 기어서 도망치자 그 모습을 보던 준혁은 결국 웃음을 터뜨렸다.

"푸훗, 하하하."

그런데 웬일인지 그가 윤희를 막지 않았다. 윤희가 땅에 납작 엎드렸던 몸을 조금 일으켜 세웠다.

'도망치게 해주는 건가?'

그런 생각이 윤희의 뇌리를 스치는 찰나 맹수의 으르렁거리는 소리가 등 뒤에서 들렸다. 밝은 빛이 들어오는 새벽이 아니라 보름달이 뜬 한밤중이었다면 정말이지 그가 늑대인간이 아닐까 하는 강력한 의구심이 들었을 정도로 무척이나 날렵하고 사납게 윤희에게 달려드는 준혁이었다. 먹잇감을 잡아채듯 그녀를 단숨에 끌어안은 준혁이 거친 숨을 토해내며 입을 열었다.

"영리해. 어떤 행동이 나를 죽도록 자극하는지 너무 잘 알고 있잖아. 안 그래?"

그렇게 말하는 그의 눈동자가 번뜩였고 그의 손은 어느새 윤희의 팬티를 벗겨내버렸다. 광채가 흐르는 그 눈빛에 서늘한 기운이 윤희의 척추를 타고 대뇌에서 꼬리뼈까지 쭉 흘렀다. 슬립도 벗겨버린 준혁이 윤희의 한쪽 발목을 잡으며 입꼬리를 살짝 추켜올리더니 놀란 눈을 하고 있는 윤희에게로 더욱 몸을 밀착시켰다. 앉은 자세인 준혁이 윤희의 우측 다리를 자신의 다리 밑에 두고 좌측 다리만 위로 들어 올렸다. 그리고 그녀의 매끄럽고 촉촉한 유혹의 문을 잔뜩 혈액을 머금고 있는 성난 그의 분신으로 열어젖혔다. 안으로 반쯤 찔러 넣었을 뿐이지만 윤희의 입에서는 교성이 터졌다.

"으흐아아악."

언제 들어도 가장 심하게 피를 들끓게 만드는 그런 소리가 준혁의 흥분을 위험 수위까지 끌어올렸다. 준혁이 그 자세에서 허리 근육을 사용하기 시작했다. 안을 채워 들어오자 그녀의 여린 속실이 그의 무지막지한 부기에 버겁게 부딪쳐졌다. 그는 천천히 밖으로 물러서면서도 역시 질의 내벽을 강하게 훑어나갔다. 그러면서 생겨나는 자극은 다른 어디서도 느껴볼 수 없는 아찔한 희락을 윤희에게 선사해주었다. 하지만 준혁은 그 정도로 만족하지 못했는지 윤희의 꽃잎이 모여지는 음핵에 손끝을 가져다 대었다. 흥분에 겨워 도드라진 그곳을 준혁이 함께 자극하자 윤희의 몸은 더욱 심하게 반응을 보였다. 윤희의 안에서 하늘을 날고 있는 준혁의 남성이 날뛰듯 움직이면 윤희는 자지러지며 황홀에 젖은 비명을 지르기에 바빴다. 채워오고 빠지며 속을 가르는 감각에 윤희의 여성에는 더욱 많은 혈액이 쏠리고 신경은 점점 더 예민해졌다. 그가 끝까지 깊숙이 밀고 들어왔을 때, 윤희는 거친 숨을 내쉬면서도. 미간을 좁히면서도 그를 밀어내지 않았다. 오히려 강렬한 쾌감에 몸을 떨며 준혁의 대퇴부에 손톱자국을 남겼다.

준혁은 과격하게 운동을 하면서도 바깥을 함께 애무하는 걸 멈추지 않았다. 그에 의해 몸이 관통되어지면서 윤희의 이성은 결국 조각이 나버렸다. 준혁이 한 번씩 세차게 치고 들어왔다가 뒤로 빠지고, 더욱 강하게 꽂아 넣었다가 후퇴를 할 때마다 윤희의 이성은 그녀의 몸부림 속에 녹았다. 준혁이 윤희의 나머지 다리도 위로 들어 올렸다. 훨씬 깊이, 아주 끝까지 자신이 파고 들어갈 수 있게 말이다. 그의 몸놀림이 더욱 빠르고 격렬해지기 시작했다. 그의 안에 있던 야수는 한두 마리가 아니었나보다.

"사랑해, 흐읍. 으아아."

윤희보다 백배는 더 섹시한 신음소리를 흘리며 준혁이 그의 에너지를 있는 대로 폭발시켰다. 그의 단단한 등과 허리의 근육이 제대로 기능을 발휘하자 윤희의 몸도 따라서 움직였다.

"하아아악, 으아악."

두 다리를 준혁의 어깨에 걸치게 된 윤희는 어느 순간 머릿속에서 무언가 툭 끊어지는 느낌을 받았다. 드디어 이성을 온전히 놓아버린 윤희의 몸이 자유롭게 춤을 추기 시작했다. 좌우로 세차게 내젓는 그녀의 머리도, 활처럼 휘어져 어쩔 줄 몰라 하는 그녀의 허리도, 그의 리듬감 있는 운동을 능가할 만큼 빠르게 들썩이는 그녀의 엉덩이도 무의식적으로, 반사적으로 본능에 내맡겨진 채 자동적으로 움직여졌다. 무언가를 생각하고 판단할 수는 없었어도 윤희가 완전히 붕 뜨는 느낌을 받고 있음에는 틀림없었다. 격렬한 몸짓. 쾌감과 황홀감이 극에 달하게 되고 둘은 절정의 다리를 함께 건너갔다. 그리고 둘의 입에서는 동시에 탄성이 터져 나왔다.

"하아아아악, 으으아아아악."

"흐어어억, 으으으으하아압."

윤희의 아래쪽 깊은 곳에서 강한 수축이 일어나 온몸을 강타했다. 부들부들 떠는가 싶더니 얼굴 근육이 연신 실룩거려졌다. 안에서의 강력한 자극은 어느덧 더할 수 없는 만족감으로 변해 그녀를 행복에 떨게 만들었다. 정신이 혼미해졌다. 어쩌면 잠깐이지만 정신을 잃었었는지도 모르겠다. 그리고 곧 몸이 평온해지고 상쾌해짐을 느꼈다. 최고급 스파를 받고 나올 때와도 비교조차 할 수 없는, 정말 끝내주는 명산의 정상에 올라서도 결코 느낄 수 없는 그런 전신의 이완과 평화를 그로 인해 만끽하는 윤희였다. 윤희가 지금까지와는 확연히 다른 움직임을 보였다는 것을 알고 준혁도 윤희만큼이나 무척 행복한 경험을 했다.

잠시 후 자신을 안고 가만히 누워있는 준혁을 보고 윤회가 입을 열었다.

"오토매틱……."

뜬금없는 소리에 준혁이 고개를 들며 물었다.

"무슨 소리야?"

"아까 제 몸이요."

"응?"

"내 의지와 상관없이 몸이 자동적으로 막 움직이는 거예요. 고개도 휙휙 돌아가고 허리도……. 후아."

놀라워서 감탄의 소리를 뱉고 있는 윤회에게 준혁이 넌지시 물었다.

"싫은 거야? 좋은 거야?"

"구름 위를 난다고 왜들 그렇게 말하는지 오늘 아주 명확히 알았어요."

준혁이 씩 웃으며 그녀를 보고 다시 물었다.

"뭐야? 그럼 예전에는 그런 기분을 못 느껴봤다는 건가?"

그의 물음에 그녀가 커진 목소리로 단호하게 대답했다.

"아니요. 수도 없이 느꼈죠. 감당 안 될 정도로."

"그런데?"

누워있는 윤회가 두 손을 가슴 위로 올려 10센티미터 정도의 사이를 두고 벌리며 말했다.

"이전까지는 이만큼 떴다면요……."

윤회가 두 팔을 넓게 벌리며 말을 이었다.

"방금 전에는 이만큼 높게 떴었다고요. 아주 붕."

그녀의 리얼한 설명에 준혁은 결국 유쾌하게 웃었다.

"하하하하하."

준혁이 옆에 있는 윤회를 감싸 안았다. 그의 품 안에 파고들던 윤회가 무언가 중요한 걸 잊었었다는 듯 깜짝 놀라며 물었다.

"윤혁이는요? 윤혁이는 어디 있어요? 그리고 여기 어디예요?"

"윤혁이는 밖에 침대에 있어."

"에?"

윤희가 놀란 눈으로 벌떡 일어나 앉아 다시 주변을 둘러보았다. 분명히 나무로 둘러싸인 잔잔한 풀들과 예쁜 꽃들과 잔디가 깔린 숲속이 맞았으나 저만큼 떨어진 쪽으로 벽이 보였다. 나무에 가려졌어도 확실히 그것은 벽이 맞았다.

"여긴⋯⋯."

준혁이 윤희를 따라 일어나 앉으며 그녀의 어깨를 감싸 안았다. 그리고는 그녀의 귓가에 대고 부드럽게 속삭였다.

"테마룸 중에서 가장 넓은 두 곳 중 하나."

"대단해요⋯⋯. 그런데 전부 진짜야. 나무도⋯⋯."

"테마룸들이 있는 이곳은 원래 9층과 10층을 합친 곳이니까. 뭐든 가능하지."

"그럼 가장 넓은 곳 중 다른 한 곳은 어디예요?"

궁금하다는 얼굴로 묻는 윤희에게 준혁이 짓궂게 대답했다.

"첫눈이 오는 날 보여줄게."

윤희가 그를 돌아보며 조르기 시작했다.

"어? 치사하게 말해주지 않을 거예요?"

"응."

"알려줘요."

"싫어. 첫눈 오면!"

"지금 한여름인데 언제 첫눈이 와요?"

그녀의 투정 섞인 귀여운 말투에 준혁이 웃으며 말했다.

"기다려봐. 나도 예전에 해봤는데 그 첫눈이란 게 언젠가는 오더라고."

"으, 진짜 안 알려줄 거예요?"

"응."

"나 궁금한 거 못 참는 거 알잖아요?"

윤희가 이렇게 나오자 준혁은 더욱 재미있다는 듯이 고개를 저었다.

"몰라."

입술을 이만큼 내밀고 그를 쏘아보던 윤희가 볼멘소리를 했다.

"쳇, 그럼 뭐 못 볼 줄 알고요? 지금껏 못 가본 방문을 죄다 열어보면 되죠, 뭐."

"좋을 대로. 하지만 네가 아직 구경해보지 못한 방들은 절대로 열 수 없을 거야. 특수 키로 잠겨있거든. 내 허락 없이는 불가능해."

"치사, 치사, 왕치사!"

그때 밖에서 아기 울음소리가 들렸다. 준혁과 윤희가 서둘러 숲 속을 그대로 옮겨놓은 듯한 그 공간에서 나왔을 때, 방문 바로 앞에 아기 침대가 놓여있었고, 그 위에 누워있는 윤혁이 울고 있었다. 윤희가 윤혁일 안아주며 말했다.

"오오, 미안. 아빠가 여기다가 혼자 버려뒀어? 원래 네 아빠가 왕치사라서……."

윤혁이 고개를 돌려보며 입술을 움직거렸다. 배고파서 우는 게 확실한 그 모습에 윤희가 바로 젖꼭지를 입에 물리고는 테마룸들 한가운데 있는 원형의 거실로 가서 소파에 앉았다. 나체로 아기한테 모유를 먹이고 있는 윤희의 모습을 보며 준혁이 입을 열었다.

"그거 내 건데 빌려주는 거야. 세상에서 이렇게 대단히 양보심이 투철한 아빠가 어디 있어?"

그의 말에 윤혁이에게 젖을 먹이던 윤희가 어이없다는 표정으로 그를 보며 말했다.

"어디 있긴요? 모유 수유하는 여자들 집에 있겠죠."

"후훗, 그런 건가?"

아무래도 알몸으로 수유중인 모습을 준혁이한테 보이고 있는 게 부끄럽고 신경이 쓰인 윤희가 상기된 얼굴을 했다.

"가운이라도 가져다주세요."

"올라갔다 와도 되겠어? 낮에도 여기 혼자 오는 건 무서워했잖아?"

"윤혁이가 지켜주고 있잖아요."

"하, 그 녀석이 뭘 어떻게 지켜?"

"신기하게 윤혁이랑 있으면 하나도 안 무서워요."

준혁이 소파에서 일어서며 물었다.

"그래도 내가 제일 좋은 거지?"

열심히 자신의 젖을 빨고 있는 윤혁이를 내려다보던 윤희가 고개를 들어 준혁을 보며 대답했다.

"당연히 당신이 최고지요."

그녀의 대답에 입가에 미소가 번진 준혁이 펜트하우스로 올라갔다. 그가 층계를 올라가고 나자 윤희가 윤혁이를 보며 속삭였다.

"아강, 네가 이해해줘. 아빠는 삐치면 어디로 튈지 알 수가 없거든, 자꾸이 엄마를 닮아가서 말이야. 아무튼 성인 남자 중에서는 엄마는 아빠를 가장 사랑한단다."

잠시 후 준혁이 윤희가 마실 시원한 두유 한 잔과 걸칠 가운을 가지고 내려왔다. 가운을 입고 두유도 마신 후 윤혁이에게 모유를 주고 있는데 어느새 윤희의 품 안에서 윤혁이 새근새근 잠들어버렸다.

"자네?"

"네."

"기저귀 안 갈아도 될까?"

"갈아야죠."

윤희가 아기를 조심스레 소파에 내려놓고 준혁이 아기 침대에서 가져다 준 기저귀로 갈아주었다. 윤혁이가 기지개를 쭉쭉 펴며 잠이 깨는 듯하더니 금세 다시 잠이 들었다. 준혁이 신난 얼굴로 윤혁이를 안고 윤희와 함께 펜트하우스로 올라왔다.

마스터베드룸과 연결된, 원래는 서재로 쓰던 방을 윤혁이의 방으로 바꿔 놓은 상태였다. 아무래도 유모의 손에 윤혁이를 키우기가 싫어 자다가도 우는 소리를 쉽게 듣기 위해 가까운 곳으로 정한 것이었다. 준혁이 윤혁이를 그 방안에 있는 멋들어진 아기 침대 위에 내려놓았다. 아무래도 무척이나 신나 보이는 준혁의 얼굴을 보며 윤희가 의아하다는 듯이 물었다.

"뭐가 그렇게 좋아요?"

"요 녀석 실컷 먹고 기저귀도 갈고 자는 거니까, 적어도 두세 시간은 자겠지?"

"그래서요?"

"지금이 6시 30분이니까, 게다가 병원에 안 가도 되는 토요일이고……. 아침식사 전까지 최소한 두 시간은 더 우리 윤희랑 놀 수 있을 테니까."

그렇게 말하는 그를 윤희가 쳐다보았다. 그러고 보니 준혁은 그 테마룸에서 눈뜰 때부터 몸에 아무것도 걸치고 있지 않았었다. 그의 몸 중앙에 우뚝 솟아있는 그의 분신이 그녀의 시야 안에 들어왔다. 그 순간 조건반사가 일어났다. 그에게 길들여진 그녀의 몸이 저절로 움츠러들었다.

'도망칠까?'

요런 터무니없는 생각을 하는 순간 준혁이 윤희를 번쩍 안아 올렸다. 그리고는 마스터베드룸으로 건너와 그녀를 침대에 내려놓았다.

"저기……, 아까 하늘을 이만큼이나 날았다니까요."

준혁이 윤희를 침대 위로 눕히며 그녀를 위에서 끌어안았다.

"그래서?"

"정말로 진짜로 광장히 못 견딜 만큼……, 읍."

그가 그녀의 입술을 덮어버렸다. 사랑한다는 말 대신 키스를 시작했다. 너를 원한다는 소리 대신 혀로 그녀의 안을 어루만지며 달래주었다. '이번에는 쬐끔 봐줄게'라고 속삭이기라도 하듯이 말이다. 그렇게 부드럽게 그녀에게 입맞춤을 한 준혁이 윤희의 눈을 들여다보며 말했다.

"사랑해, 영원히……."

"저도요."

"그럼 이제 다이어트 시작해볼까?"

"네?"

"원래 산후 체중은 6개월 이내에 다 빼지 못하면 되돌리기 어렵다고 하잖아."

그 소리에 윤희가 살짝 인상을 쓰며 물었다.

"저 뚱뚱해요? 몸무게 거의, 아니 완전히 빠졌는데……."

"아니, 너무너무 예뻐. 그런데 윤혁이 모유 주려면 좋은 거 잔뜩 먹어야 하잖아. 오늘 하루 종일 근사한 요리들을 맛보게 해줄 거거든. 그러니까 미리 운동을 하는 편이 좋다고."

"무슨 운동이요?"

"나랑 같이 다이빙. 최고의 운동이지, 하하하……."

웃고 있는 그를 보며 예전에 인터넷에서 봤던 내용이 하나 그녀의 머릿속에 떠올랐다. 윤희가 어느새 호기심 가득한 눈빛을 보였다.

"궁금한 게 있어요."

"뭐가?"

"정말 그게 그런지."

"그게 무슨 소리야?"

물어보는 준혁에게 윤희가 살짝 웃어 보이며 말했다. 무척이나 부끄러워하면서 말이다.

"잠깐 이리 누워봐요."

"이렇게?"

준혁이 침대 한가운데에 드러누웠다. 그러자 윤희가 그의 위로 올라갔다. 승마를 하듯 여성 상위가 아니라 그녀 또한 천장을 바라보고 누운 자세로 말이다. 그리고는 그녀가 살짝 다리를 벌리고 손을 아래로 뻗어 그의 분신을 잡았다.

'허걱.'

지금껏 해본 적 없는 특별한 시도에 준혁은 숨이 턱 막혔고 심장이 요동치기 시작했다. 그와 사랑을 나눈 흔적이 아직 남아있는, 조금 전의 키스로 더욱 촉촉해진 비밀의 문안으로 윤희가 준혁의 남성을 손수 꽂아 넣었다. 이것만으로도 준혁은 숨넘어갈 것처럼 흥분이 되었다.

준혁을 깊이 받아들이기 위해 윤희는 등을 활처럼 휘었다.

"으음, 아아하."

그녀가 흘리는 신음소리가 그를 한층 더 자극했다. 그는 그대로 누워있고 윤희가 움직이기 시작했다. 그를 받아들이기 위해 등을 휘어야 했고 그가 뒤로 빠지게 하기 위해서는 등을 굽히는 자세를 취해야 했다. 거의 혼자 어려운 동작을 반복해야하는 윤희는 이 체위가 어째가 칼로리 소모에 있어서 지존이 되었는지 알 수 있었다. 이 자세에서는 위에 누워있는 여성이 바쁠 수밖에 없다고 한다. 정상위가 겨우 12칼로리를 소모할 때 무려 912칼로리를 소모한다는 이탈리안 샹들리에라는 체위에 도전하고 있는 윤희였다. 확실히 묘한 자극을 불러일으킴에는 틀림없다고 윤희가 느끼고 있을 때 그의 입에서도 신음소리가 새어 나왔다.

둘은 오늘도 또 다른 자극과 행복을 찾아 하늘을 날 것이다. 아마도 윤희는 윤혁이를 낳기 전보다 훨씬 더 날씬해질 것이 분명하다. 1년 넘는 세월 동안 욕구불만에 시달려온 그가 잠에서 깨어났으니까 말이다. 에너지가 차고 넘치는 그의 사랑스러운 아내니까, 윤희는 오늘도 설레는 맘으로 그를 받아들인다.

PENTHOUSE no.3

초판 1쇄 인쇄 | 2012년 07월 05일
초판 1쇄 발행 | 2012년 07월 10일

지은이 | 현직의

펴낸이 | 이병훈
펴낸곳 | (주)유페이퍼
주소 | 서울특별시 구로구 디지털로 285, 에이스트윈타워1차 409호
전화 | (대표)02-2109-5288
등록번호 | 제25100-2012-000024호
홈페이지 | http://www.upaper.net

제작 및 판매 | 푸른영토
전화 | (대표)031-925-2327, 070-7477-0386~9 · 팩스 | 031-925-2328
전자우편 | kwk@blueto.co.kr

종이 | (주)비전 B&P
인쇄 | 예림인쇄

ⓒ현직의, 2012

ISBN 978-89-969131-2-2   03810

* 잘못된 책은 바꾸어 드립니다.
* 값은 뒤표지에 있습니다.